Jansha

Erbin

C.A. Manning und David J. Moth

Jansha

Erbin

Bibliografische Informationen der Deutschen Nationalbibliothek.
Die Deutsche Nationalbibliothek verzeichnet diese Publikation in der Deutschen Nationalbibliografie, detaillierte bibliografische Daten sind im Internet über dnb.dnb.de abrufbar.

TWENTYSIX- Der Self-Publishing-Verlag
Eine Kooperation zwischen der Verlagsgruppe Random House und BoD- Books on Demand

© 2017 C.A. Manning, David J. Moth

Herstellung und Verlag:
BoD- Books on Demand, Norderstedt

ISBN: 978-3-740-72978-3

Prolog

Beschuldigungen polterten durch die Stille der Nacht, gefolgt von Anklagen, Drohungen und einem Prozess. Untypische Szenen für das Dorf der Yavbe, einem der Stämme der Yavapai, denn ansonsten ging es hier sehr friedlich zu, doch in dieser Nacht war alles anders. Alle Menschen im Dorf waren auf den Beinen, hellwach, dutzende Erwachsene waren mit Fackeln in der Hand vor ihren Behausungen und sie forderten das die zwei angeklagten Verbrecher, ein Paar, bestraft wurden. Überall zwischen den Indianern waren ihre Kinder, fast die Hälfte der Menschenmenge waren Kinder, doch besonders perplex war nur eine kleine Yavapai Indianerin.

Jansha.

Die zwei Personen die am Pranger standen waren ihre Eltern, das Paar vor ihren Augen die Menschen die sie Familie nannte und nichts von dem was sie sah ergab für das drei Jahre alte Mädchen irgendeinen Sinn. Viele Erwachsene sprachen, die Ältesten erhoben ihre Stimmen und richteten über ihre Eltern. Jansha war zu jung um wirklich zu erfassen worum es ging, alles geschah so schnell, wie durch Watte gefiltert und in dichten Nebel versetzt, die Worte kamen nicht bei ihr an, die Bilder die sie sah waren unscharf durch die Tränen in ihren Augen.

Tränen die aus Angst und Verwirrung geboren waren.

Als sie diese fort wischte, schossen sogleich neue nach, die Ärmel ihrer Kleidung raubten ihr nun auch noch die Sicht, ebenso ihre Schmerzende Haut, die sie sich schon wund getupft hatte. So war sie sich auch nicht sicher ob wirklich geschehen war, was sie geglaubt hatte zu sehen. Zwei der großen Jäger hatten Mama und Papa gepackt, aber so wie es aussah hatte Papa versucht sich zu wehren, hatte schrille Vorwürfe in die Runde geworfen, woraufhin sie ihn zu zweit geschlagen hatten.

Dann hatten die Jäger erneut zugegriffen und sie zum Headmaster gebracht, der Mama gar nicht erst zu Wort kommen ließ.

Seine Worte hatte Jansha verstanden, allerdings nur akustisch, was denn Sinn betraf so hatte das kleine Kind keine Ahnung was hier vor sich ging, sicher war nur das der Headmaster ihre Eltern mit Exil bestraft hatte. Danach stellte Mama eine Frage und der Headmaster nickte voller Verständnis für den Wunsch der Mutter. Das nächste was Jansha sah war das Papa aufstand und ging, zu irgendwem in der Menge und nicht zu ihr, dafür kam Mama zu ihr und nahm sie fest in ihren Arm.

>> Jansha. Mein kleiner Schatz, ich und Papa müssen gehen, der Headmaster hat uns ins Exil geschickt und ich kann dir nicht versprechen dass wir uns bald wieder sehen. <<

>> Aber Mama …? <<

>> Nicht Jansha, lass mich zu Ende reden. Irgendwann wird alles gut, Süße, das verspreche ich dir, aber bis dahin habe ich ein Geschenk für dich, dieses Amulett. Eine Halskette. Behalte sie bei dir und wenn es nur ist damit du uns nicht vergisst. Leider muss ich jetzt gehen, Jansha. Ich hoffe dass wir uns ganz bald wieder sehen, ich und dein Vater lieben dich, Schatz. <<

>> Ich euch auch …. << aber wieder konnte das Mädchen nicht ihre Worte zum gewünschten Ende bringen, doch nun nicht wegen ihrer Mutter, sondern wegen des Jägers, der sie an den Armen packte, zu Papa brachte und sie gemeinsam aus dem Dorf fortführte.

An dieser Nacht kam Jansha zu ihren Großeltern, in dieser Nacht schlief sie kaum, zu verstört hatte sie der Kontext des Tages davor, auch der Tag darauf war nicht besser, alles was sie in ihrem jungen Leben gekannt hatte war weg, kochen mit Mama, schnitzen mit Papa. Dafür konnte sie nun Opa Geschichten erzählen bei denen er einschlief und sich selbige von Oma anhören, bei denen sie die Rolle von Opa einnahm.

Jedoch war nichts so schlimm wie die Nacht die folgte, eine Nacht nach der Verbannung ihrer Eltern knallte es unheimlich laut und das nicht nur einmal und alle Indianer waren an die Luft hinaus geeilt. Doch das Bild das es zu sehen gab war in jeder Himmelsrichtung identisch, denn in gewaltiger Distanz zum Dorf schien etwas aus dem Boden zu wachsen. Ein Gewächs das Jansha noch nie zuvor gesehen hatte, es sah aus wie gewaltige Pilze aus Feuer, die bis in den Himmel zu wachsen schienen.

Kapitel 1

Es fühlte sich warm an in ihrer Hand und es sah noch genau so aus, wie an dem Tag, an dem ihre Mutter es ihr gegeben haben musste, auch wenn sie sich daran kaum noch erinnern konnte. Doch für sie war dieses Amulett ein Talisman geworden, der ihr dabei half sich zu konzentrieren und sie aufmerksam machte für ihre Umgebung.

Das Sonnenlicht flutete den Raum in dem seit geraumer Zeit nur noch Staub und sie selbst gesessen hatten, Sie, wie sie danach Ausschau hielt wie die sanften Flocken langsam zu Boden rieselten und dort vergingen. Aber sie starben nicht, sie waren nur nicht mehr zu sehen und verloren sich selbst auf dem von Matsch gezeichneten Boden. Matsch vom frühsommerlichen Regen. Feuchter Regen der die mittsommerliche Hitze vertrieb wie es keine andere Abkühlung würde schaffen können ohne dabei auch noch große Nachteile mit sich zu bringen. Noch dazu ohne das Einschreiten Menschlicher Hände, oder derer der Obigen. Ganze grün schimmernde Ländereien wurden davon überzogen wie von der Sonne nur wenige Monate zuvor und davon getränkt sei es kühl oder kalt oder gar schweißtreibend heiß wie es in Arizona meistens der Fall war. Sie versuchte zwar oft es sich selbst Recht zu machen, doch gestaltete es sich nicht immer so einfach wie es sich manche ihrer Freunde im Klan vorstellten. In Ihrem Stamm. Es war unheimlich warm und in der Gluten Hitze gelang es der guten Jansha kaum ihre Pflichten zu erfüllen oder ihren Aufgaben nachzugehen. Selbst dazu musste sie sich durchringen und genau deswegen saß sie hier, dort wo sie war. Auf dem Boden des Zeltes, Regen schwemmte durch die Schwelle unter dem matten Leder hindurch und ließ sie schaudern bei der Hoffnung das die Regensaat ihre nackten Füße abkühlen und benetzen würde, leider war das etwas das nie geschah, doch sich hinein zu legen und sich zu wetzen? … Nein, sie war weder ein Kind das lange bis spät nachts an der

Feuerstelle spielte und tanzte, noch ein dickes unbedeutendes Schwein welche sich ebenfalls auf diese Weise abzukühlen suchten. Jansha half es auch nicht aus der Lederblase oder Feldflasche zu trinken bis sie leer war denn ohne jedwede Reaktion ihres Körpers schien das klare Wasser dann immer einfach nur verschwunden zu sein, ohne auch nur eine kleine Genugtuung bewirkt zu haben. Ihre Eltern hatten der dreiundzwanzigjährigen Frau zwar immer gesagt das Wasser *das* Element schlechthin war, das Lebenselixier, doch fiel es der jungen Indianerin an solchen Tagen noch schwerer das zu glauben als eh schon.

Als sie rasches Wuschen am Zeltdach gehört hatte, war es für eine Reaktion die zumindest vorgaukelte etwas zu tun, bereits um einiges zu spät. Ein großgewachsener und stramm gebauter männlicher Stammesangehöriger trat durch den schmal geöffneten Schlitz der sehr karg Sommerlicht hinein fluten und Jansha sich den Winter herbeiwünschen ließ, auch wenn dieser ebenso beschwerlich und nur unmerklich kühler war. Der Unterschied zwischen den Jahreszeiten lag *vielleicht* bei zehn Grad Celsius, was allerdings nicht sehr viel bedeutete wenn man wusste das der Sommer für Yavapai vierzig bis fünfundvierzig Grad mit sich brachte und sie bei lebendigem Leib testete und ihnen das Leben erschwerte. Andere Stämme hatten es da leichter mit dem Wetter und lebten zu Zeiten des Winters in tiefem Schnee- allerdings konnte sich Jansha vorstellen, wurde es dadurch mal wirklich kompliziert Nahrung wie Jagdbeute oder Pflanzen zu finden die sich allesamt im Dickicht wärmten und versteckten oder einfach gestorben waren.

>> Jansha. Wir haben alle nach dir gesucht und waren in unruhiger Verfassung, wir hatten Angst dir sei vielleicht etwas zugestoßen und ein Bär hätte dich vielleicht in seine tropfnasse Höhle verschleppt. << Caynor war ein Schatz, aufgrund seiner Erfahrung und auch seines Eifers nach Leuten zu suchen und Ihnen zu helfen machte ihn vermutlich zu einem geborenen

Medizinmann, leider war er im Augenblick noch in Ausbildung und es war auch noch gar nicht wirklich sicher ob der Posten nach dem Ableben des jetzigen auch wirklich an Ihn gehen würde. Meistens entschied solch wichtige Dinge der Häuptling oder das generelle Oberhaupt wenn es mal keinen Häuptling gab, doch dieses vom Schicksal geschickte Pech beschwor sie lieber Mal nicht herauf denn Gannamethek ging es ausgezeichnet und er war durchaus hellwach und jederzeit dazu in der Lage die notwendigen Entscheidungen zu treffen wenn es nötig wurde. Wieder flutete Sonnenlicht das Zeltinnere, doch dieses Mal hatte der fade Wind sie eingelassen und die wärmenden Strahlen hatten sich durch die nasse, wabernde Pfütze am Boden verteilt. Sie hielt sich schützend die Handflächen vors Gesicht um sich zu behüten und vor kurzzeitiger Blindheit zu bewahren.

>> Nein, Caynor. Nichts dergleichen, ich habe mir gerade selbst eine kleine Pause genehmigt um mich von der harten Arbeit im Dorf zu erholen, … wegen der vielen Sonne schält sich allmählich meine weiche Haut. << sie grinste um Verlegenheit auszudrücken und sie wusste das dies bei dem Medizinmann auch genau so ankam.

Jansha war im Dorf der Yavbeˊ ein gefragtes Modell- eine Frau von fast unvorstellbarer Schönheit sodass selbst der Sohn des Häuptlings bereits um ihre Hand angehalten hatte, doch hatte sie es einst, vor zirka sechs unterhaltsamen Jahren, geschafft das noch abzuwenden ohne dabei den Häuptling aufzuscheuchen oder ihn zu beleidigen. Denn das war das letzte was sie wollte, einen Häuptling gegen sich aufbringen, schließlich das ganze Dorf und dann ohne Ahnung wohin und ohne Freunde die Ländereien verlassen um sich etwas Neues zu suchen. Zu Janshas Glück ließen Männer jedoch auch schnell wieder locker und suchten sich stattdessen die nächst bewundernswerteste Frau um sich ihrem Geist und Körper zu verschreiben und Ihr Eigen zu machen. Durch das nieselnde und herunter sickernde

Wasser am Zelt entlang konnte die Frau in der Ferne einen Kojoten und einen kleinen Kaktusvogel singen hören die gemeinsam zu einem seltsam jaulenden Singsang angesetzt hatten.

>> Das ist gut, denke ich. Vielleicht solltest du dann wieder an deine Arbeit gehen oder zumindest dem Meister bescheid sagen das ich dich entdeckt habe, … in deiner? In deiner … Pause? << langsam und ebenso gemein wie auch gewollt wickelte Jansha eine ihrer schwarzen Haarlocken um ihren Zeigefinger wie sie auch Caynor um ihren Finger hätte wickeln können, doch war es vermutlich gerecht wenn sie es sich nicht allzu einfach machte und ihre weiblichen Waffen nutzte? Schließlich waren sowohl Männer, Frauen und auch Kinder eingespannt und sie konnte sich gar nicht vorstellen wie schwer die Arbeit für die Kleinen sein musste!

>> Ja, du hast Recht, ich gehe dann mal und mach mich an meine Arbeit, … ah übrigens. Danke dass du nach mir geschaut hast, sonst wäre ich vermutlich im Tipi eingeschlafen. << Jansha versuchte ein nettes Gesicht aufzusetzen und sah dann Caynor hinterher wie er geduckt das Gehäuse verließ und aus ihrem gemütlichen Umfeld verschwand. Die Yavbe´ stutzte.

Doch egal wie sehr sie versuchte sich im Kopf dazu zu zwingen nicht arbeiten zu gehen wusste sie das sich ihr Dorf darauf verließ das ihre Arbeit am Ende des Tages erledigt war und da es sich wohl nicht selbst einstellte? … Wer hatte schon von Beute gehört die dem Jäger und seiner Frau den Gefallen tat sich selbst zu häuten oder zu kochen? Janshas Arbeit war das Nähen von Kleidung, das Verarbeiten von Leder, Haut und in seltenen Fällen auch Knochen! Egal was die Männer auch anschleppten. Sie würde Faden und Nadel nehmen und daraus etwas Kampftaugliches oder etwas Bequemes machen, je nachdem wem es nach etwas verlangte. Dabei gab es eigentlich auch nur eine Regel, man durfte niemals Rohstoffe verschwenden und sowohl die Jäger als auch der Häuptling plus Gefolgschaft hatten Vorrang.

Langsam und unsicher, da sie eigentlich hoffte nicht weiter beobachtet zu werden nachdem sie sich mit dieser Pause sicherlich keine Freunde gemacht hatte, denn viel eher wenn dann das Gegenteil, schlich sie sich unauffällig aus dem Wohnbereich und trat hinaus in das sie grell blendende Sonnenlicht das aussah wie hinabhängendes orangefarbenes Gleißen aus den Himmelspforten das zu ihnen hinabstieg. Sofort wich jede Hoffnung auf Abkühlung aus ihren gequälten Gedanken und Jansha fand sich auf dem Hügel wieder, welcher mitten im Yavbe´ Territorium stand. Der große Hügel, den manche auch als Berg bezeichneten, stand fast Millimeter genau zwischen den Grenzen, dem Fluss östlich und an den anderen territorialen Grenzen die vielen Berge und Wälder die dieses Gebiet fast zu einem tropischen Regenwald mutieren ließen. Kleine Felder wilderten umher und beherbergten Tiere unterschiedlichster Gattungen die sich allesamt in den Kräutern und Büschen versteckten. Dann und wann war das an einem diskreten Rascheln zu vernehmen doch schien es auch so als fiele es den Tieren in diesen Tagen leichter sich zu verstecken als sonst einst. Fliegen kreisten umher und verhielten sich so eigenartig im Versuch sich den Abfällen anderer Lebewesen zu nähern und sich damit zu versorgen. Baumkronen waren eine Art Sichtschutz der sich um die ganze Natur wickelte wie Unkraut und dabei nicht nur Sonnenlicht abhielt sondern auch im Winde der Brise verdächtig umher peitschte.

Auch über die weiten Berge die sich weitere Kilometer durch die Wüste erstreckten, sprießten sowohl hier als auch dort kleinere Pflanzen und manchmal sogar pickelige Kakteen.

Alles in allem war das Leben im Dorf ein ruhiges und besonnenes, schließlich musste man daran denken das man als Mensch oft lebte um zu leben, um am Leben zu bleiben! Das Leben als Yavbe´ hatte somit schon deswegen viele Vorteile mit sich gebracht denn die Indianer der Yavapai hatten sich jener Zeit aus dem Kriege herausgehalten der vor zwanzig Jahren auf der ganzen Welt stattgefunden und vieles, auch hier in Arizona, in Schutt und Asche gelegt hatte. Ganze Bombardements hatten die Welt wie sich die Yavbe´ ihrer zu Nutze gemacht hatten verändert, sie umgestaltet und sie nachhaltig … verkompliziert. Riesige Berge waren flache Ebenen geworden, langlebige Grünflächen waren verbrannt und sahen Ruinen ähnlich und brannten zum Teil auch heute noch, Ströme und Meere kochten und sie kochten noch immer!

So wurde das Jahr 2998 zu dem schlimmsten Jahr der Zivilisierten Menschlichen Evolution und besiegelte fortan den ewigen Zerfall der Gesellschaft und des Zusammenlebens. Jansha hatte als Yavapai Indianerin zugegebenermaßen nicht viel davon mitbekommen, doch das es ein großes Desaster gewesen und die Menschen, die noch lebten, auf ewig gespaltet hatte, war wohl einigermaßen selbstredend.

Wie sie in just diesem Augenblick stolz sah hatten sich die Yavbe´ nicht zu einem auserwählten Ziel gemacht, denn ihr Territorium war größtenteils unberührt geblieben was wohl an einem lag, stets hatten sich die Yavbe´ aus dem geruhsamen und warmen Nordwesten Arizonas Freunde gemacht. Selbst für Indianer waren sie sehr friedliebend und offen und eine ihrer allergrößten Errungenschaften war die Anpassungsfähigkeit. Stets, selbst schon vor tausenden von Jahren hatten es ihre Vorfahren versucht aus dem Wissen jedes Ankömmlings in ihrem Dorf als auch ihrer Umgebung zu lernen, ihnen ihr Wissen zu lassen, es ins eigene Sein aufzunehmen und damit zu wachsen und der Kultur entgegenzukommen. Nicht zuletzt deswegen hatten sich die Yavbe´ schon vor Ewigkeiten den sentimentalen Spitznamen namens die *Echten Yavapai* eingeheimst auf den sie noch bis zum heutigen Tage sehr stolz gewesen waren … und sie waren dem Kodex noch bis heute treu geblieben oder zumindest hatten sie es immer versucht.

Auch Gannamethek war davon ein großer Freund, vor allem ein großer Traditionalist und auch ein großer Denker und ein Philosophisches Wesen.

Manchmal saß er tagelang auf der Lichtung zum wilden Wald in dem so viel Leben hauste und dankte eben dafür, dankte dafür das ihr Leben auch weiterhin unbehelligt war und sie sich der Natur bewusst sein durften und dort verharrte er dann still. Manche würden Krämpfe bekommen, manchen würde es schlicht zu langweilig werden oder sich einen Sonnenbrand holen in der prallen auf ihn nieder scheinenden Folter, doch man spürte die Dankbarkeit in ihm und das es ihn ausfüllte im Einklang zu sein mit dem was nach den Desastern der letzten Jahre auf dieser Welt noch übriggeblieben war und nicht verwelkte, aus seiner Sicht war das Leben einzigartig und man sah ihm an das es ihn enttäuschte wenn es jemand wegwarf, sein Eigenes einziges Leben wegwarf und es damit verwirkte und sich selbst aufzugeben drohte wie die Menschen ihre Zivilisation aufgegeben hatten.

>> Jansha, da bist du ja Engelchen, das Fell bearbeitet sich schließlich nicht von alleine! Die Mädchen und ich haben uns schon Sorgen gemacht und zu den Geistern des Gewölbes gebetet, dass dir nichts zugestoßen sein möge. << Rathongeda, eine der vielen Klan Mütter und Näherin noch dazu, interessierte sich immer für das was Jansha trieb, denn die ältliche Dame war ihrer Zeit die Schönste aller Indianer-Töchter gewesen, sie war immer froh sich mit Jansha zu unterhalten und unterstrich die Meinung des Häuptlings und ihres Gemahls.

> *Es war gut dem einfachen Leben treu geblieben zu sein, und dadurch überlebt zu haben.* < Paragraph sieben im genügsamen Regelhandbuch Gannametheks und auch dem von Rathongeda. Sie verstanden sich wirklich sehr gut und Jansha konnte nur Glück haben wenn sie auch einst einen solchen Mann finden

würde. Einen Mann der ihre Hobbys teilte und sich ihr ebenso anpasste wie sie sich Ihm.

>> Es tut mir leid wenn ich euch Angst gemacht habe. Rathongeda, ich versuche mich zu sputen! << Jansha grinste etwas verlegen denn sie wusste das sie Glück hatte das sie überhaupt lebte. Die Menschheit war seit guten zwanzig Jahren erledigt und jeder Mensch der jetzt noch existierte konnte froh darüber sein das er eine Chance bekommen hatte irgendetwas mit dieser Welt zu versuchen. Sie zu verbessern und vielleicht auch die Menschheit zurückzubringen, zu erneuern und ihr ihre vielen begangenen Fehler auszutreiben, … allerdings würde diese Wiedergutmachung für sie mit Nadel und Faden beginnen und damit ihren Freunden eine gewisse Wärme zu verschaffen. Schließlich machte sie ihre wichtige Aufgabe nicht nur gerne, sondern auch Gewissenhaft, sie war dafür ebenso hoch geschätzt wie für ihr Aussehen und sie machte sich alle Mühe sich der sengenden Sonne entgegenzusetzen und dem Ohrenschmaus der vielen singenden Vögel pfeifend zuzustimmen und sich damit sowohl hochgradig zu konzentrieren, als auch sich abzulenken um ihre Arbeit verrichten zu können.

Neben einem Federgewand machte sie sich an die Arbeit ihrem Erlöser, Caynor, eine prachtvolle Tunika herzurichten und eine dazu passende Maske zu schnitzen um seine Chancen auf zukünftige hochkarätige Posten drastisch zu erhöhen. Jansha hielt viel von ihm und sie wäre froh wenn sie Ihm behilflich sein könnte.

Kapitel 2

Langsam dämmerte es ihr wieder. Kaum hatte sie Ihre Utensilien beiseite gelegt, da war sie am Vortag auch bereits eingeschlafen gewesen und war erst heute sehr spät aufgewacht, trotz der vielen aufgebrachten Indianer um sie herum, einer Prise Hektik und dem stummen Wehklagen über die gewöhnlichen Sorgen eines ereignislosen Lebens, oder Tagesbeginns der sich wie der Beginn vom Ende anfühlte. Oder war einfach nur wieder ein wildes Tier in ihr Dorf eingefallen und hatte sie alle etwas durcheinander gebracht?

Langsam und im Halbschlaf trottete die Indianerin aus dem Zelt und zog die Sonnenblenden auf Seite denn diese waren heute Morgen wirklich nicht nötig, es sah sogar irgendwie erheiternd nach Regen aus. Doch noch strömte kein Wasser vom Himmel, nur unzusammenhängende Worte aus den Mündern ihrer Bekannten die alle versammelt, um das aus Holz erbaute Konstrukt, welches das Haus ihres Häuptlings war, herum standen. Einige der Indianer der Yavbe´ lebten in Zelten, andere in Holzhäusern, noch andere in aus Fels entsprungenen Heimen wie Höhlen oder Ähnliches immer nahe des Dorfes.

Jansha schob sich entschlossen zwischen einem großen Teil hindurch, wobei viele der Männer freiwillig Platz für sie machten und fand sich dann Gesicht an Gesicht mit ihrer aller Headmaster wieder- dem Häuptling und Lebensfreund Gannamethek.

Er wirkte beunruhigt und hatte seinen Stab, den seit jeher jeder Häuptling ihres Stammes mit sich herum getragen hatte und der schon seit zirka zweitausend Jahren existierte , tief in den modrigen Schlamm gesteckt sodass ein ganzes Viertel des Stabes einfach verschwunden zu sein schien. Seine Knöchel wurden bereits weiß vor Anstrengung und seine Hände und Gelenke waren so dermaßen verkrampft das Jansha sich ehrlich gesagt fragte wie lange es noch dauern würde bis der Mann zuckend zu Boden fiel. Zu ihrer Freude geschah dies überhaupt nicht, jedoch war der Mann wohl sehr froh sie zu sehen und grinste sie mit offenem Mund an, seine Lippen waren so verkrustet und mit Falten übersät wie es nur bei einem steinalten Mann der Fall gewesen sein konnte.

>> Jansha, mein liebes Kind. Ich rief dich durch den Wind und du wurdest zu mir geweht. << meinte er während seine Finger den Stab ein bisschen weniger lädierten und sich selbst ebenso einen Gefallen tat. Seine braune Kleidung war mit Federn versehen und zur Tarnung im Wald gedacht, zwar war sie keine Expertin doch wusste sie das der Häuptling diese Tarnfarben eigentlich nicht mehr brauchte, aber vielleicht erinnerten diese Klamotten ihn noch an seine aktive Zeit als er noch jünger gewesen war und seinem Volk helfen konnte sich zu entfalten. Allerdings hatte Gannamethek recht gehabt, sie hatte geträumt. Im Schlaf hatte sie die Stimme des Häuptlings gehört, sein Flüstern. Seine Stimme war so leise gewesen das selbst sie es kaum gehört hatte oder auch nur verstehen konnte, doch kam es ihr zurück ins Gedächtnis.

>> Jansha ... Jansha. Eine Gräueltat an unserem Volke wurde begangen und ich brauche deine Hilfe, um dem Umtreiben ein nachhaltiges Ende zu setzen. Unser Land wurde verunreinigt und eine gesamte Herde war daran beteiligt und hat sogar deine Arbeit für den netten Caynor zerstört, wenn er darauf wartete wäre er sicherlich sehr enttäuscht. ... Damit du die Arbeit auch wieder aufnehmen kannst brauche ich die mutigste und verständnisvollste kleine Indianerin und da kam ich auf dich! << ja an so etwas erinnerte sie sich. Irgendetwas in der Richtung hatte der Mann ihr im Traum zugeflüstert mit seinem, nach Zigarre riechendem, Atem der ihr entgegen gestoßen war wie eine leibhaftige Wand. Als sie aufgestanden war, direkt nachdem dieser Monolog geendet war, hatte sie allerdings geglaubt dass dieses Gespräch niemals wirklich stattgefunden

hatte, sondern Teil eines verrückten Traums sei indem sie nach Mitgefühl und Aufmerksamkeit suchte?

Abgesehen vom Headmaster gab es nur eine Möglichkeit die ganze Wahrheit zu erfahren und sich nicht selbst belügen zu können, denn eine Einbildung könnte niemals ihre Werke in der Werkstatt zerstören an denen sie lange und hart gearbeitet hatte.

>> Grübele nicht über deine Probleme oder Zweifel, junges schönes Kind. Ich gestatte dir jedoch deine Sorgen zu ergründen und dich im Dorf umzusehen, … aber nur wenn wir uns in einer halben Stunde am Stadtwall treffen? << Gannamethek war eh der Häuptling und es gab keine wirkliche Möglichkeit ihm abzusagen, also versuchte sie es auch gar nicht erst. Schließlich gab es immer und überall eine Hierarchie und sie hatte nicht vor als einzige Indianerin des Dorfes diese Grenze zu überschreiten, wo sie es doch schon mit so vielen Regeln zu tun bekommen hatte! Der Sohn des Häuptling der sie hatte heiraten wollen, ihre Arbeitszeiten und auch ihre fast wöchentlichen Ausflüge in den tiefen und wirren Wald, der jedem anderen im Dorf das fürchten lehrte, selbst den Wachen am Tor.

Sie nickte kurz entschlossen und bemerkte relativ schnell wie der ältliche Häuptling sie entschwinden ließ und sich selbst auf den Weg zum Stadttor begab und sie konnte wetten das sie selbst trotzdem noch früher dort ankam denn der Mann mit dem Namen Gannamethek war ungefähr so schnell wie eine Schildkröte, von denen es am Ufer zum Fluss das einst einige Gebiete abtrennte, genügend gab. Aus ihnen konnte man Schilde herstellen und sie essen, auch wenn diese Tiere nicht wirklich Janshas Geschmack trafen, aber das taten die wenigsten. Sie aß lieber Beeren und Kräuter aus dem Wald, jedoch war sie die einzige die sie holte also erklärten sich ihre Ausflüge auch irgendwie. Vielleicht brauchte Gannamethek sie nun genau deswegen?

Auf dem Weg zu ihrem Arbeitsplatz quer durch das gesamte Indianerdorf, an Feuerstellen vorbei, über Schmieden hinweg und über Kindern die umher streunten und spielten, fiel ihr so einiges an ihr selbst auf das sie für die kurze Zeit bis sie tatsächlich ankam zum Stutzen brachte.

Die Federn auf ihrem Haupt trug sie nicht wie andere Frauen an einem Band um ihre Stirn sondern waren sie direkt in ihre Haare hinein geflochten und tanzten bei jeder ihrer Bewegungen und brachten ihrem Schwarzen Haar einen unvergleichlichen Glanz. Ihre Lippen waren voller und durch den Saft der Beeren und auch ihre Ernährung der farbenfroh und rot leuchtend. Ihr Gewand war reichlich verziert und leuchtete hauptsächlich in hellen braunen Farben und grüner Kontur, der Saum reichte ihr knapp bis zu ihren Knien. Knapp darüber, also so das es noch mit unter den Rock verlief, begannen allerdings schon lange Sandalenstiefel die sie vor Dreck und Matsch schützten, aber bei Regen völlig unbrauchbar wären wie sich heute welcher ankündigte.

Ihre Stelle zeigte dass der Häuptling recht gehabt hatte und eigentlich hatte sie daran auch nie wirklich gezweifelt. Er war klug und allwissend oder er hatte es heute früh gesehen als er daran vorbei gestakst war, aber wie auch immer das Wissen zu ihm gefunden hatte, sie wagte nicht mehr daran zu zweifeln.

Federn und Leder lagen zerrissen zugrunde und waren nass gesabbert, einige Löcher und Risse zierten ihre harte Arbeit. Ihre Steinaxt, mit der sie das Leder zurechtschnitt war ebenfalls etwas nass und zeigte Einbiss Löcher am hölzernen Griff. Ohne zu zögern griff sie danach und steckte diese ein, dann machte sie sich wieder auf den Weg zu Gannamethek, den sie nicht unnötig lange warten lassen wollte und was sie brauchte wusste sie nun endgültig.

Er hatte recht gehabt.

Der Weg zum Wall und dem verschobenen Tor ohne Türen war nicht weit, nur ein kleiner Kanal zierte ihr Heim und ein kleiner Bach der hindurchfloss doch schien dies manche Tiere einfach nicht für immer aufzuhalten.

Dieses Mal erreichte sie das Tor schon zwanzig Minuten vor der vereinbarten Zeit und war überrascht als sie sich wieder dem Headmaster gegenüber sah der es scheinbar in weniger als zehn Minuten hergeschafft hatte. War er etwa gerannt? Oder ist er vielleicht getragen worden?

>> Liebe Jansha, wie du selbst vielleicht schon festgestellt hast brauchen wir deine Erfahrung die du in den Wäldern gesammelt hast. Die Tiere hinterlassen deutlich Spuren doch können wir ihnen nicht bis tief in den Wald folgen denn wir alle bis auf dir fürchten ihn über alles. <<

Jansha verstand, keiner aus dem Stamm war jemals bis wirklich in den Wald vorgedrungen außer ihr, deswegen war sie auch glücklich und die anderen alle verwirrt. Sie mochte den Wald und die Unbestimmtheiten, die Launen der Natur wie sie diese selbst nannte. Für sie wirkte der Wald nicht wie eine Gefahr, er war eine ungezähmte Chance auf eine weisere Zukunft, auf einen erweiterten Horizont und Möglichkeiten von denen man im Augenblick nicht mal zu träumen wagte. Er war die Perfektion der Zusammenarbeit zwischen Harmonie und Einklang und irgendwie verschmolzen zwischen den Bäumen und inmitten der Wucherungen die menschlichen Sinne und bewirkten das man etwas spürte, … viel intensiver als sonst, ganz anders. Als würde sich der Horizont erweitern und man würde die wilde ungezähmte Welt direkt spüren, in ihrem Kern- als seinen eigenen Kern. Die eigene Mitte die einem Fehler aufzeigte und einem sogar in der Lage zu sein schien Befehle zu erteilen oder viel eher die eigenen Bedürfnisse zu erläutern, denn dies schienen die angeblichen Gefahren die in den Wäldern lauerten mit ihr anzustellen und sie zu verzaubern. Lichter Nebel breitete sich bereits jetzt vor den dichten hellgrünen Baumkronen auf und erschuf das Bild eines verborgenen Sumpfes inmitten einer paradiesischen Idylle des angrenzenden Waldes.

Nichtsdestotrotz zeichneten sich tiefe hufartige Spuren in dem knöchelhohen Schlamm vor der Lichtung ab und ließen die braune Modersenke aussehen als sei sie von einer ganzen Horde dieser Tiere überrannt worden. Ihrer Ansicht mussten es dementsprechend mindestens fünf gierige Mäuler gewesen sein die des Nachts die Indianer überfallen und ihnen auch geschadet hatten!

>> Ja, ich kann gut die Spuren der Flucht erkennen, womöglich habt ihr sie herausgejagt? Wachmänner, ich vermute zirka zwei Dutzend mit schwerer Bewaffnung und Schilden. << vorsichtig schob Jansha Schutt und Schlamm beiseite, mithilfe der flachen und etwas rauen Seite ihrer Mini Axt mit der sie für gewöhnlich Stoffe schnitt und nicht Tieren in den Wald zu folgen im Anflug war. Es wäre ihr beinahe entgangen doch das hektische Nicken des Headmasters ließ sie wissen das ihre Prognosen nahe genug dran gewesen waren um einen Versuch auszuschließen die Sache richtig zu stellen und somit vielleicht wichtige Zeit zu verschwenden. Auch weiterhin ließ die junge Indianerin Ihren Blick über die zurückgebliebenen Spuren fahren während sie zu analysieren versuchte was genau sie sah und was die Dinge zu bedeuten haben könnten? Die Lösung auf der sie bei jeder dieser Überlegungen kam war ebenso simpel wie liebenswert, sie würde in den Wald gehen, Ihrem zweiten zuhause, neben ihrer Höhle etwas auswärts des Dorfes. Sie hatte diese geerbt, von ihren toten Eltern die wegen dem Verrat am Dorf der Yavbe´ bestraft und getötet worden waren, doch war Jansha da noch so jung gewesen das es eigentlich keine Rolle für sie gespielt hatte, nun wusste sie das ihre Sippe einfache Verräter und vielleicht sogar hinterlistige Mörder gewesen waren die versucht hatten den Headmaster und seine Verbündeten umzubringen, doch die Sachen lagen soweit zurück. Weder der Headmaster von damals noch etwas anderes aus jener Zeit existierte noch, bis auf die Ausnahme des Höhlenhäuschens das im Vergleich zu vielen anderen seiner Art sogar eine Art Eingangspforte in Form einer

schlichten Holztür besaß. Doch war sie dort sehr selten denn die Behausung gestörter Killer machte sie nervös und sie arbeitete eh im Dorf wo sie ein kleines Zelt inmitten des Zentrums bewohnen konnte solange sie wollte, weil es einst Rathongeda gehört hatte die nun beim Häuptling schlief. Ihre Großeltern hatten sie aufgezogen doch waren diese mittlerweile ebenso verstorben und Geschwister hatte sie ebenfalls keine, zumindest keine die ihr geläufig wären doch bei all den Familiengeheimnissen?

>> Headmaster, ich schätze ich bin in ungefähr drei Tagen zurück und informiere euch dann was vorgefallen ist und ob ich es schaffe die Gefahr einzudämmen, … gegebenenfalls auszuschalten. Es scheinen Huftiere zu sein, also ist es vermutlich eh nicht gefährlich, … wünscht mir Glück. << Jansha zwinkerte erleichtert und ausgeruht, das Schönste für die ungewohnt attraktive Frau in dem Sommerkleid das kaum in den beinahe schon verregneten Tag passte war, das sie ihrer nervigen und langweiligen Tätigkeit nun nicht mehr nachgehen musste und das eingelegte Pausen und Verstecke nun nicht mehr auch nur im Ansatz nötig wären. Einzig und allein die Wildnis verlangte nun nach ihr und der Duft der nicht im Geringsten getrimmten oder gezähmten Rosen die wie eine dornige Pforte umher wucherten schürten ihre Einreise nicht auch nur ein wenig. Für Jansha sah es sogar unverwechselbar hübsch aus und kreierte irgendwie eine liebreizende Möglichkeit den Wald so schnell wie möglich zu betreten. Die junge Yavbe´ schritt nun unbeirrt auf die von Matsch überschwemmten Lichtung und ergötzte sich lächelnd an dem Gedanken das sie die einzige war die es sich traute, selbst gegen all die Männer die damit angaben wenn sie auch nur einen Fisch gefangen hatten, doch ihre Blicke würden von Verwunderung sprechen. Die Yavapai waren immer ein offenes Volk gewesen, aber auch zurückgezogen. Niemals in größere Kriege verstrickt oder an Katastrophen beteiligt gewesen, die jetzige Situation überforderte nicht wenige von

ihnen. Die Yavbe´ kannten regionale Scharmützel mit anderen Stämmen doch auch diese lagen viele Jahre zurück, weil vermutlich auch diese zu größten Teilen in dem Krieg vor zwanzig Jahren gestorben waren, denn nicht jeder Stamm der Yavapai Indianer Familien hatte sich herausgehalten. Oder zumindest hatte Jansha schon lange niemanden von Ihnen gesehen, die Welt um ihre Gefilde herum war sehr ruhig gewesen und gewonnen hatte im dem weltumfassenden Krieg sicherlich niemand, auch nicht die Überlebenden, die vielleicht existierten, aber eine wirkliche Zivilisation gab es nicht mehr und die Menschheit im Großen und Ganzen hatte alles verloren, Errungenschaften, Ethik, Religionen, die sicherlich die wichtigste Stützte in einem erfüllten Leben darstellte wenn es sie gab, … Komfort, Mobilität. Alles wie weggespült von den Menschlichen Sünden, Gier, Lust und Macht, von dem Glauben den Konflikt benutzen zu können um die eigene Macht anzusammeln und sie über die anderen Regierungen auszuspielen und diese damit in die Knie zu zwingen. Alles Sachen die es in einem Wald eben nicht gab und die ihr das Gefühl gaben das der Wald mehr als nur eine zweite Heimat für sie war, der ihr so viel Ruhe und Gelassenheit schenkte.

Erstarrt und erfreut zugleich jedoch stellte die dunkelhäutige Schönheit plötzlich fest das sie längst bis tief in den Wald hineingezogen war und das Dorf bereits viele Meter hinter sich gelassen hatte. Sie war umringt von himmelhohen Baumkronen die ihr den Blick auf die düsteren Wolkenfelder nahmen und sie umzingelten wie die Garde des Headmasters bei einem feindlichen Angriff. Die seichten Lücken inmitten der blättrigen Äste ließen leicht wärmende Sonnenstrahlen zu die ihr allerdings nicht unangenehm wurden. Ranken schlossen sich um die Baumwurzeln und verwandelten den braun matschigen Waldboden in eine Art Kunstwerk, eine grünbraune Masse die sich ihr als sehr einprägsam ins Hirn brannte.

>> Dann muss ich jetzt wohl die Spuren ausfindig machen! <<
Jansha quasselte vor sich her, eigentlich ergaben ihre Worte
dabei sogar sehr selten einen wirklichen Sinn. Dennoch musste
sie zugeben dass es vermutlich keine allzu schlaue Idee gewesen
war in den Wald zu treten ohne die Spuren der feindlichen
Horde im Auge zu behalten.

Aber was sollte sie machen? Die Welt war sehr tief am Boden
angekommen und sie schwamm eben gegen die Menge an, sie
lebte gegen den Strom und nun hieß es einfach die Spuren einer
wilden Tierhorde wiederzuerkennen und diese zu ihrem
Fluchtort zurückzuverfolgen ohne dabei viel Zeit zu verlieren.
Was danach alles geschehen würde war im Augenblick wirklich
egal, selbst wenn morgen wieder mit brachialer Gewalt die
Sonne auf sie hernieder brechen sollte! Vielleicht hätte sie aber
wieder auch Glück und es könnte massig regnen, die Hitze von
Arizonas Wüsten machte ihr zu schaffen und obwohl die Höhle
ihrer Eltern sehr viel kühler wäre, blieb sie doch dann ebenfalls
lieber im Zelt im Dorf, … das machte Ihr irgendwie wesentlich
weniger zu schaffen, plus, sie hatte es sich selbst erarbeitet!
Keuchend bückte sich die Frau in die Hocke schaute sich Kopf
schwenkend um: Der Wald war eine reine Symbiose zwischen
Vogelgezwitscher und dem Gejaule eines vermutlich großen
Raubtieres. Die grün Farbenden Wände um sie herum
versprachen ihr erstaunlicherweise Schutz denn auch die
jagenden Tiere müssten sich erst durch das raschelnde Geflecht
aus Dornen und Blättern zwängen ehe sie Ihr etwas anhaben
konnten und Jansha hatte ausgefeilte Ohren, sie hatte festgestellt
das sie viel besser hören konnte als all die anderen Indianer
doch glaubte sie nicht an Spuk oder Erddämonen- das kam
vermutlich weil sie sich viel im Wald aufhielt und sich den
Gefahren angepasst hatte. Sie hatte gelernt auf ihre Umgebung
acht zu geben ehe ihre Umwelt sie umbrachte, doch sie liebte
den Nervenkitzel und die Abenteuer die man an fremden Orten
erleben konnte.

>> Oh, da sind sie ja endlich! <<

Direkt vor ihrem, fast auf dem dreckigen Boden liegenden rechten Knie das in der Luft hing, zeichnete sich eine frische Spur im Matsch ab von mehreren wilden Tieren die panisch durcheinander gelaufen sein mussten. Sie wusste das sie gefunden hatte wonach sie gesucht hatte und sie ahnte das diese Tiere erst der Anfang einer weiteren Reise sein würden.

Kapitel 3

Partiell zeichneten sich in manchen Gebieten noch immer die Nachwirkungen der Verstrahlung durch den Krieg ab, sodass man in manchen Minuten sogar ein Krabbeln auf der Haut bemerkte das einem sofort klar machte das etwas nicht richtig war. Am Rande der Klippen die aus Washingtons Stadt geworden waren, war das zum Glück nicht so, sie ragten über die übriggebliebenen Trümmerstädte Oregons hinweg und dieser Anblick wäre sicherlich früher unmöglich gewesen. Rauchschwaden schienen noch heute den Himmel zu verdunkeln und hohe Masten von Schiffen ragten wie Mahnmale vergangener Jahrzehnte in den Himmel, weil sie zur falschen Zeit im falschen Hafen gelegen hatten. Hohe Türme gab es nur wenn sie qualmten, wenn sie zerstört dastanden und die Bomben sie einigermaßen verschont hatten, doch das waren eher die Aussätzigen und nicht die Regel. Vadegoon stierte entgeistert in den Untergang. Sein Herz raste bei dem Anblick und ließ schlimme Gedanken durch seinen Kopf schießen, Erinnerungen, Ahnungen, Sorgen.

Eigentlich sah die ganze Welt so aus, doch genau deswegen machte es einen Unterschied wo man sich aufhielt. Ganz tief in seinem Herzen wusste der abtrünnige Indianer das es noch Lebendige gab, Leute die aufbauten was zerstört worden war, die den Mut noch nicht aufgegeben hatten, doch er wusste nicht wo! Den Blick auf ein düsteres Szenario gerichtet, in dem das Meer vor schwarzen Morast und Ölteppichen kaum noch wie echtes Wasser aussah und die Städte selbst jetzt noch brannten, wusste er genau das Kaliforniens Küste die Antwort auf all seine Fragen war, doch hatte er in diesem Bundesstaat bereits viel Zeit verbracht und dabei hatte er rein gar nichts entdeckt, nur Zerstörung und Hoffnungslosigkeit. So wie hier. Doch auf seinen weiteren Reisen durch die Wälder war er wieder auf Hinweise gestoßen, Gedankengut welches ihn Richtung

Kalifornien trieb, wo er gerade erst von einer wilden Herde Tiere vertrieben worden war, dessen einzige Mahlzeit Möglichkeit er wohl darstellen musste. Doch immer wieder fand Vadegoon Notizen in verlassenen Bunkern, Militärbasen und Wohnhäusern, Mails in PCs von Familien die gehofft oder sogar geplant hatten den Krieg irgendwie zu überleben, doch geschafft hatten sie es vermutlich trotzdem nicht. Jedoch sprachen die Nachrichten immer wieder von einem Paradies oder einem simplen Zufluchtsort der an Kaliforniens Küsten versteckt liegen sollte … eine Untergrundbasis vielleicht oder eine andere Möglichkeit diesen Krieg zu überleben der die Welt komplett ruiniert hatte? Vadegoon wusste es nicht, sein Exil abseits seiner Brüder und Schwestern dauerte bereits viel zu lange und ließ ihn langsam an seinem Verstand zweifeln, jeden verdammten Tag diese Einsamkeit! Niemand mit dem er reden könnte. Über das was er ahnte, wusste, … über das was er fühlte, erlebt hatte. Gar nichts. Die Gedanken kreisten in seinem Kopf umher wie ein Schiff im Himmel zu den Zeiten der endgültigen Zerstörung. Doch davon hatten die Indianer nichts mitbekommen, erstaunlicherweise war ihr aller Leben fast unbehelligt weitergelaufen und man hatte nicht viel mehr bemerkt als das Grölen und das Tosen der Bomben und der Flugzeuge um einen herum, ansonsten war die Welt völlig normal gewesen. Das war mittlerweile zwanzig Jahre hinter Ihnen und damals war er noch ein kleiner Junge gewesen, der selbst die kleinen Anzeichen eines Krieges spannend gefunden hatte, er hatte sie miterlebt, sogar seine ganze Familie hatte es miterlebt und bei dem Haufen war das nicht zu erwarten gewesen … ziemlich schlimme Geschichte was das anging. Doch vermutlich waren diese privaten Tragödien nichts gegen die Auslöschung der gesamten Menschheit und aller Zukunftsorientierten Ideen die sie einst entwickelt hatten?

Auch wenn er viele Kilometer hinter sich gebracht hatte, hatte ihm die Reise nur eine Erkenntnis zu schenken vermocht, … er musste genau den gleichen Weg zurück. Kalifornien, das war sein wahres Ziel gewesen und zwar von Anfang an. Die anderen Gegenden flüsterten nur die Schreie der Verstorbenen weiter und brachten eine lauernde Gefahr mit sich die ihm auf Dauer sowieso das Leben kosten würde. Doch wer konnte das schon sagen? Was erwartete ihn an seinem Ort, in dem errichteten Camp und was hatten die hungrigen Tiere mittlerweile mit seiner Ausrüstung angestellt? Washington zu passieren, Oregon auf schnellen Sohlen zu durchqueren und unbeschadet Kaliforniens Küste zu erreichen war kein leichter Auftrag, doch womöglich die einzige Chance seiner Selbst und auch der Menschheit um diesen Auslöschungsversuch zu überleben. Eine Selbstzerstörung der Menschheit, eigentlich war es genau der Untergang den die Yavapai vor Ewigkeiten kommen sehen hatten, denn die meisten Menschen waren einfach zu materialistisch geworden oder hatten nur noch nach Macht gestrebt! Die Dinge sind nach und nach den Bach runter gegangen und ein Krieg war unausweichlich geworden, doch wieso hatten die Indianer der Yavapai das alles so leicht überleben können?

Selbst wenn sie sich nicht eingemischt haben sollten … den kämpfenden Ländern und ganzen Kontinenten wäre ihre Neutralität doch sicherlich egal gewesen oder hatten sie auf Verbündete nach der großen Schlacht gehofft? Hatte echt Jemand geglaubt das der Kampf Sieger haben würde oder das es danach etwas geben würde das man aufsammeln und regieren könnte? Der Indianer ging steif in die Hocke und beobachtete langsam und ruhig die wandernden Wolken die wie düstere Rauchschwaden am Himmel entlangzogen und Teile der Zerstörung versteckten, doch nicht ungeschehen machen konnten. Egal wie oft man darüber nachdachte, der Wahnsinn der Menschen hatte ein solches Ende nehmen müssen, die Verlierer würden vorm Ende definitiv den Siegern alles nehmen und lieber eine Bombe zünden als allein zu sterben, …

eigentlich hatte man es fasst selbst angezettelt, … es geschafft in die Luft gesprengt zu werden und die Überlebenden trugen nun die Bürde, die Last. Das Chaos wieder aufzuräumen oder das Menschliche Erbe komplett an einen Krieg zu verlieren der zwei Jahrzehnte her war. Vielleicht hatten ja die Menschen wieder nichts daraus gelernt doch immerhin war es jetzt ruhig, die Natur murrte wie in einem organischen Orchester, doch leider bedeutete solche Unruhe auch immer Gefahr. Vadegoon stierte mit seinem Vorderkopf aus dem Dickicht eines größeren Strauchs und schaute interessiert die Klippen hinunter die wie eine anziehende Todesfalle wirkte, am Fuße des matten Gesteins plätscherten dunkle wässrige Moder Wellen in Fasern herum. Ganz genau konnte der einst erfahrende Jäger erkennen wie große Schwingungen in der Luft die Wolken zerrissen als seien sie aus Zuckerwatte und als seien sie gar nicht da. Die Flügel eines Vogels der dazu in der Lage war musste jedoch unwahrscheinlich riesig sein und wäre vermutlich ein nicht ganz fairer Gegner, wie sollte er ihm gegenüber treten, wie sollte er sich überhaupt wehren? Er hatte nur stumpfe Waffen die es seit zehn Jahren für ihn richteten, sein Körper war müde und erschöpft, sein Geist hellwach, … ängstlich. Wieder der Windstoß, dieses Mal verwehte er jedoch nicht die Wolken in einem enorm bizarren Schauspiel, sondern der erzeugte Windstoß strich über sein Gesicht, raschelte am Gebüsch. Das Vieh näherte sich ihm. Dem Wald und den Tieren oder Vadegoon?

Wusste es von ihm?

In Vadegoon stieg ein schmerzendes Gefühl auf welches durch seinen Magen hinaufstieg und sein Herz zum rasen brachte, so sehr, das seine Beine schwach wurden und ihn in die Hocke zwangen, vermutlich war er dann eh besser versteckt, wenn er sich dem Geäst ergab und es als Tarnung nutzte, mit der Natur verschmolz, fast so, wie die Yavapai Indianer auch den Krieg überlebt hatten. Der Mangel an Waffen und Vorrat machte ihm jedoch schon sehr große Sorgen und ließ ihn schwer schlucken als er das Untier endlich wirklich zu Gesicht bekam und es erblickte wie einen Albtraum.

Ein riesenhafter, busgroßer, Weißkopfseeadler.

Der braun gefiederte, anmutige Jäger der Vergangenheit, … seine weißen Kopffedern wedelten im Wind seines Gleitfluges. Sein starrer und tödlicher Schnabel der im Lichte der schwachen Sonne schimmerte glänzte ihm wie eine todbringende Sense entgegen die über seinem Kopf zu schweben schien wie ein lauernder Tod. Das Wappentier der ehemaligen Vereinigten Staaten, die in diesem Sinne nicht mehr existierten, war zu einer übergroßen Bedrohung geworden. Seine todbringenden, mit scharfen und schwertlangen Krallen besetzten, Klauen waren bereits jetzt ausgestreckt als ob er Vadegoon längst erblickt hätte. Als der Indianer einmal mit seiner Schulter zuckte um ein lästiges Jucken zu vertreiben, spreizten sich die Klauen und das monströse Tier jagte auf ihn zu wie ein Zug der von den Gleisen gerutscht war. Blöderweise waren nicht nur diese Adler sondern auch andere vielleicht tödliche Wesen für diese Gegend ursprünglich bekannt gewesen, welche von ihnen mochten wohl noch mutiert sein?

Vadegoon duckte sich verschmitzt und hielt sich im Gras des Bodens fest, starr vor Angst und bewegungsunfähig. Doch das Tier rauschte an ihm vorbei, stürzte wie ein Meteorit und erwischte im Flug eine normale Tiger Eule für die es keine Möglichkeit zur Rettung gegeben hätte, egal wie sie oder jemand anderes es versucht hätten.

Eine neue Chance für mich, dachte sich Vadegoon. Er fühlte zwar das er keine Chance gegen das Wesen haben würde, doch fühlte er sich viele Male mutiger, er hatte das Gefühl das er dem Wesen entrinnen konnte und das er es nach Kalifornien schaffen würde, wenn er es versuchte, er lebte mittlerweile so lange in der freien Wildnis und sie war schon immer gefährlich oder gar tödlich gewesen. Außerdem musste er ja nur Washington und

Oregon durchqueren um sein Ziel zu erreichen, Kalifornien, … aus so vielen Gründen. Logik, Ideen, Beweise, … eine Stimme in seinem Kopf. Vermutlich ein Erdgeist, dachte er sich doch eigentlich vertröstete er sich damit nur selbst, er war wohl der einzige Indianer der gar nicht erst an so etwas glaubte, oder es auch nur in Betracht zog, … alles auf dieser Welt hatte eine logische Erklärung und darunter zählte eben auch die Vernichtung der Menschheit oder eben die Mutation des Adlers, die Stimme im Kopf hingegen war vermutlich eh nicht mehr als sein Gewissen oder sein Ansporn. Verbissen stand er auf und blickte noch ein letztes Mal auf die zertrümmerte Stadt, die Denkmal für so viel Großes gewesen war was die Menschheit vollbracht hatte, schon beinahe ein neumodisches Kulturzentrum. Eine Inspiration für Generationen, nun nicht mehr als eine schwelende Ruine am Rande des Nichts. Sein Leben war fast eine lebende Synopse dafür, sein Exil von seinem Stamm, seinem Dorf. Eine zurückgelassene Geschichte die nicht wieder erzählt werden musste, nur eine schmerzende Erinnerung die Tränen aus seinen Augen hervor lockten.

Vadegoon spannte seine Muskeln und sprang.

Sein Körper toste durch die Winde und landete kurzerhand auf einem kleinen Hang den er von oben aus gesehen hatte, wie eine Veranda aus Stein hing sie seitlich an der Klippe und gab dem dämonischen Tier einen guten Winkel für einen Angriff. Nicht wie im Wald wo das Tier ihn vermutlich nicht einmal gesehen hatte, doch unterwegs hätte es ihn angegriffen, eigentlich wollte er nicht einmal wissen wie viel Nahrung dieses Wesen tatsächlich brauchte um satt zu werden? Es war eine pure Massenvernichtungswaffe und dieses Wissen reichte dem ehemaligen Indianer eigentlich auch schon.

Mit tosendem Herzen rang er nach Fassung, die Pupillen in seinen Augen wanderten umher wie lästige Fliegen die der Klatsche immer wieder entwichen. Nebenbei griff er nach einem schweren Holz Teil auf dem Boden, welches wie der abgesplitterte Teil eines ganzen Baumstammes aussah und schwer in seiner Hand lag, mit den scharfen Kanten in seine Handflächen schnitt. Doch den Schmerz dessen bemerkte er nicht, nur vage das Brennen der Keime in der Wunde die sich bereits jetzt verbreiteten. Nur das Rauschen in seinem Ohr, das Schlagen der schweren Flügel.

Nun spannten sich alle Muskeln in seinem Körper, seine Arme fühlten sich an wie schwere Betonbrocken die nach Entlastung rangen, doch der Adler konnte jederzeit aus der Wolkendecke stürzen und seinem Treiben ein Ende setzen. Das Tier würde ihn in der Luft zerreißen wie einen Wurm, doch sein Körper war nicht so kraftvoll wie er es sich sehr gern wünschte. Vadegoon schwang die Keule und setzte schwere Schritte auf dem Waldboden in Bewegung. Jeder Schritt wie die Sklavenarbeit und das Schleppen eines schweren Steins auf dem Rücken. Jeder Schritt eine Folter, nur die Angst hielt ihn überhaupt wach, bei Bewusstsein, am Leben. Vadegoons Keifen wurde nun lauter und dickflüssiger Speichel rann von seinem Kinn, erschöpft wie er war schlurften seine Sohlen und zogen tiefe Schneisen in den feuchten Waldboden. Der Schweiß der wie in Bächen aus seinen Poren drang durchnässte ihn mittlerweile fast vollständig und seine Finger schlossen sich verkrampft immer fester um die provisorische Waffe die in seinen Händen zitterte.

Seinen Rückweg nach Kalifornien hatte er sich nun wirklich nicht so vorgestellt! Seinen Rückweg aus dem Exil, … zurück ins Leben, vielleicht zu dem Ort den er schon seit vielen Jahren suchte, irgendwo an Kaliforniens Küste?

Als die Spannungen an seinem Körper keinen Höhepunkt mehr erreichen konnten und er sich beinahe wünschte das alles endlich zu Ende wäre, da geschah es plötzlich und ohne Vorwarnung. Vadegoon fühlte sich plötzlich wie ein Spielzeug. Krachend und ächzend raste das Tier auf ihn zu. Der Indianer konnte sehen wie der Weißkopfadler majestätisch aus den Wolken flog, zum Sinkflug ansetzte und sich den Baumwipfeln näherte. Seine Schaufel großen Pranken entwurzelten Bäume und rissen alles mit Karacho aus seinem Weg wie eine schwere Steinlawine. Weder Baum, noch Fels, noch verlassene Häuserruinen konnten ihm von seinem Ziel abbringen und blöderweise war dieses Ziel er. Tosend raste es auf ihn zu und erreichte ihn viel schneller als er gehofft hatte, gerade noch schossen ihm Trümmerteile der Baracken um die Ohren, Felsspalten und Geäst, als er blitzartig schwere Krallen spürte die sich um ihn schlossen wie ein stählernes Gefängnis. Unbarmherzig rissen die Schlachtermesser tiefe Furchen in seine Kleidung, Striemen und zum Teil tiefe Verletzungen in seine Haut, aus der Blut hervorquoll wie aus einem Schwamm. Doch Vadegoon war bei vollem Bewusstsein und außerdem hellwach, der Schmerz machte ihn stark, die Angst mutig. Eifrig fuchtelte er zitternd an der Holzkeule herum die er noch immer verkrampft zwischen seinen Fingern trug. Mit der linken Hand ebenfalls an die Waffe zu kommen war zwar schwierig, weil der Adler unbarmherzig war, doch er schaffte es irgendwie und trennte kleinere Fasern vom Ganzen. Keine harte Waffe, aber wehtun würde es dem Überadler schon, dem … Mutant.

Wären die Schmerzen nicht so groß und die Panik die in ihm aufwallte, dann wäre der Wind der durch seinen Körper zischte, beinahe sogar Geld wert. Das Gefühl über der zerstörten Welt war einzigartig und der Ausblick noch viel mehr.

Vadegoon konnte die qualmenden Spitzen der Türme sehen die so hoch standen das sie am Firmament beinahe mit den Wolken verschmolzen ohne dass man es voneinander unterscheiden konnte. Die Häfen der Stadt lagen voller Trümmer, das Wasser stand in den Straßen weil die Meere mit zerstörten Kriegsschiffen nur so gefüllt waren und das Wasser aufs Land vertrieben hatten. Müll schwamm in der schaurigen Flüssigkeit die wabernd in die leeren Häuser eindrang. Ein Szenario des Schreckens unter ihm, wo er doch hoch oben in den Lüften schwang und ebenfalls einen Albtraum durchlebte. Doch bot dieser auch so viele Positiven!

Würde er auf dem Rücken des Wesens nach Kalifornien reisen können?

Müde und erschöpft griff er nach seiner letzten Chance. Hart drückte er die abgesplitterten Äste seiner Keule in die mit Klauen besetzte Pranke die ihn festhielt. Außerdem verkantete er seinen Körper wo es nur ging, die Waffe, irgendetwas würde ihn halten. Als das Holz in vielen Spänen durch die fast glasartige Haut des Wesens drang, ertönte ein Geräusch das die Stille durchzuckte wie ein weiterer Weltuntergang. Ein tiefer gellender Schrei zerriss die Luft wie das Getöse einer Luftschlacht, wie das Knacken der Gewehre oder das Detonieren einer schweren Bombe. Die Krallen ließen locker.

Vadegoon richtete sich schnell auf, griff an die Baumstamm ähnlichen Beine des Monsters. Seine Hände zerrten sich fest und der Blick nach unten in das Getöse und das Chaos unter ihm verlieh ihm einiges an Extrakraft. Hinunterfallen wollte man dahin jawohl wirklich nicht, … oder? Schweren Herzens machte er einen schmerzenden Klimmzug der ihm die Luft abschnürte und ihn an die vielen Schnitte und Wunden erinnerte die das Tier ihm zugefügt hatte. An die Schmerzen die das Adrenalin ihn vergessen ließ. Mit beiden Füßen stand er fest auf den großen Pranken des Tiers, die es fest an den Torso gezogen hatte während es flog, und hielt sich dabei an den Beinen fest. Selbst jetzt zerrte der Wind so sehr an ihm, das er beinahe an Ohnmacht denken musste, doch die pure Sorge was mit ihm geschah wenn er wegtrat, bewahrte ihn vor dem Schicksal.

Geschickt wie ein kleines Eichhörnchen tastete der Indianer nur kurz und marschierte auf dem Tier nach oben, für den Adler konnte das nicht mehr als ein kurzes Kitzeln sein und selbst ein Tier solcher Grazie konnte nicht im Flug Hygiene betreiben, unmöglich. Die Feder konnte er nicht ausrupfen, dazu saßen sie zu tief, doch sie eigneten sich wundervoll zum hinaufsteigen.

Gegen den Wind ankämpfend, den das Tier zu größten Teilen jedoch absorbierte, zurrte er sich abgekämpft auf den schmalen Rücken des Riesen und blieb dort kurz atmend liegen und erholte sich während er von nah dran unter die Wolkendecke auf den Himmel schaute, der ganz ruhig und tiefblau vor ihm lag und keinerlei Anzeichen der schrecklichen Lage mehr aufwies, die brennend roten Himmelstage waren lange vorbei, die Monate in denen der Wind den Rauch des Feuers mit sich getragen hatte, … als Krieg und Tod im Wind kauerten wie sonst nur in den Canyons.

Kurz aufgerappelt war er auch schon wieder aufgestanden und rührte sich nicht weiter als bis zum Hals und dem Kopf des Adlers. Beides schwebte im Wind und glitt wie durch dünnes Eis oder Wasser- als er seine Hände an die Schläfe des Tiers legte, bemerkte Vadegoon ein leichtes Pochen, aber keine Gewaltsamkeit mehr oder gar Hass.

Der Indianer konnte nur vermuten das es auf einen Gegner hinauswollte der im Kampf gegen ihn bestehen würde, auf einen Anführer, vielleicht konnte das Tier aber auch nur den eigenen Rücken nicht beschützen und gab sich fürs Erste geschlagen? So oder so, Vadegoon sah sich selbst sehr dazu imstande das Tier von hier oben aus zu lenken und es somit nach Kalifornien zu steuern wo er endgültig einige seiner Ermittlungen zu Ende setzen und vielleicht der Phase des Todes entrinnen konnte.

Kapitel 4

Heilfroh lehnte sie sich an die harte, hölzerne Kruste eines naheliegenden Baumes. Sie atmete schwer und sie versuchte angestrengt sich wieder auf ihre Pflichten zu konzentrieren. Die Verwirrung und den Schwindel abzuschütteln. Ihr ging einfach die Luft aus.

Caynor, den hätte sie jetzt gut gebrauchen können. Den kommenden Medizinmann des Dorfes, wenngleich Jansha zugeben würde das sie noch nie gesehen hatte wie dieser Mann tatsächlich Jemandem Medizinischen Rat gegeben hatte? Geschweige denn davon praktisch geholfen zu haben, doch er war mit Sicherheit ein Mann des Rates, Jemand mit dem man reden konnte wenn das Heim zerstört wurde und man Angst vor dem alt werden hatte! Davor grau zu werden und das man seine Tätigkeiten nicht mehr ausführen könnte, darin war Caynor wirklich talentiert und Jansha hatte das Gefühl gewonnen das Gannamethek und seine Gattin das zu schätzen wussten weil sie selbst am Rande des Endes standen, schließlich war nicht einmal der Headmaster selbst unsterblich und würde irgendwann so wie auch der Medizinmann seinen Posten abgeben müssen.

Nichtsdestotrotz würde sie unweigerlich zugeben müssen dass die Reise sie erschöpfte und das Rudel aus Wildtieren sich weiter weg getraut hatte als sie es auch nur entfernt für möglich gehalten hatte. Caynor wüsste vermutlich wie sie regenerieren könnte, doch war es nicht wirklich ungewöhnlich dass ein hungriges Rudel Tiere so weit reiste um etwas zu essen zu suchen statt einfach in der eigenen Umgebung zu suchen? Wäre das nicht naheliegender und würde es einfacher machen, die Reise musste doch wirklich sehr anstrengend gewesen sein!

Sich hinzukauern und die anhaltende Ruhe der kühlen Waldluft zu genießen war ihre einzige Idee die sie tarnte indem sie am Boden nach versteckten Spuren zu suchen schien. Jedoch keine fand die ihr wirklich half nach ihren vielen Zielen zu suchen. Viel eher war der Waldboden ungeniert und unleserlich, er machte den Eindruck als wäre ein anderes Lebewesen hier gewesen nach dem sie gar nicht suchte, Fußabdrücke eines Menschen zeichneten sich im Schlamm wieder wie an manchen der Höhlenmalereien ihrer antiken Vorfahren die noch keine Stifte oder Papier kannten um sich die Sache erheblich zu erleichtern. Wirkliche menschliche Fußabdrücke, doch war sie nicht die einzige Indianerin die sich in den Wald hinaus traute? War schon jemand vor ihr hier gewesen und hatte nach dem Rudel Ausschau gehalten und es verjagt oder ausgeschaltet oder gab es weitere Menschen …?

Doch wie sollte das sein und wo waren sie die ganze Zeit gewesen?

Die Indianer hatten in ihrer näheren Umgebung länger nach Überlebenden des Massakers gesucht, doch nichts gefunden was ihnen das Gefühl gegeben hätte das es auch weitere Überlebende geben könnte außer ihnen! Nur Feuer, Qualm und Zerstörung. Das war alles was sie damals gefunden hatten, Verzweiflung war in ihnen hoch gekommen, das Gefühl allein zu sein. Die Letzten Überlebenden einer apokalyptischen Begegnung.

Jansha stellte es sich schrecklich vor bewusst dabei gewesen zu sein, dazusitzen im Zelt und zu wissen das die Gunst der anderen Länder entschied ob man lebte oder starb, man hatte keine Waffen oder zumindest keine sich gegen die technisierten Abwehrmaßnahmen der Krieger zu verteidigen! Man wäre ihnen hilflos ausgeliefert gewesen und doch war man noch da, … wo alle anderen verschwunden schienen. Die ständigen Eruptionen, die Zerstörungen vor der eigenen Pforte? Die hübsche Indianerin wusste nicht wie ihre Vorfahren mit der Angst umgegangen waren denn sie war sich sicher dass sie sich verkrochen hätte soweit sie nur konnte und wäre damit vermutlich in den direkten Tod gerannt! Außerdem hatte sie ja auch schon gelebt, auch wenn sie nur drei gewesen war. Manchmal war sie sicher im Traum die Schreie und die Explosionen zu sehen, vielleicht war sie auch deswegen erst abenteuerlustiger als die Meisten? Sie glaubte das es eine Art Kindheitstrauma sein konnte, doch war es nichts über das sie jemals gesprochen hatte oder auch nur geflüstert, es war ihr peinlich. Und das einzige auf der Welt was ihr dabei half diese Erinnerungen zu verarbeiten war das Amulett ihrer Eltern das sie stets bei sich trug und just in diesem Augenblick in ihren Handflächen wog. Es war aus dunklem Holz und zeigte altmodische Symbole, wie Menschen und eine kreuzförmige Blume, in der Mitte einen Ziegenkopf, der sie immer direkt anzustarren schien.

Sie wollte mutiger sein und eine Anführerin in Zeiten der Not, doch manchmal glaubte sie das sie ziemlich feige war, der Wald war ein schöner und zumeist ruhiger Ort und eigentlich fühlte sie sich ziemlich wohl, was der Grund war warum sie die Aufgabe des Häuptlings so leichtfertig angenommen und sich nicht erst gesträubt hatte.

Sie hatte schon die fast unbedeutende Eigenschaft sich die Rosinen raus zu picken, unschöne Arbeiten zu machen fand sie ihrem Status nicht entsprechend, schließlich müsste sie eigentlich gar nichts mehr tun hätte sie einfach des Häuptlings Sohn geheiratet. Und das tat sie schon, wenn auch nicht einwandfrei oder freiwillig.

In Gedanken verloren war sie umhergestolpert und hatte über die Fußspuren geblickt die ihren ganzen Tatort durcheinander brachten, ihre Reise extrem erschwerten und ihr Kopfzerbrechen bereiteten, woher kamen diese Spuren plötzlich nach all den Jahren? Den Jahren des Alleinseins, der Unendlichkeit in der Düsternis, … denn es war ja nicht so das die Yavbe nicht auf die Außenwelt angewiesen gewesen wären, Arizona war verdammt heiß und neumodische Wassermaschinen oder Einkaufszentren hatten ihnen die Arbeiten schon erleichtert, blöd nur das diese alle dem Erdboden gleichgemacht worden waren. Das war hundertprozentig klar, nichts war mehr zu bergen gewesen als die Yavapai vor ungefähr zehn Jahren in purer Verzweiflung danach gesucht hatten. Nur qualmende Trümmer, brennende Tankstellen und ein wütender Himmel der grummelte und über sie wachte wie ein verstimmter Vater.

Plötzlich rutschte sie ab.

Jansha schlitterte mit ihren Sandalen am Rande des möglichen balancierend einen Abhang hinab der die menschlichen Spuren verschluckte. Steine standen ihr im Weg, ganze Bäume zum Teil. Sie gab sich alle Mühe an diesen vorbei zu schlittern und ihren Körper gerade zu halten, doch als in weiter Ferne weitere Baumkronen vor ihr auftauchten und sich zu einer ganzen, grünen unaufhaltsamen Armee zusammenschlossen, verlor sie die Hoffnung und versuchte abrupt zu stoppen. Sie entfernte sich eh viel zu weit von den Wildtierspuren die nicht im Nichts hatten enden können, … immerhin war das unmöglich, oder? Unmöglich! Jansha verlor die Kontrolle und wurde von einem flachen Stein der tief im Matsch gesteckt hatte, in die Luft gewirbelt. Zerstreut schaute sie sich um und versuchte Halt zu finden, hoffnungslos. Mit leuchtenden Sternen vor den Augen die ihr auf bedenkliche Weise die Sicht nahmen, genau so wie der strömende Wind in ihrem Gesicht, schleuderte ihr Körper ohne jede Kontrolle durch die Luft und prallte plötzlich schmerzend auf. Doch wogegen sie geprallt sein könnte erfuhr sie erst einige Stunden später als sie urplötzlich und ohne überhaupt gemerkt zu haben das etwas Zeit vergangen war, wieder in den Himmel starrte, der durch die dichten Blätterkronen schimmerte. Ihre Augen wirkten noch ein wenig trübe, ihr Körper zitterte und schien ein wenig taub. Nur ihre Hand schien zu schweben und lag daher nicht auf ihrem Brustkorb. Als sie dem Verlauf ihres Armes angestrengt folgte, blickte sie in das nett lächelnde Gesicht eines jungen Mannes, der zu blinzeln begann als sie ihn anguckte.

>> Mein Name ist Ibrahim Spencer, ich hab deine spektakuläre Sturzeinlage verfolgen können, bist vor einen Baum gekracht. … Ich habe zuerst gedacht dass es aus mit dir sei! << er schien froh zu sein, außerdem war er auf den ersten Blick selbst unverletzt, gut gepflegt und ein Gentleman wie es schien, oder zumindest hatte die Lage den Anschein als hätte er sich um Jansha gekümmert. Außerdem, selbst wenn sie ihm nicht traute, was sollte sie tun? Weglaufen konnte sie nicht. Ihr Körper war wie gelähmt, ihr Körper kribbelte sogar. Jansha hatte nicht das Gefühl das sie groß etwas tun konnte, denn wenige Sekunden später merkte sie das selbst Zunge und Lippen geschmälert schienen.

>> Du brauchst nicht zu reden, Schönheit. Ich mach dich wieder gesund und werde versuchen die Zeit etwas voranzutreiben. Ich verspreche dass alles wieder normal wird. << er schien ihre Stirn zu betupfen und spätestens als ihr Wasser in ihre Augen lief bemerkte sie das es nicht anders sein konnte. Es war in kleineren Sturzbächen unterwegs und Jansha konnte bereits in kürzerer Zeit überhaupt nichts mehr sehen. Das grüne, adrige Blattzeug des so sehr vertrauten Waldes schimmerte durch die glitzernde Wasserflut, doch wirklich öffnen konnte sie ihre Augen nicht. Zu kalt und nass ihr Gesicht, zu nervig das Wasser im Auge. Leichtes Röcheln ließ Ibrahim damit aufhören. Doch sein fürsorglicher Blick und seine streichelnde Hand unterließ er nicht einmal danach. Jansha mochte es aber auch und es beruhigte sie. Sagte ihr dass alles wieder werden würde. Alle ihre schlimmen Gedanken im Augenblick nur Depression waren.

>> Du bist eine Indianerin, ich komme aus Taylorsville. Das liegt … ähm, lag in Utah. Das ist nördlich von Arizona weißt du? Uns hat es auch ziemlich schlimm getroffen da oben, die ersten Britischen Bomber waren für uns gedacht. << Jansha hatte vor zu fragen warum er alles erzählte und warum er keine Privatsphäre brauchte, doch sie war einfach froh das Mr.

Spencer da war, das jemand ihren ansonsten tödlichen Crash miterlebt hatte. Sie wollte fragen warum die Briten Taylorsville angegriffen hatten, doch sie konnte nicht.

>> Die Briten griffen uns brutal an, weil wir uns gegen sie ausgesprochen haben, weil wir einen Welt umgreifenden Krieg verhindern wollten, doch die Politik hat sich vor rund fünfhundert Jahren ziemlich verändert hier draußen! Das sage ich dir. Außerdem glaubte der Bürgermeister das es etwas mit der Grundfeste der Stadt zu tun hatte, Taylorsville liegt wohl auf festem Stein, gehärtet vom Salz des Sees der in der Nähe der Stadt liegt und irgendwann im späten neunzehnten Jahrhundert fast komplett ausgetrocknet war. Ich glaube sie wollten daraus Wallmauern oder Waffen bauen! Irgendwas in der Art? << Ibrahim Spencer stoppte kurzzeitig und holte tief Luft, dabei wurde seine Streicheleinheit fester und drückte eine zarte Delle in ihre blutunterlaufene Wange, sodass es ihr weh tat. Ihr schmerzerfülltes Zucken schien er bemerkt zu haben, als er sie aufzurichten versuchte und sich ein wenig von ihr zurückzog. Behäbig hielt er ihr eine Feldflasche hin und Jansha glaubte einen Schatz in ihr Auge gefasst zu haben. Wasser. Stöhnend griff sie nach dem Fläschchen, doch ihre Arme bewegten sich nicht so leichtfertig wie sie es sonst taten, sie schmerzten und hoben sich an als trüge Sie ein Pferd an jedem. Doch sie schaffte es sitzen zu bleiben und zu trinken. Durch die dringend benötigte Bewegung schaffte sie es auch ein wenig Beherrschung über ihren Körper wiederzugewinnen und ihren Sprechapparat zu koordinieren. Sie bemerkte wie das Leben in sie zurückkehrte.

>> Ihr wart die ersten Opfer der grausamen Angriffe? Ich dachte jeder wäre gestorben und nicht das beim ersten Angriff direkt Überlebende davongekommen sind. << Jansha vermutete das er ebenso wie sie beim Beginn des Krieges noch sehr jung gewesen sein musste, doch schien Ibrahim sich fast zu gut daran zu erinnern. Er stotterte fast jedes Mal wenn er davon sprach.

>> Gut kombiniert, Kleine. Darüber habe ich auch schon nachgedacht, … aber ich bin zum Ergebnis gekommen das es den Briten mit jedem Kampf leichter gefallen ist zu morden, präziser, schneller. Ich denke das erste Opfer zu sein ist nicht das allerschlechteste. Aber wenn du zu einem anderen Denkanstoß kommst, … nur zu. << der Mann wirkte auf Jansha sehr gepflegt und seine fremde Art, sowie seine lockere Verhaltensweise, ließen sie schnell glauben das sie den Mann bereits seit längerer Zeit kannte, ihm vertrauen konnte. Doch Ibrahim schien weniger Vertrauensselig. Er wirkte wie einer dieser Indianischen Wachmänner die am Rande des Dorfes an den Schilfrohrwänden standen und mit ihren Waffen düster dreinblickten und murrten wenn man sich ihnen näherte, sie hatten auch keinen Respekt davor wenn man so wie Jansha schön war oder klug wie Caynor. Auf Befehl hin durfte man gehen, doch ansonsten hätte man keine Chance an diesen vorbeizukommen. Er erinnerte auch an die Drolerie wie sie in Form von Wasserspeiern oder Ähnlichem an vielen Kirchen angebracht wurden, besonders Notre- Dame de Paris. Doch ob solche wundervollen Orte noch existierten wusste Jansha gar nicht, sie hatte als Kind nur immer wieder Geschichten von solchen Orten gehört, Bilder gesehen, die Indianerin glaubte viel von der Welt zu kennen. Doch sie befürchtete auch das nichts mehr so aussah wie es mal war und es jedem gefallen hatte, … warum hatte man nur diesen Krieg angefangen?

>> Nun, vielleicht haben sie euch einfach am Leben gelassen, weil ihr Demonstranten wart und keine Soldaten? Ihr habt gepredigt statt zu schießen, vielleicht hat das ja eine Rolle gespielt? <<

>> Vielleicht! Kann ich aber eigentlich nicht so richtig glauben. Ich denke es war denen egal wo drauf sie geschossen haben, Hauptsache es bewegt sich danach nicht mehr. Im Notfall hätten wir auch zu Waffen gegriffen, schwör ich dir. Ich denke es war Glück. Wie war's in eurem Dorf? << Jansha ging tief in

sich selbst und dachte nach, sie war damals noch sehr jung gewesen, doch ihr Körper schmerzte und prangte voller Blessuren. So wie die ganze Erde eigentlich. Nichts gab es noch das heilig wäre, so heilig das man es geheim halten musste, gerade vor den letzten Freunden die man noch hatte. Außer dem Glauben selbst, denn dieser hielt sie am Leben, daran das die Gotteshäuser noch standen und der Glaube der Menschen noch immer Widerstand leistete. Das noch nicht alles verloren sei und dabei war es egal ob man an einen Gott glaubte oder an einen Schamanen, vielleicht an einen Geist? Solange man glaubte würde man irgendwie einen Weg finden und Jansha die sowohl die Zerstörung der gesamten Weltbevölkerung als auch den Knall vor den Baumstamm überlebt hatte, konnte sich wirklich nicht beschweren! Es hatte ihr schon oft geholfen, auch bei der Schande die ihrer Familie auf erlag, ihre psychopathischen Eltern ….

>> Weißt du, erstaunlicherweise hat man dort gar nicht viel mitgekriegt. Wir haben versucht uns abzulenken, Arbeit, Jagd, der Kampf mit dem Wetter in Arizonas Canyons und Wüsten, … wir hatten viel zu tun. Die tosenden Raketen und der Donnerhall der Bomben waren jedoch nicht zu überhören gewesen, ich war damals noch ein kleines Mädchen und hatte fürchterliche Angst. … Ich denke die hätte ich heute immer noch. Unser Häuptling, Gannamethek, meinte damals die aufsteigenden Rauchschwaden seien von einem Feuerberg: Er beschrieb dabei ein dunkles Szenario, matter Regen, düsterer Himmel. Schwarzer Rauch steigt gen Firmament und folgt der Richtung des Windes. Der Qualm kommt dabei aus der Öffnung eines rabenschwarzen Berges und der Regen vermag es nicht die Flammen zu lindern die darin lodern. Nur die Schamanen wissen wann es soweit ist und die rote Glut von Menschen Erschaffendes einreißt wie ein gewaltiger Blitzschlag, … ohne Schwierigkeiten, ohne Mühe und ohne Reue. << Jansha schwieg von dann an. Ihre Seele hatte sich beruhigt und ihr Körper tat ihr

so sehr weh, das sie glaubte sie hätte sich jede einzelne Rippe gebrochen. Doch die Geschichten eines jüngeren Gannamethek hatten sie aufgeheitert und ließen sie plötzlich wieder wissen das sie nicht allein war, das sie ihren Stamm und ihre Brüder hatte und nun auch den zuvorkommenden Ibrahim Spencer, … den Mann der ihr Leben gerettet hatte!

Kapitel 5

Er füllte seine Lungen mit Luft so tief er nur konnte. Im Flügelschlag des Tieres glitt Vadegoon dahin wie ein Kind auf einer Rutsche die auf einem hochgelegenen Berg lag. Der Wind peitschte um ihn herum wie der tosende Sturm den er in sich spürte. So stark das er sich fast nicht festhalten konnte. Er war zu sehr darauf konzentriert dem Tier keine Feder auszurupfen als das er richtig atmen konnte. Zu viele Dinge schossen ihm durch den Kopf, zu viele Unsicherheiten, … sodass er sich kaum zurückhalten konnte. Er kam sich vor wie der Fels in der Brandung, Vadegoon, derjenige der der Zivilisation die Tore öffnete? Die Natur und die Welt hatten ihn nie wirklich gekümmert und das war es jetzt was die Welt brauchte um gerettet zu werden? Die ach so perfekte Welt … sie brauchte seine Hilfe!

Vadegoons Finger wurden von dem kalten Wind taub, er spürte sie eigentlich schon gar nicht mehr, er hatte das Gefühl das seine pure Willenskraft ihn auf dem Rücken des Tiers hielt. Seine besorgten Blicke wanderten immer mal wieder von dem Adler auf dem er saß und dem Wolkenvorhang über dem er schwebte hin und her, so schön doch auch tödlich!

Wer wusste schon wie tief der Sturz wäre oder wo er landen würde, die Brühe von Wasser wäre vermutlich noch schlimmer als der pure Asphalt der ihn wenigstens nur umbringen würde. Unter dem Rausch der Reise hatte der Indianer nicht mitgekriegt wie lange er bereits unterwegs gewesen war, eine Stunde hätte aus seiner Sicht genau so gut eine Minute sein können und andersherum, die seltene Situation auf einem Weißkopfadler zu reisen vertrieb diese Gedanken aus seinem Kopf der sich mit vielen Fragen quälte. Klar, Tiere unterlagen dem Recht des Stärkeren und er hatte das Tier geschlagen, ausgetrickst! Mit seinen verkrampft nach Halt suchenden Händen rang er nicht nur nach dem Gleichgewicht, sondern lenkte er das Tier so auch und zwar ohne größere Komplikationen, denn er wusste genau wo er hinwollte und auch wo er hin musste, Kalifornien war förmlich seine Heimat geworden und hatte ihm ein gutes Zuhause abgegeben als ihm sein eigenes keines gewesen war!

Die Reise auf dem Rücken des Tieres war nicht die angenehmste die er jemals unternommen hatte, doch waren die Schwingen des Tiers elendig lang und das Wesen riss Kilometer ab wie er Meter. Vor seinem inneren Auge thronte ein kleines Schloss inmitten eines Berghangs und ein Fluss glitt hindurch wie in einem Traum. Sonnenstrahlen berührten sanft die Spitzen der Türme und die Kirchenglocken läuteten pünktlich und hallten laut im Echo wieder- … dann schlug er die Augen auf und vernahm ein lautes murrendes Knirschen, ein Schrei. Der Wind schnitt in seine Haut wie dutzende Messer, seine Augen tränten und verweigerten ihre Arbeit. Seine Hände krallten sich noch fester als das unvermeidbare geschah und der Vogel einen spitzen Steilflug machte, doch warum merkte Vadegoon erst wenig später.

Das Tier war tot. Der Adler war eingegangen und das entweder weil es nicht für solche Distanzen gefüttert gewesen oder weil es auch dem majestätischen Tier zu kalt gewesen war. Unkontrolliert und Fassrollen schlagend sauste das Tier zu Boden, Vadegoon möglichst klein gekauert auf dem Rücken festgekrallt. Während dem Mann dutzende Melodien durch den Kopf schossen die er bereits in seinem Leben gehört hatte und er sich auf sein nahendes Ende vorbereitete, passierte es blitzartig und mit einem lauten Knall- der Adler prallte auf. Das Tier zerbarst förmlich als es unerwartet schnell gegen die Brüstung eines Baukrans knallte. Vadegoon hörte schlimme Splittergeräusche und das Knacken mehrerer dünner Knochen. Der Riesenvogel knallte unverfälscht durch das Stahlgeländer und zersplitterte es in tausend Einzelteile. Während das Gewicht des Vogels ihn weiter voran schob und über den schmalen Wartungssteg hinaus wieder in den freien Fall trieb, ließ

Vadegoon instinktiv los und rettete damit sein Leben. Zitternd und rutschend blieb er auf dem Steg liegen der nun ganz ohne Geländer dalag wie ein ordinärer Hausflur. Er wusste das Prellungen seinen Körper übersäten wie schwere Verbrennungen, Vadegoon wusste das er schlimm aussehen und das er den ganzen Weg hinuntersteigen musste, doch er teilte das Schicksal des Vogels nicht, noch nicht!

Vorsichtig und auf zitternden Knien stand er auf und ließ seinen angestrengten Blick schweifen. Kalifornien war bereits zu sehen, doch war es sicherlich ein langer Fußmarsch, vielleicht ein oder zwei Tage lang. Mit blutroten Fingern tastete der Indianer sich ab, alles war noch dran doch einige Schürfwunden schmerzten fürchterlich und einige Wunden bluteten so stark, das er beinahe in Ohnmacht gefallen wäre, doch nachdem er sich notdürftig verbunden hatte, folgte ihm das nächste Problem auf dem Fuß.

Ein weiterer lauter Knall und ein folgendes Beben … das konnte fürwahr nichts Gutes bedeuten!

Metallgestänge von über ihm riss und fiel. Schweres Krachen ertönte und ein fieses Ächzen welches nur ein Vorbote für Schlimmeres zu sein schien. Vadegoon langte mit seinen Armen nach dem Stahlkabel das im Inneren des Wirrwarrs für den Kran gespannt war und hielt sich verbissen und wie ein Irrer daran fest! Nun rauschte die Bodenplatte zugrunde die gerade noch unter seinen Füßen gelegen hatte und stürzte hoffnungslos ab, ohne das er es verhindern konnte. Am Kabel baumelnd ruderte er mit den Beinen bis auch diese sich um das dicke Kabel gelegt hatten und er sich fest anschmiegen konnte um sich vielleicht zu retten. Das Durcheinander konnte aus seiner Sicht nämlich eigentlich nur eines bedeuten.

Der Vogel musste in den Kran gestürzt sein.

Doch sein Instinkt riet ihm sich gut festzuhalten und sich förmlich nach unten abzuseilen, dem Boden entgegenzueilen ehe es zu spät dafür war. Die ehemaligen Bauteile des Krans flogen ihm um die Ohren, eigentlich war es dabei jetzt schon ein Wunder das nichts davon ihn getroffen zu haben schien. Kleinere Schrammen von Trümmerteilen bekam er ab, doch bemerkte er die leichten Schmerzen eines Kratzers eigentlich schon nicht mehr. Als ein sausendes Stahlteil glänzend auf ihn zugeschossen kam, hielt er den Kopf zitternd unten und bemerkte erst Sekunden später, das es wohl sein Seil gekappt hatte.

Unkontrolliert schoss der Indianer auf die nächste Etage des Krans zu, auf der er bäuchlings und mit einem großen Knall aufprallte! Sterne tanzten vor seinen Augen und die Sonnenstrahlen die durch die Wolken ragten dämmerten durch seine geschlossenen Lider. Doch er konnte seine Aufgabe nicht wegschmeißen.

Perplex rappelte sich der Indianer wieder auf und klopfte sich den Staub aus der Kleidung, blickte sich notdürftig und verwirrt um, doch blieb ihm auch dieses Mal nicht viel Zeit dazu. Anhand der serienmäßig, zahlreichen Fenster auf Augenhöhe mit seiner Position und dem optischen Weg zum Boden hin, musste er sich zirka auf Höhe des sechzehnten Stocks befinden und fiele er von hier herunter, … darüber würde er gar nicht erst nachdenken! Denn bereits jetzt trieb es ihm tiefe Sorgenfalten in sein lädiertes Gesicht welches von den Schweißperlen schimmerte. Erneut nach Halt suchend klammerte sich Vadegoon beim suchen nach einer Abstiegsmöglichkeit am Geländer fest das zum Glück auf dieser Etage des Krans noch existierte der wie ein abgebrochener Riese nun über ihm türmte, Schatten über ihn warf so tiefschwarz wie seine Lage und dabei bedächtig im sanften Wind wedelte als wäre das Metallgestänge eine jämmerliche Feder.

>> Kalifornien ist meine Bestimmung, … die Erdgeister haben es mir geflüstert, alles wird dort sein Ende finden. << eigentlich glaubte der standhafte und selbstständige Vadegoon nicht an solcherlei Indianer- Reliquien wie Erdgeister oder Schamanen.

Doch sie hatten zu ihm gesprochen und zwar so direkt wie es nur irgendwie möglich war. Es war vielleicht Monate her, aber es konnten auch Jahre gewesen sein, als der abtrünnige Indianer einst auf der Lauer gelegen hatte und sich seinem Leben hingegeben hatte, wie er es oft tat. Eigentlich war es ein kleines Wunder an sich das er die heutige Sonne noch erlebte, viele Male hätte er wohl selbst nicht mehr daran geglaubt. Die übriggebliebenen Bäume und die herum sausenden Blätter hatten sich an diesem Tage in einem schier magischen Verwirrspielchen zu mehreren menschenähnlichen Figuren zusammengesetzt und zu ihm gesprochen. Hokuspokus artig konnte Vadegoon es noch immer vor seinem geistigen Auge sehen wie die halb lebenden Naturgegenstände grotesk Kontakt zu ihm aufgenommen hatten und sich an ihn wendeten. Blätterwerk schien Haare und Bart zu sein, die Bäume die Leiber derer Geister, jene Erdgeister die die Natur manipulierten. Seinerzeit hatte er sich kurzerhand gefragt warum diese Kreaturen den menschlichen Zerfall nicht aufgehalten hatten, doch hatte er es sich nicht getraut diese Frage auch an die Geisterkräfte zu stellen die ihn innerlich terrorisierten. Ihn in Panik versetzten wie er sie selbst noch niemals in seinem Leben erlebt hatte, immer war er der mutigste Mann gewesen den er selbst kannte. Drei Männer und zwei Frauen mit düsteren Mienen schienen sich schließlich an jenem Tage aus dem magischen Zauber gebildet zu haben und jeder von ihnen sprach zu Vadegoon. Jeder hatte seine befremdliche und harte Stimme an ihn gerichtet mit Worten in seiner Sprache. Die Stimmen waren verständlich und trugen einen schallenden Klang mit sich, wie bei einem Echo, der ihm die Worte einschärfte wie es damals nur der Häuptling seines Dorfes geschafft hatte, … er hatte es geschafft Respekt in ihm hervorzurufen und aus ihm vermutlich den Mann geformt der er heute schließlich war. Ob es dem Häuptling stolz machte oder ob er sich Vadegoon schließlich so vorgestellt hatte? … Das konnte er natürlich nicht wissen!

Die grotesken Baumkreaturen mit den Echostimmen, hatten jedoch unmissverständliche Worte an ihn gerichtet, … sich nach Kalifornien zu begeben und dem Menschlichen Ende auf den Grund zu gehen, der ganzen Geschichte folgen und sich selbst auch zu sühnen, seine persönliche Reise zu beenden, dem Grund zu folgen wegen welchem er überhaupt erst einmal sein damaliges zuhause, seinen Stamm, den Rücken gekehrt hatte! Vadegoon hatte diese eindringlichen Worte damals lang in sich aufgesogen und noch heute, während er sich langsam am Gestänge fortbewegte, konnte er sich selbst sehen, wie er am Baum lehnte und sich Gedanken darüber machte, Gedanken was er tun sollte. Vadegoon lehnte in seiner nächsten Sequenz mit gerade durchgestrecktem Rücken geradewegs an einer klammen und kalten Steinmauer, sie war düster. Doch er fühlte keinerlei Angst oder Gram. Nur seine Gedanken die wirr um diese unheimliche Begegnung kreisten und ihm seinen Verstand nahmen, heute wusste der Indianer dass alles wahr sein musste! Vom Anfang bis zum Ende und schließlich schien es ihm egal ob diese Begegnung des Paranormalen echt geschehen war oder ob sein Gewissen im Traum zu ihm gesprochen hatte, oder sollte es einen Unterschied machen? Er würde dem sowieso folgen und zwar mit allem was er hatte, das wusste er heute und auch deswegen war es so sehr erbittert darin den ehemaligen Goldenen Staat zu erreichen wie er sich einst genannt hatte und wer wusste es, vielleicht war er es der dem Staat seine großen Zeiten zurückbrachte? Brachte ihm das auch seinem Frieden näher? Vermutlich!

Kalifornien würde ihn zurück in seine eigene Spur bringen und ihm endlich seine eigene Geschichte zu Füßen legen, es würde sich alles fügen.

Er würde der Menschlichen Apokalypse zugrunde gehen, einen guten Grund für den Krieg finden, vielleicht Überlebende, eine

Art Wiederbelebung beginnen, der geschundenen Welt wieder Leben einhauchen und nebenbei würde er dem schrecklichen Familiengeheimnis auf die Schliche kommen welches ihn zum Gehen angeregt hatte und auch dazu nie wieder zu kommen. Aus seiner bescheidenden Sicht schien eine zerstörte Welt frei von Leuten die über einen richteten erstrebenswerter als eine kleine „heile" Welt in der jeder mit dem Finger auf dich zeigte und schmutzige Geschichten flüsterte. Dabei war er selbst nicht einmal Schuld gewesen, doch wen interessierte das schon mal und wann? Einzig deine Abstammung machte dich schon zur Zielscheibe und anhand dessen hatte er die tote Welt um sich herum mit der er seit vielen Jahren lebte, ganz anders festgestellt und wahrgenommen. Selbst der Vogel der in den Kran gekracht war wie ein Donnerschlag respektierte dich wenn du ihm überlegen warst, sollte nicht jeder Charakter ein eigenes Individuum sein, eine eigene Geschichte schreiben? Es gab auch Epen in denen ein skandalöser Vorfahr einen Heldenhaften Nachkommen zur Welt brachte der sich gegen die Unterdrückung der Anderen und den Vorurteilen durchsetzt, die Menschheit rettete und danach einige völlig neue Möglichkeiten eröffnete, …. Oder waren das alles nur Geschichten?

Vadegoon wusste es wirklich nicht. Einzig sein Abstieg vom Kran war jetzt wirklich entscheidend und real, der Rest wirkte wie ein unglaublicher Traum oder etwas noch weniger Vorstellbares. Er wusste es doch auch nicht und mehr und mehr kam ihm seine ganze Reise wie ein einziges Buch oder ein Film vor, wie eine so unwahrscheinliche Begebenheit wie ein Welten zerstörender Krieg, der die gesamte Zivilisation mit sich in den Abgrund reißt.

Über dem Indianer brannte die Sonne am Himmel wie ein kleiner Strahl mit einer starken tiefen Linse gefächert, verbrannte ihm Teile seiner Haut, vermutlich war auch diese von der Strahlung und den Bomben verändert worden, die Welt wirkte immer wieder verstörend wie ein einiges großes

Schlachtfeld, die Austragungsorte schienen noch heute zu brennen, nur Leichen gab es keine, … vielleicht keine mehr. Vielleicht einfach verbrannt oder verwest, vielleicht von überlebenden und mutierten wilden Tieren gefressen?

Weitere solcher Gedanken trieben den jungen Mann ein kleines Treppengeländer hinunter das auf eine weitere Ebene etwas unterhalb führte. Der grelle gelbe Stahl des Krans wirkte dabei auf ihn, wie eine einengende Todesfalle oder wie ein übergroßer Käfig der ihn nur im Tode fliehen lassen würde. Der versuchen würde ihn zu halten. Auch seine nächsten schweren Schritte trugen den Mann über den blechernen Stahl hinweg der jederzeit unter seinen Füßen nachgeben konnte, doch jeder Schritt auf dem Gerüst brachte ihn auch weiter auf den Boden der Tatsachen zurück. Als er in einen guten Rhythmus versank und es beinahe Spaß zu machen drohte, hörte er erneut einen Krach und ein lautes unheilvolles Ächzen über seinem Kopf. Vadegoon sprang instinktiv und hechtete nach einer naheliegenden Metallplanke die ihm einigen Halt bot, doch konnte er einen riesenhaften Teil des uralten Baukrans nun herunterrasen sehen wie einst den Vogel der zu Boden gerauscht war und nun ließ es ihm keine weitere Wahl mehr.

Vadegoon sprang erneut, warf im Laufen so kräftig er nur konnte das metallene Rohr an dem er sich gerade noch festgehalten hatte und sah wie es knapp vor ihm durch die Luft preschte und geradewegs auf eine abgeblätterte Hauswand plus Fenster zu flog. Sausend und dann splitternd fand die Glaslegierung ein schnelles Ende und dem Indianer blieben die zu Boden segelnden Splitter nicht verborgen die im tosenden und glimmenden Sonnenschein einen kleinen Regenbogen erstrahlen ließen.

Doch dann verschwand der Mann springend von der Bildfläche und vom Kran und verschwand im Inneren der kühlen schattenspendenden Hauswand. Seine Füße standen nun in einem veralteten und staubigen Kinderzimmer, doch besah er sich den Ort genau würde er wetten dass einst sehr reiche Leute an diesem Ort gewohnt hatten, vielleicht war das ja der Grund warum die Struktur noch immer stand und den Krieg und die Apokalypse überdauert hatte?

Manchmal erschien Vadegoon sich selbst nicht so sicher wie dieses Haus, doch wusste er genau dass er nicht lange verweilen konnte, denn seine Bestimmung erwartete ihn an einem anderen Ort.

Kapitel 6

Gesundheit war das Wichtigste. Doch warum dauerte es nur solange bis sie sich wieder eingestellt hatte? Verzweiflung machte sich in ihr breit. Finstere Verzweiflung und ein trübes Gefühl welches sich als bitterer Geschmack auf ihrer trockenen Zunge widerspiegelte. So tief in ihrem Selbst verwurzelt, das sie sich langsam aber sicher zu fragen begann, wann sich diese Niedergeschlagenheit wohl in ihr eingenistet hatte? Wohl zu der Zeit als sie vor den Baumstamm gerast war, oder? Bei der sorgenvollen Haltung die Ibrahim Spencer ihr zuteil werden ließ konnte dabei jawohl kaum ein düsterer Gedanke gekommen sein. Immerhin war er sehr gut zu ihr gewesen und er hatte ihrem lädierten Körper und den offensichtlichen Schäden so gut es ging entgegengewirkt, sodass sie bereits vor ein paar Stunden ihre erste Wacht hinter sich gebracht und die nähere Umgebung durchstöbert hatte, natürlich nach Spuren der Tiere suchend, wegen denen sie überhaupt hier war wo sie nun kauerte. Mr. Spencer saß noch immer neben ihr, sie hatte es sich angewöhnt ihn Spencer zu nennen obwohl er auf Ibrahim bestand, doch irgendwie fand sie das sein Name, Spencer, schneller über die Lippen kam. Das war wichtig für sie, denn sie war Jägerin und Näherin zugleich und bei beiden Berufen kam es darauf an sich schnell verständigen zu können, auf negative Dinge schnell zu reagieren, nicht nachzugeben. Spencer blickte sie mit verlorenen Augen an und dieser Ausdruck ließ Jansha immerzu zu träumen beginnen. Doch irgendwie vermisste sie auch die Stimme Gannametheks, der im Wind flüsternd zu Ihr sprach. Hatte sie vielleicht die heilige Stätte ihres Dorfes verlassen und war außerhalb seiner schützenden Reichweite? Oder hatte er ihr im Augenblick einfach nichts zu sagen, … sie würden sie doch vermissen, das taten sie immer. Selbst wenn sie nur zwei Stunden im Zelt schlief. Doch wegen der Reichweite, in diesem

Waldabschnitt kam ihr überhaupt nichts bekannt vor, kein Baumstamm, keine Steinformation, noch nicht einmal ein Tier!

>> Jansha, es ist nun unser dritter Tag zusammen, ich bin mittlerweile fast froh das du vor diesen Baum geschlittert bist, … ansonsten hätte ich dich niemals kennengelernt. Außerdem hab ich dich ja wieder auf die Beine gekriegt und du trägst scheinbar keine nachhaltigen Schäden? << sie konnte nun die wachsende Besorgnis erkennen und machte ein fröhliches Gesicht.

>> Nein, alles ist in Ordnung, sogar meine Beine machen wieder was ich will und wackeln nicht einfach nur umher. Ich finde es immer noch erstaunlich wie schnell du mich wieder auf die Beine gekriegt hast! Hast du Erfahrungen im medizinischen Bereich gemacht bevor die Erde wie wir sie kannten untergegangen ist? << sie versuchte ein verlegendes Lächeln zu verstecken doch glaubte sie nicht wirklich das es ihr gelungen war, viel mehr befürchtete sie das ihr Grinsen dem Mann genau Aussage drüber geben würde was sie mittlerweile für ihn zu empfinden begann.

>> Hältst du mich für so alt? Ich war da gerade mal acht oder so. Hab alles nicht so richtig mitgekriegt. Die Umstände des Wie und Warum habe ich erst später verstanden und mir meine eigenen Reime darauf gemacht. Inzwischen bin ich was ich bin, außerdem bin ich mittlerweile um die ganze Welt gereist und ich lebe immer noch. << er setzte ebenfalls ein Grinsen auf und Jansha strengte sich an das die Federn auch perfekt in ihrem schwarzen Haar saßen, dass ihre Lippen so voll aussahen wie nur irgend möglich. Im gleichen Augenblick steckte sie ihre schwere und gebundene Steinaxt beiseite und vergrub den Stiel tief im Schlamm neben einem größeren Felsen. An diesem ließ sie sich schaudernd nieder und streckte jaulend ihre Beine aus die noch immer nicht zu hundert Prozent funktionierten, Tagesmärsche waren sie einfach nicht mehr gewohnt.

>> Pause? << kam es fragend aus seinem Mund, doch Jansha antwortete ohne Worte und mit einem bejahenden Gähnen.

>> Tja, Pause, dann. Hey, Jansha! Durst? … << er warf ihr die Trinkflasche entgegen und redete pausenlos weiter.

>> … erstaunlich das wir noch immer keine richtigen Spuren dieser Tierherde gefunden haben. … Es ist fast so als wären sie im Nichts verschwunden. Aufgelöst oder weg geflogen, weißt du was ich meine, es scheint unmöglich. Irgendwie. << Jansha wusste genau was er meinte und es war ihr auch noch nie untergekommen das so etwas geschah. Die Spuren, sie hatten sie tief im Wald wiedergefunden und weiter verfolgt. Sie liefen nebeneinander und trampelten sowohl Gestrüpp als auch Wurzel oder Baum beiseite. Was bedeutete das sie es entweder sehr eilig hatten oder das sie ihre Jäger spürten, ihre möglichen Richter. Doch welches kleinere Jagdwild war dazu in der Lage Bäume nieder zu stampfen als wären sie ein Grashalm im Tornado?

>> Du bist doch öfter im Wald, oder? Jansha, was für ein Tier könnte das überhaupt sein? Fliegend, jagt im Rudel und ist groß genug Bäume nieder zu trampeln. Dein Stamm erwartet dich bestimmt bereits zurück. Ich kann mir richtig vorstellen wie man sich um einen Juwel wie dich sorgen muss, sie vermissen dich bestimmt sehr. << Spencer machte Feuer und der Qualm stieg unwahrscheinlich schnell aus dem Steinkreis. Der düstere Rauch vermischte sich aromatisch mit der Luft der frischen Sträucher um Sie und erschuf einen unerklärlichen Geruch der wie eine Aromatherapie für Janshas Seele funktionierte. Nach einem tiefen Atemzug der spürbar durch ihren ganzen Körper zog, legte sie ihre zitternde Hand auf Ibrahims rechtes Bein, welches bei der Berührung zu zucken begann aber sofort wieder aufhörte. Er schien sich erschreckt zu haben.

>> Sehr frustrierend. Weißt du, mir fällt leider kein Tier ein das auf diese merkwürdigen Beschreibungen passen würde, genau das ist mein Problem. Es ist als würde man ständig einer Macht

hinterherlaufen die immer weiß was man vorhat, die einem immer voraus ist und einen dumm dastehen lässt. … Ich weiß einfach nicht mehr was ich tun soll? << Jansha prustete heftig und ihrem Mund entfuhr ein heftiger Seufzer der sie selbst ungeheuer müde machte, doch sie durfte nicht schlafen, sie hatte noch zu viel zu tun. Außerdem würde Spencer auch mal schlafen müssen und sie konnte weder von ihm verlangen ihre Arbeit zu machen, noch würde sie das. Der Himmel wurde nun langsam aber sichtbar romantisch vom Ruß des Qualmes abgedunkelt wie eine Frau die etwas zu viel dunkle Schminke trug, anmutig und vielleicht ….

>> Ich weiß da vielleicht etwas, das uns Beiden bestimmt helfen könnte? << Ibrahim hatte mit seinem Zeigefinger ihr Kinn sanft angehoben und sie geküsst. Sie konnte seine schmalen Gesichtszüge sehen wie sie im Licht der Sonne von düsteren Schatten durchzogen wurden. Seine Miene wirkte ehrlich und ernst, liebevoll. Energisch fühlte sie die geschlossene Hand von ihm an ihrem Handgelenk der sie mit sanfter Gewalt zu sich zerrte, doch sie gab schnell nach. Sie hatte auch keine Lust mehr den Fabelwesen nachzureisen, … keine leise Lust mehr.

Sie versuchte zwar noch eine Zeit lang sich das Gegenteil einzureden, doch war sie auch sicher dass niemals ein Tier das soweit von ihrem Dorf abgehauen war, jemals wiederkommen würde. Und warum rannte es stets vor ihnen weg, niemals gab es ein Tier das klug genug war einen menschlichen Jäger auszurechnen der wusste wie er es machen musste. Außerhalb des Rudelterritoriums bleiben, denn viele Tiere besaßen Sachen wie Späher oder Fallen, die Windrichtung im Auge behalten sodass die Duftmarke des Jägers das Tier nicht warnen würde und zu guter Letzt kurzen Prozess machen! Doch nichts davon schien gegen diese ….

Jansha wurde völlig aus ihren Gedanken gerissen als Spencer ihr wieder einen Kuss gab nur war er dieses wesentlich eindringlicher. Sie hatte das Gefühl das er ihre roten Lippen verschlingen wollte und das er sich daran nährte, … doch irgendwie auf eine schöne Weise. Er wusste was den Frauen gefiel, so viel war sicher. Seine Hand streichelte ihr geschundenes Bein während er sich zu ihren Füßen vorarbeitete, langsam und sanft, spürbar machte er kaum Bewegungen. Da Ibrahim Spencer mit seinem Rücken an einer steilen Steinwand lehnte, war es selbst für eine lädierte Jansha kein Problem auf ihn zu klettern und es sich auf ihm gemütlich zu machen.

Nun machte er sich sanft an ihrem Hals zu schaffen und jede Berührung an der dünnen Haut ließen sie erschaudern und ehe sich die Indianerin versah oder auch nur einen weiteren Gedanken fassen konnte, … wurde die ganze Situation unübersichtlich und wie durch sehr dicke Watte gefiltert. So als wäre sie selbst nicht mehr Herrin ihres Körpers. Doch es machte ihr erstaunlich wenig aus, fast nichts und jeden Schritt den sie gemeinsam machten, bestätigte ihr dieses Vertrauen denn Spencer war ein guter Freund, vielleicht der Beste den sie jemals gehabt hatte? Er war noch dazu verzweifelt in sie verliebt, hatte das brennende Verlangen in seinen Augen, Jansha gefiel es ihm zu geben wonach es ihm verlangte, noch ehe sie sich ihm hingebungsvoll an den Hals warf und es absichtlich eskalieren ließ.

Das unglaubliche Erlebnis welches sie teilten ließ sie kurzweilig vergessen, diese Erfahrung war so unheimlich intensiv das Jansha in diesem Zeitpunkt nicht mehr an die Aufgaben dachte, an die Schmerzen, an ihren Stamm, ihre Familie. Die Intensität fand urplötzlich einen Höhepunkt, Ibrahim biss sanft auf ihre Unterlippe und schloss seine starken Arme fest um ihren Oberkörper, als er plötzlich innehielt. Jansha lächelte ihn an. Streichelte seine Haar sanft, seinen Rücken, allerdings bemerkte sie auch das Spencers rührende und tiefe Zuneigungen ein jähes Ende gefunden hatten.

>> Es war unglaublich. << huschte es sanft über ihre Lippen während sie Spencer ebenfalls in ihre Arme schloss. Die Sonne

war inzwischen untergegangen und der Mond brachte ihre sonnengegerbte Haut zum Glitzern, der Schweiß tat sein übriges dazu. Das weiße Schimmern ließ die Verliebten aussehen wie kauernde Geister, dachte sie sich.

>> Ja, ich kann nicht glauben das es so … *atemberaubend* war. Aber du bist die schönste Frau die ich jemals gesehen habe, sollte mich also nicht wundern, … denke ich. << nach den Worten ließ er seinen Kopf auf ihre Brust sinken, nahm einen tiefen Atemzug, er klang erschöpft. Seufzte und schaute sie dann wieder gedankenverloren an.

>> Kann ich dich was fragen, Jansha? << beinahe beiläufig schaute er die Umgebung entlang als würde er nach Feinden suchen oder als hätte er etwas gehört, doch Jansha schenkte dem keine Beachtung. Letztlich hatte sie eben nichts gehört und sie vertraute ihren Ohren.

>> Klar, schieß los. Ich glaube nachdem wir gerade, … mmh, na ja. Ich glaube wir können uns einige kleine Geheimnisse anvertrauen. << sie versuchte zu entspannen doch Spencers Körper schien ihr mittlerweile fast ein wenig zu schwer, doch fragen ob er sich aufsetzte, wollte sie auch nicht.

>> Was magst du am schlechten Wetter? … Es ist interessant, welcher Mensch mag schon Regen? Das frage ich mich, weißt du? << sagte er und starrte sie an.

>> Ach, ist nur so ein Tick. Im Dorf ist es so warm, manchmal kommt der Regen einfach so kalt runter, … ist dann einfach eine positive Sache, warum? Eine komische Frage. << sie musste lachen und Spencer antwortete zugleich.

>> War nur so ein dummer Gedanke. Desto weniger Sachen sich mir in den Weg stellen desto froher bin ich. Dachte du machst es dir vielleicht gern schwer? << sein Gesicht leuchtete im Licht des Feuers, doch Jansha verstand langsam warum er danach gefragt hatte. … Doch wie ein Blitzeinschlag nahm plötzlich jeder normale Gedankengang in Jansha ein Ende und

wich einen unnachahmlichen Schmerz der einsetzte und ihren Körper durchzog.

Als würde jede Ader pulsieren und mit Feuer gefüllt, schockte sie kurz, schaudere und versuchte das unschöne Gefühl abzuschütteln, doch erfolglos. Sie warf Spencer ab, stand auf, legte sich flach auf den Bauch und dachte an etwas schönes oder zumindest versuchte sie es, doch ihr fiel einfach nichts ein. Panik breitete sich in ihrem Kopf aus und machte ihren restlichen Körper taub, der Schmerz war mittlerweile nur noch eine klare Tatsache aber trotzdem egal, wichtig waren ihre Augen die nun einen weißen Schleier innehatten der ihr das Sehen beinahe unmöglich machte. Gerade dachte sie darüber nach einfach nackt in einen naheliegenden Sumpf zu springen und ihre Entsetzung zu ertränken, sich selbst in noch größere Panik zu versetzen, … als plötzlich Spencer, wieder angezogen, neben ihr erschien und sie bei den Schultern griff, sanft, spürbar. Er war bei ihr. Just wich der Schleier vor ihren Augen und der Angstschweiß wurde Jansha so sehr bewusst wie bis dahin noch überhaupt nichts. Sie fror, doch Ibrahim hatte ihr längst einen langen Umhang über die Schultern gezogen der ihr augenblicklich Wärme schenkte.

>> Was stimmt nicht mit dir? Hey, Jansha, sieh mich an! << sie sah ihn gern an, er gefiel ihr und außerdem schien er sich um sie zu kümmern, ihre einzige Hoffnung war es vielleicht das sie wenigstens nicht allein sterben musste, das Glück hatte Ibrahim nach ihr vielleicht nicht mehr?

>> Kalt, Angst- ich habe höllische Schmerzen. << in weiteren Worten erklärte Jansha Ibrahim Spencer schnell was sie fühlte, schnell die Merkmale ihrer Krankheit oder was es auch immer war! Während sie sprach warf sie immer wieder ein wie viel er ihr bedeutete und das sie froh war das er hier bei ihr war, doch sein Gesicht wurde zunehmend düster während sie sprach. Soweit das er es fast geschafft hatte das es ihr noch schlechter ging als bereits zuvor und eigentlich war er bisher wirklich gut

darin gewesen sie zum Lächeln zu bringen und ihr ein gutes Gefühl zu geben. Ihr aufzuhelfen wenn sie am Boden lag.

>> Sicher, das sind deine Merkmale? Kein Zweifel? … Wieso, das ist nicht gut. Aber wieso? << Spencer sprach sinnlos, keines seiner Worte machte Sinn. Jansha wusste nicht im Ansatz was er überhaupt wollte. Über ihnen beiden toste der Himmel mit trüben Wolken die das Zelt scheinbar in Rekordzeit entlang glitten. Keine Sterne oder auch nur Mondlicht am Himmel. Eine Tatsache die Spencers Gesicht fast noch schrecklicher aussehen ließ.

>> Du …, du machst mir Angst! … Spencer … Angst! Was ist denn los mit mir? Wenn es etwas Schlimmes ist dann muss ich es wissen. Okay? Okay!? << die Indianerin löste sich nun etwas aus dem Griff des Mannes, der sie gehen ließ. Spencer hielt sie nicht fest, seine Schultern hingen nun schlaff. Jansha glaubte das sie Mitleid in seinen tränenden Augen sehen konnte, Trauer.

>> Du bist vermutlich infiziert, … denke ich. Infiziert mit dem schrecklichen Todessyndrom. << seine vage Aussage klang zwar angsteinflößend, doch war Jansha niemals eine Frau gewesen die zu schnell in nutzlose und ablenkende Panik verfiel. Die half nicht um wirkliche Ziele zu erreichen. Ihre fragende Gestik schien aber genug der Aufforderung an den Mann damit er weiter sprach und dabei von einer Sekunde zur nächsten immer geprügelter aussah. Jedes der Worte schien schreckliche Schmerzen für ihn zu bedeuten.

>> Todessyndrom. Ich dachte eigentlich dass der Name für sich spricht. Dir geht es nicht gut, heiß und kalt zugleich, dein Innerstes brennt erbarmungslos und ich glaube dass es die Vorstufe zur Umwandlung ist. Dein Körper stellt sich um und hat irgendwie das Mutagen aufgenommen was es dazu braucht. Bald wirst du sterben und als eine lebende Leiche, … oh, zur Hölle. << die Schwarzhaarige Frau hatte bemerkt wie das Handtuch wieder zu Boden gefallen war, nun war sie wieder nackt. Erstarrt. Der schwere Stoff wirbelte Staub auf der Ihnen

beiden ein wenig die Sicht nahm. Kleine Dreckteilchen flogen durch die dicke Luft die Jansha den Atem abzuschneiden schien. Sie bemerkte wie sie zitterte, kalte Furcht durch ihren Kopf zog wie ein eiskalter Schauer Wasser. Mit ihrer schwachen Hand griff sie nach dem Arm des Mannes, doch glaubte sie dass ihr Körper sich noch gar nicht verändert hatte, die Schwäche war vermutlich nur Einbildung.

>> Was? Kann man was dagegen tun? Ein Heilmittel oder so was? <<

>> Nicht das ich wüsste, die Radikale Weltvernichtung hat es erstellt und bis dahin, jetzt, gab es keinen Grund oder Menschen der ein Heilmittel hätte herstellen können. Leider. Wer sollte also schon, … es sei denn? << doch Janshas neu gewonnene Hoffnung ging schnell wieder verloren als sich Spencer wieder zum Schweigen brachte und sich schnaubend auf einen weiß leuchtenden Steinblock fallen ließ, der vom nun freigelegten Mondlicht zum einer echten Augenweide gemacht wurde. Sein Körper unterbrach den Kontakt.

>> Es sei was? Es geht um mein Leben, Spencer. Es gibt keinen Raum für Zweifel, selbst wenn es nur eine Vermutung ist, es ist auch unsere einzige Spur mein Leben vielleicht zu retten. Wie du schon sagtest, das Dorf braucht mich, mein Volk. << Ibrahim Spencer hatte bereits vor einiger Zeit damit angefangen an den Federn herumzufummeln die ursprünglich im kompletten auf Janshas Kopf gewesen waren, immer gut sortiert und gepflegt, doch das interessierte sie im Augenblick mit am wenigsten.

>> Ich bin schon länger in diesem Teil des Waldes und man findet in alten Militärbasen und Wohnhäusern manchmal sehr gute Vorräte. Nahrung, Medikamente, Informationen. In den letzten Jahren des Krieges sind diese Chemikalien bereits ausgetreten, neue Krankheiten ausgebrochen, Menschen hilflos krepiert. Todessyndrom, die einzige Heilung ist wohl ein Ort mit dem Namen Lagnaja Labata. << während er gesprochen hatte war Spencer in eine Art gruselige Trance verfallen die ihn

für Jansha in ein neues Licht rückte, er wusste viel, war vielleicht sogar gefährlich. Wissen ist Macht, war Macht. Ibrahim Spencer wusste ihr zu viel, … war jedoch auch lange Zeit allein gewesen und hatte wohl viel Zeit gehabt zu leben. Jansha wollte die Ruhe brechen.

>> Lagnaja Labata? Ist das dein Ernst? Das klingt ja wie eine Geschichte. Ein Märchen. <<

>> Ich hab dir doch gesagt, ich will es nicht sagen, es ist nur ein kleiner Strohhalm, aber leider das einzige das ich habe, mehr Wissen darüber habe ich nicht. << die Schönheit verlor sich in ihren eigenen Gedanken und grübelte ob sie ihr Leben wirklich davon abhängig machen wollte ob sie eine sagenumwobene Welt finden konnte? War es das wert? Wirklich eine echte Möglichkeit oder nur pure Hoffnung?

>> Doch es ist gut, Spencer. Dadurch haben wir etwas. Was weißt du noch? Etwas Festes? <<

>> Lagnaja Labata ist ein aufgeschüttetes Stück Land vor der Küste Kaliforniens und gilt seit zirka fünfhundert Jahren als Sitz des heiligen Bundes. Ein Orden von Priestern, Wissenschaftlern und einigen Soldaten die die Bombardierungen überstanden haben und sich früh aus dem Krieg verabschiedet hatten! Glückliche Teufel, haben den Krieg genauso angestiftet und sich dann verabschiedet! << sie konnte ein zynisches Lachen auf seinen Zügen erkennen.

>> Wo wären wir wohl wenn diese Entscheidung jeder Mensch getroffen hätte? <<

>> Wo wir dann wären, Jansha? << sie kam nicht darum herum die Abfälligkeit in ihm zu sehen, in seiner Stimme zu hören. Das Ganze musste eine persönliche Note für Spencer haben, vielleicht hatte er im Getümmel des Krieges seine Lieben verloren?

>> Hier, … aber nur wir. Und ohne Möglichkeit dir vielleicht zu helfen! Die Menschen, egal welche, hätten auf der heiligen Insel weitergemacht und dann wäre sie jetzt auch Schrott, voller

Leichen die mutieren und zu Gefahren für die Lebenden werden. Das ist der natürliche und unaufhaltsame Kreislauf, verstehst du? Menschen, Kämpfer, Krieg. Das ist alles was unserem Treiben entsteht. << Jansha atmete schwer und musterte den Mann ausführlich, doch konnte sie keine Lüge in ihm entdecken, keine Täuschung. Er hatte viel Schmerz erlebt und die Indianerin hatte es bisher nicht geschafft ihn von diesen Gedanken abzubringen, war es vielleicht am Ende sie die mit dem Mann mehr Arbeit hatte als andersherum?

>> Spencer, Kunst, Musik und auch Zivilisation. Menschen vollbringen auch Gutes, so wie eine heilige Insel als letzten Schutzwall vor der alles zerstörenden Apokalypse. Dinge wie Selbstlosigkeit und Wohltätigkeit. Bei all den schrecklichen Dingen die uns allen wieder fahren sind dürfen wir nicht die schönen Seiten unserer Existenz vergessen, wie dürfen die Essenz des Windes und der Natur nicht verlieren. Spencer, ich brauche deine Hilfe und ich brauche dich bei glasklarem Verstand. Okay? << ihre einfühlsame Stimme drang zu ihm durch, setzte sich in seinen Ohren fest.

Mittlerweile schien der Mond verschwunden zu sein und die aufgehende Sonne über den Baumkronen tauchte die Wipfel und den Berghang vor ihnen, über den sie kampiert hatten, in ein mattes Lava rot welches einen romantischen Morgen zauberte. Beinahe hatte sie ihre Schmerzen schon vergessen als sie plötzlich ein aufblitzen im Gesicht des Mannes erkennen konnte, welches ihn schlagartig in den Mann verwandelte, auf den sie sich noch kurz zuvor eingelassen hatte, den sie wirklich mochte. Ibrahim ergriff ihre Kleidung und warf sie ihr hastig zu, just in derselben Sekunde in der er mit seinem Fuß scharrend Dreck in die Flamme warf um das lodernde und knisternde Feuer zu ersticken.

>> Du hast ja recht, Jansha. Tut mir leid dass du mich so sehen musstest! … Kindheitstraumata. Ich erzähl's dir später, wir müssen uns beeilen. << fügte er den zweiten Teil des Satzes

noch dazu als er ihren merkwürdigen Gesichtsausdruck wahrgenommen haben musste. Kindheitstraumata? Davon hatte er ihr gegenüber wirklich noch gar nichts erwähnt.

Doch die Beiden reisten los und zwar zu Fuß. Eine andere Möglichkeit hatten sie ohnehin nicht und während das Paar die Reise schweigend begann, zog die Sonne am Horizont mit ihnen und Jansha bekam das Gefühl das sie versuchte den Weg vor ihnen zu erhellen.

Zeit hatte sie keine gehabt dem Dorf zum Abschied zu winken, doch hatte sie eine kurze Nachricht im Wald zurückgelassen für den Fall das man nach ihr suchen sollte, was sie aber ernsthaft bezweifelte. Doch sie fürchtete um ihr Leben und um das was aus dem Dorf werden würde, darauf das es ohne sie geschehen könnte obwohl sie noch so jung war. Manchmal fragte sie sich ob diese Einstellung egoistisch war, doch war es schlecht am eigenen Leben zu hängen? Jansha suchte noch lange nach einer Antwort auf diese Frage, so lange das fast ganz Arizona an ihr vorbeizog ohne dass sie es überhaupt mitbekam. Es war komplett demoliert und Wüste war nicht mehr Sand und Stein, sie war zerbombt zu größten Teilen. Krater und Metallhülsen, Splitter und Schwarzpulver. Überreste der Gefechte, sogar manche Skelette vegetierten hier weiter und die Indianerin war überrascht dass zum Teil noch tropfendes Fleisch von den Gerippen hing. Beinahe so als hätte die zerstörte Atmosphäre es verhindert das sie verwesten, als wären die Chemikalien tatsächlich Schuld daran das lebende Tote existieren konnten! Erst jetzt glaubte sie Spencer wirklich, sie erhaschte seine ernsten Blicke immer wieder auf dieser Rettungsmission. Alles das bekam sie jedoch egal wie schockiert sie war, nur am Rande mit und erst als Spencer an einem Wasserloch zur Pause rief, ließ sie sich fallen und aktivierte wieder ihre Scharfsinnigkeit. Ein erschöpftes Jaulen konnte sie nicht unterdrücken. Ihrer persönlichen Ansicht nach schien Ibrahim Spencer keinerlei

Erschöpfungserscheinungen aufzuzeigen und sie war Jägerin, sie verstand etwas davon.

>> Gute Kondition, Spencer. Warst du in deiner Jugend Sprinter oder so etwas? << lachte sie und stützte sich mit dem Kopf und pochender Stirn auf seine Schulter.

>> Nein ich, … klar. Sportler. Ich hab Football gespielt, Wide Receiver, ich bin gerannt und gerannt, aber fangen war nicht gerade meine größte Spezialität. << auch er lachte nun, doch Jansha konnte nur Sorge und Trauer in seinen Augen erkennen, er war nicht ruhig oder belustigt. Er spielte es ihr vor. Sie glaubte er machte sich mehr Sorgen um sie als sie es selbst tat.

>> Alles wird gut. <<

Die Umweltverschmutzung um sie herum war nicht zu übersehen, der kleine See war grünlich, schimmerte beinahe und gab einen dumpfen Geruch von sich der nach Benzin roch. Jansha glaubte sogar dass es brodelte und kochte, doch die kleinen Wasserfontänen spritzen lediglich an die steinernen Wände des Lochs. Sand um sie herum war hart und verkrustet und fühlte sich beinahe an wie zerflossene Diamanten, die Luft war Rohstoffarm und forderte sie Beide auf flach zu atmen. Die junge Frau bemerkte erst jetzt die wahren Ausmaße, der alles einschließenden Zerstörung.

>> Jansha, hast du das gesehen? << die Yavapai reagierte sofort und sprang auf, Spencer zeigte auf den See, der nun stiller dalag als noch zuvor, doch er hatte ihr von Anfang an Angst gemacht. Die Sandüberreste um ihn herum färbten sich ebenfalls in dem gleichen grellen Grün in dem das Wasser schimmerte. Angestrengt blickte sie nun sekundenlang darauf ohne dass etwas geschah bis letztlich, eine Hand, sie zitterte, bewegte sich aber noch und die Indianerin reagierte blitzschnell. Wer wusste schließlich wie lange der Mensch da bereits drin festhing und wie lange er noch zu leben hatte? Ihre Hand schoss ins Wasser suchte blind und tauchte in die grüne Flüssigkeit. Spencer direkt hinter ihr der sie festzuhalten schien, damit nicht auch sie

hineinfiel. Die warme Sommerluft drückte und die Flüssigkeit war eiskalt. Beinahe wie die Seele eines Dämons. Einen solchen Kontrast hatte sie darin sicherlich nicht vermutet und kurzzeitig wurde ihr schwindelig vor Augen, doch konnte sie die Übelkeit überwinden, zu groß war die Sorge der Mann in der Brühe könnte abstürzen und sterben. Im Wasser plantschend suchte sie verzweifelt, doch ehe sie etwas zu greifen bekam, … ergriff etwas sie! Der Griff des Mannes war fest, doch er hielt sich nicht fest um gerettet zu werden, er zerrte an ihr um sie ebenfalls hinunterzuziehen. Es war ein knapper aber schneller Todeskampf der schließlich von Ibrahim gewonnen wurde der Jansha hinauszog und der tödlichen Klaue entriss, doch dabei beförderte er auch den *Angreifer* aus seinem eisigen Gefängnis. Ein Kokon.

Auf dem geschundenen Sandboden lag ein kokonartiges Behältnis welches in der glühenden Sonne zu schmelzen schien, kein Wunder, hatte es die ganze Zeit im Kühlfach gelegen! Es hatte wie ein U- Boot unter Wasser gelegen und auf den richtigen Moment gewartet, doch irritierenderweise war im Innern deutlich ein missgestalteter Mensch zu sehen, der zitterte und halb verwest schien. Hautlappen hingen wie verschlissene Kleidung von seinem blutenden Fleisch und machten ihn zu einer grotesken Kuriosität die ihr einen Schrecken über die Haut fahren ließ. Ein Zombie, entstellt und mutiert durch das Todessyndrom.

>> Das ist …? <<

>> Ja, das Todessyndrom hat ihn vollends erwischt. << seine Stimme war hart und jagte ihr Angst ein, doch eigentlich wollte sie nicht mit dem Gedanken spielen wie sie mal aussehen würde, sondern wie sie genau diesem Schicksal entgehen konnte.

>> Vielleicht wäre es besser wenn wir Wasserstellen oder öffentliche Straßen meiden würden bis wir in Lagnaja Labata angekommen sind, bis nach Kalifornien ist es noch ein weiter

Weg! << Jansha bejahte schnell, nicht nur weil sie ihm recht gab, sondern auch weil sie ihn nicht verlieren wollte, ganz allein in dieser grotesken Welt wusste sie nicht was sie mit sich anfangen würde? Was wäre geworden wenn Spencer sie nie am Wegrand versorgt hätte, wäre sie dann schon tot? Vermutlich ja. Jetzt gab es noch Hoffnung, … auch wenn sie klein war.

Kapitel 7

hnmacht, dass war sein erster Gedanke denn dieser war er im Augenblick sehr nahe. So nahe das er kaum einen anderen Gedanken fassen konnte. Glühend heißes Wasser umgab seinen gesamten Körper und drang in seine Poren. So tief ein, so unnachgiebig, das er fast doppelt so oft blinzelte und Wasser ausspie um sich nicht den Mundinnenraum daran zu verbrennen. Schweiß drang bei den Anstrengungen aus seinen Poren und flutete das Wasser mit weiteren Flüssigkeiten, raubte Vadegoon dabei jegliche Kraft und ließ ihn mehr auf der Wasseroberfläche treiben als das er wirklich selbst schwamm. Der Himmel über ihm schien zu verschwimmen, blaue wirre Muster durchzogen von weißen watteartigen Formen, … es gab ein ebenso imposantes wie verstörendes Bild ab das den Mann beinahe an seinem Verstand zweifeln ließ. Doch die Schwelen die sich immerzu bildeten bedeuteten eh das er schon sehr bald keine Schmerzen mehr spüren würde, weil sein Körper damit übersät sein würde. Das wusste er, denn er war bei klaren Verstand, doch ändern konnte er es nicht, verhindern schon gar nicht. Ein Erdbeben hatte ihn ein Kliff hinuntergestoßen, ihn grotesk zu Boden befördert und seine Reise war erst schmerzhaft in diesem riesenhaften See zu Ende gewesen der sich anfühlte als schwimme man in radioaktivem Müll oder in brodelnder Lava. Das glimmende Wasser küsste seine Haut wie ein Stacheldraht und nahm ihm mit jedem Zug seiner Arme mehr Kraft.

Erst als die Farben vor seinen Augen zu einem Strudel verschwommen und seine Pupillen nur noch Schlitze waren die gasartige Explosionen zu sehen schienen, trieb er von allein voran und hing plötzlich schier unglaublicher Weise in der Luft, strampelte vergeblich. Doch eine Macht schien ihn zu halten, viel Druck und Kraft die sich um seine Bauchdecke schlossen wie eine zerstörerische und gigantische Hand die er sich nicht einmal vorstellen konnte. Er konnte das Plätschern des Wassers hören das von ihm tropfte, er konnte es langsam wieder sehen, … und zwar auch das Wesen das ihn gepackt hielt und sich einen kleinen Spaß mit ihm erlaubte. Es war ein Unterseemonster, trug große Kiemen und Tentakeln die sich bereits jetzt, wie es schien, an ihn festgesaugt hatten. Das Wesen ließ nicht locker und auch wenn es dafür jetzt vielleicht ein schlechter Zeitpunkt gewesen war, so dachte der Mann doch daran dass jenes Wesen vielleicht ja nur mit ihm spielen wollte, statt ihn gleich zu fressen? Immerhin war der Adler vor der Grenze der Stadt ja auch ausrechenbar gewesen. Warum dann nicht auch der Fisch?

Vadegoon griff nach einer Tentakel, die Oberfläche war rauer als er es sich vorgestellt hätte und die Fasern klebten als seien sie dazu gedacht das der Mutant damit … klettern konnte. Sie besaßen große Kraft, doch vielleicht gab es weitere Schwächen die man nutzen konnte?

Dem jungen Mann blieb jedoch nicht viel Zeit ehe das Fischtier zum ersten Mal zum Todesstoß ansetzte. Mit seinem entsetzlichen Fischgesicht, das Vadegoon nun zum ersten Mal sah, schnappte es nach ihm. Er hatte zwei zangenartige Zähne am Kiefer die auf und zu klappten und sicherlich mit Leichtigkeit stark genug wären ihm seine gesamten Knochen herauszureißen oder sie gleich einfach zu brechen ohne sich dabei größere Mühe zu machen! Sie gaben Geifer von sich als schmeckte das Wesen ihn bereits, die Stoßzähne klickerten gefährlich und in einer rhythmischen Bewegung.

Prompt schrie Vadegoon laut auf, seine Hände rissen mit aller Macht an den wabernden Muskeln im Inneren des Weichtiers. Der Urknall eines Schreis ließ das Tier kurz erschrecken, Vadegoons Versuche das Tier zu besiegen oder es erst einmal zu beeindrucken schlugen katastrophal fehl. Die galant artige Masse des Tiers schien unzerstörbar und die wütende Reaktion traf ihn wie harte Rache direkt im Gesicht, drei stechend Hiebe zum Preis von einem.

Jeder brutale Schlag, der hart sein Gesicht traf wie ein LKW der in eine Steinmauer raste, nahm ihm mehr das Bewusstsein und schon bald sah Vadegoon nicht mehr viel mehr als einen dichten düsteren Nebel der ihn in einen noch düsteren Orkan des Nichts blicken ließ der zögernd und geduldig nur auf ihn zu warten schien! Ein schwarzer unendlicher Abgrund einzig für ihn, wäre die Lage nicht so verdammt verdrießlich dann würde er sich vermutlich sogar geehrt fühlen!

Strampelnd wie ein Baby das wütend schrie, kniff Vadegoon mit aller Macht in die verkanteten starren Arme die ihn hielten, jedoch erst als er erneut das warme Wasser spürte das ihn umschloss und ihm erneut dauerhaft seine gesamte Sicht nahm, wurde ihm leichter ums Herz und er verlor das gesamte Bewusstsein.

Verkrampft stöhnte Vadegoon seine Lebensenergie in die Welt hinaus. Seine zitternden Finger griffen wie Messer in den schmutzigen Waldboden der unter seiner Kraft sofort nachgab und ihm als erstes seit er die Augen aufgemacht hatte, das Gefühl gab noch am Leben zu sein. Die Sonne gipfelte über ihm und schaute wie ein einziges Auge durch die Wipfel der Baumkronen. Sie wärmte ihn, erstaunlicherweise war seine Kleidung nass und seine Stirn schwitzte als wäre er soeben durch einen Marathon ans Ufer gelangt.

Das warme Wasser umspielte noch immer seine Füße, schienen zu nah am Rand des Ufers zu liegen, doch sein Hirn spielte noch nicht richtig mit.

Was war geschehen?

Erst die Reise mit dem Adler, der Absturz, … dann die Reise zu Fuß bis zu dem gewaltigen Meer das sich am Horizont aufgetürmt hatte wie eine ganze Lebensaufgabe. Daraufhin ein Kampf mit einem Fischmonster, … welches ihn offensichtlich am Leben gelassen hatte! Aber warum? Gab er keine gute Nahrung ab?

Vadegoon setzte sich auf. Der junge Mann konnte spüren wie Leben in seinen Körper einkehrte und ihn anstrengte, sein Kopf fühlte sich zu diesem Zeitpunkt an als würde er jede Sekunde explodieren! Er spürte das warme Wasser vom Saum seiner Hose tropfen als er sich aufstellte, das Trocknen seiner Kleidung im Sonnenlicht. Die Schmerzen die das Blut in Strömen reaktivierte und auch seinen Geist der nun allmählich wieder wach wurde. Denn egal was der Fisch mit ihm getan hatte oder auch nicht, was er noch vorgehabt hatte oder nicht, … sollte Vadegoon durch ein Versehen seinen Angriff überlebt haben dann wollte er diese Glückstat nicht ohne Dank lassen.

Woraufhin er kurz entschlossen vom dem See, dem dazugehörigen Ufer und dem hauseigenen Monster Abstand nahm. Er blieb erst dann stehen als er erschöpft zu röcheln begann und er sich setzen musste- ein wirklicher Glücksfall wie sich herausstellte.

Der Wald wurde hier dichter und verdrängte seine Sicht in einem ähnlichen Sinne wie es auch der Überlebenskampf bereits getan hatte, doch war Vadegoon eigentlich nicht wirklich dazu bereit seine Opfer noch größer werden zu lassen.

Die Steinwände hier waren kahl und matt, die Umgebung wild und dennoch, Vadegoon war sich ziemlich sicher das Jemand hier gewesen war!

Die Wände waren berührt worden, nahe seiner jetzigen Position war ein Lagerfeuer entflammt gewesen und auch das Geäst und das Unterholz war zertreten, unbeachtet gewesen. Die besten Spuren der Zeit waren jene, auf die wirklich niemand achtete. Solche Details gaben atemberaubende Zeugen der Zeit selbst ab, insofern man nicht zulange damit wartete.

>> Warte Mal. << seine Stimme war kratzig und fühlte sich selbst in seinem eigenen Hals fremd und karg an, doch er wusste nicht ob er eigentlich noch wirklich reden konnte, so lange hatte

er seine Stimme bis auf für Kampfschreie nicht mehr gebraucht. Doch sein Volk würde dazu sagen das er wohl besser mit Tieren kommunizierte als mit Menschen.

Es gab weitere Spuren, die er entdeckte während er die Anderen auf allen Vieren verfolgte, begierig darauf etwas über weitere Menschen zu erfahren die es noch geschafft hatten sich nach der Zerstörung hoch zu raffen und dabei nicht gerade Untote oder mutiert gewesen waren! Sie hatten beisammen gesessen, vermutlich ziemlich lange, eine Person war erheblich schwerer und hat links am Feuer gesessen, vermutlich ein Mann, sein Partner eine Frau, direkt rechts neben ihm. Sie schienen gefroren zu haben oder zumindest schienen sie dicht beieinander gewesen zu sein. Der Mann schien hier an etwas gearbeitet zu haben denn seine Spuren zeigen einige Laufwege an die unter stillen Umständen unnötig gewesen wären, angegriffen wurden sie nicht oder zumindest gab es keine Anzeichen eines Kampfes! Sie haben gegessen, aber wenig, die Frau bewegte sich verletzt und schien im naheliegenden Wasser gebadet zu haben! Noch jetzt konnte man im Schlamm ihre kleinen Fußspuren sehen die fast die Hälfte von seinen Füßen maßen. Sie schien außerdem in Panik geraten zu sein, … also hatte es vielleicht ein Streit zwischen den Partnern gegeben doch etwas machte ihn noch immer stutzig. Körperabzeichnungen am Boden die zueinander gelegen hatten und den Unterboden aufgewühlt hatten wie es nur ….

Grinsend stutzte er.

>> Die Beiden haben doch nicht etwa …? <<

Seine Finger fuhren sanft die Linien entlang und offenbarten ihm die ganze Wahrheit, erst nach ein paar Minuten verstand er die komplette Sache die er hier gefunden hatte, das Ausmaß seines Fundes.

Es gab Überlebende, sie lebten und sie schienen sich zu paaren, ob zum Spaß oder um die Zivilisation zurückzuholen. Sie hatten zu essen und sie reisten, hatten vermutlich auch ein Ziel und

Vadegoon hatte nun eine Spur, eine verdammt gute noch dazu, die ihn direkt zu den Beiden führen würde.

Ein Stück älteres Papier hing an einem dünnen Ast. Es war mit einer feinen Schleife festgebunden worden und wehte im Wind leicht hin und her, hätte die Sonnen nicht dominant darauf geschienen, dann wäre ihm der winzige Zettel vermutlich nicht einmal aufgefallen, geschweige denn das er sich diesem gewidmet hätte! Die Schrift darauf war frei von Schnörkeln und wies auf einen gewissen Indianer Dialekt hin mit dem er aufgewachsen war, der Zettel verriet ihm auf der Stelle das auf jeden Fall eine Yavapai Indianerin des Yavbe Stamms diese Reise begleitete und nach seinen vorherigen Erkenntnissen wohl offensichtlich verletzt war!

Langsam und sorgfältig lesend konnte Vadegoon etwas von einer Mission lesen eine Horde wilder Tiere zu verfolgen, etwas von schweren Komplikationen und einer Reise die diese Indianerin antreten musste, … auf eigene Gefahr, sie schrieb sie müsse Richtung Kalifornien gehen um dort nach Lagnaja Labata zu gehen und sich selbst rein zu waschen, … doch der meiste Kram dessen schien auf ihn wie Kauderwelsch zu wirken.

Es gab nur drei Teile daran die ihn interessierten:

Die Frau schien verzweifelt und verletzt und könnte die Hilfe eines starken Jägers sicherlich gut gebrauchen, sie hieß „Jansha" und versuchte mehrere Aufgaben gleichzeitig zu meistern und … Lagnaja Labata, Kalifornien!

Der Wind hatte das Blatt in das Sonnenlicht geweht sodass er es überhaupt erst gesehen hatte, im gleichen Augenblick wäre es vermutlich nur sinnvoll wenn dies nicht aus Versehen oder des Zufalls wegen passiert, sondern wenn es so geplant gewesen wäre.

War Lagnaja Labata vielleicht der Ort an der Küste Kaliforniens von dem er so viel gelesen und gehört hatte? Waren noch mehr Menschen da draußen die eben jenen Ort suchten und ihm ebenso Hilfe sein konnten wie er vermutlich ihnen?

Mit den Angaben des Briefes konnte Vadegoon zwar nicht sonderlich viel anfangen doch hatte er ja selbst eine gewisse Ahnung in welche Richtung er musste, natürlich erst nach Kalifornien!

Dann würde sich vielleicht endlich sein Schicksal vor ihm ausbreiten, genauso wie der Wind es ihm bereits vor einigen Jahren prophezeit hatte, … die Erkenntnis des Tages für den Mann war es jedoch das es weitere hoffnungsvolle Sucher gab, weitere Menschen die Angaben und Vermutungen des heiligen Ortes wegen anstellten und sich auf die Reise gemacht hatten ebenfalls dorthin zu gelangen! Seine nächste Etappe würde wohl also daraus bestehen diese Leute einzuholen und sie davon zu überzeugen das er ihnen helfen konnte, nicht zuletzt weil er alles mögliche über diese und ihre Reise wusste, … als Fährtenleser war das eine seiner leichtesten Übungen und nichts und niemand konnte ihre weiteren Spuren die irgendwo vor ihm liegen mussten, vor ihm verbergen.

Kapitel 8

Reue, wegen eines Fehler und deswegen angewidert zu sein. Wirklich enorm angewidert. Sie reagierte blitzschnell denn die Erinnerungen an den Zombie im Eiswasser ließ ihr keine Ruhe, besonders nicht die Sorge bald ebenso so zu werden, oder das dieses Wesen vielleicht ein Mensch gewesen war! Solche Mutationen waren für sie … ungewiss und eine Gefahr die ganz und gar durch den Menschlichen Ehrgeiz nach Macht und Wissen entstanden waren, doch fragte sie sich zeitgleich ob diese Mutation nicht vielleicht doch erstaunlich gezielt war? Welcher zufällige Organismus würde den Menschen umstrukturieren statt ihn einfach zu töten?

Diese Gedanken schienen weder ein Anderer, noch Ibrahim zu teilen, doch sie fragte sich das schon, auch weiterhin! Vielleicht waren es die kommenden Schmerzen die aus ihr sprachen oder einfach nur die Angst, … doch wenn man gezielt verwandelt werden konnte, dann musste es tatsächlich auch ein funktionierendes Heilmittel geben!

Des Nachts suchten sie diese Gedanken seither immer wieder heim, sie waren wie ein schlimmer Albtraum der niemals verging, wie ein Schleier einer Wolke die es schlecht mit einem meinte. Eine Strafe, … doch wofür? … Vielleicht dafür das die Indianer sich aus dem Krieg zurückgehalten hatten? War es vielleicht das Schicksal der Menschheit gewesen, sich selbst zu zerstören und alles worauf man stolz war, sein konnte! Dem eigenen Wahnsinn zum Opfer zu fallen war wirklich ein dramatisch inszeniertes Ende gewesen, … doch Jansha und ihr Dorf waren diesem entronnen, zu Ungunsten der Erdgeister? Hatten sie vielleicht etwas Neues geplant, ein neues Leben, … oder sollten die Yavapai überleben weil sie dem Krieg und der maßlosen Gewalt abgeschworen hatten und sie war zu neugierig gewesen, zu oft im Wald, zu weit entfernt von der Grenze der

Sicherheit? Die kleine Indianerin spürte ihr Herz in ihrem Brustkorb schlagen wie das Hämmern auf einem Amboss, nur intensiver und lauter. Es raubte ihr den Schlaf, überrascht war sie deswegen nicht wirklich, eher weil auch Spencer wach zu sein schien und sie beäugte. Seine tiefen Augen glitzerten wach und hilfsbereit, doch Jansha konnte auch Sorge und Begierde lesen, eine gefährliche Kombination!

Das waren die wenigen Momente in denen sie fast glaubte dass sie ihre *langweilige* Berufung als Näherin im Dorf tatsächlich vermissen konnte.

>> Kannst nicht schlafen, was? Könnte ich vermutlich auch nicht, kann ich ja auch nicht! Ich sorge mich zu sehr. << sagte er nickend und stierte auf den Boden, Jansha hob sein Kinn an und küsste ihn auf die Lippen.

>> Entschuldigung, … ich wollte nicht! << durch ihren Kopf zuckten Gedanken umher, die Krankheit könnte ansteckend sein, doch Spencer hatte die Geste genossen und winkte ab.

>> Ist nicht ansteckend, leider! Ich weiß jetzt schon nicht was ich ohne dich tun soll. <<

>> Noch ist es nicht zu spät. Deswegen sind wir ja so weit gekommen, der Glaube stirbt zuletzt, Spencer, wir werden das schaffen. Aber schlafe ein wenig, ohne dich werde ich es ganz bestimmt nicht schaffen. << Jansha ließ sich selbst auch wieder sinken, Spencer brauchte seinen Schlaf, er war der Mann fürs Grobe, das würde sie bestimmt nicht schaffen und sie konnte froh sein das sie ihn dabei hatte. Allerdings war er auch manchmal eine Last!

Sie waren jetzt seit drei Tagen am selben Ort, im selben Lager, sie hatten es bei Sonnenuntergang aufgeschlagen und waren seither nur noch spärlich vorangekommen doch hatte dies damit zu tun das sie so weit wie nur irgend möglich von der Wüste entkommen wollten und mittlerweile versteckten sie sich bereits eine ganze Weile in den unsymmetrischen und unechten Canyons kurz vor der ehemaligen offiziellen Grenze nach

Kalifornien. Die Phrase *So nah dran und doch so weit entfernt,* von Gannamethek ging ihr seitdem nicht mehr aus ihrem Kopf, vielleicht war der Mann noch viel weiser gewesen als sie es jemals geglaubt hatte? Ibrahim behauptete das ebenso wie das Todessyndrom auch diese Steinlöcher und Formationen künstlich errichtet worden waren, Zeitzeugen des schlimmen Krieges, nannte er sie daher und zwar weil es eigentlich Bombenkrater waren. Zwar befürchtete sie insgeheim dass diese vielleicht auch kontaminiert waren, doch wusste es Ibrahim Spencer wohl besser und für Jansha selbst konnte es unmöglich schlimmer kommen! So viel stand fest.

Die Nacht verging nimmer und Jansha hatte sich durchgehend mit den schlimmen Gedanken und Fragen in ihrem Kopf auseinandergesetzt die sie die ganze Zeit vom Schlafen abhielten und sie quälten. Fragen des Todes, der Zukunft, der Rettung, … wie würde es sein wenn sie sich verwandelte, würde es schnell gehen? Würde sie wissen wer sie einst gewesen war oder nicht?

Nach der Nacht überkam sie grausiger Schüttelfrost und blanke Furcht, ihr Verstand fühlte sich an wie ein Dornen besetzter Irrgarten, sie fand darin ihre eigenen Gedanken nicht mehr wieder, sie Selbst verloren. das Ich verloren!

>> Spencer, ich glaube wir sollten weiterreisen, mein Zustand wird immer schlimmer und ich verliere nur Zeit. Es wird Zeit die Sorgen über Bord zu werfen was kommen könnte. Ich glaube wirklich daran dass wir es schaffen können, doch nur dann, wenn wir uns jetzt in Bewegung versetzen. << Janshas Blick wurde nun eindringlich, manchmal bekam sie, vermutlich unbegründet, das dumpfe Gefühl das Spencer sie nicht mehr ernst nahm. Sie bekam unangenehme und erdrückende Schwingungen und befürchtete manchmal der Mann habe sie bereits aufgegeben und versuchte sich so weit wie möglich von ihr fernzuhalten, vielleicht war es ja doch ansteckend und er hielt sich fern oder er hatte sich bereits infiziert und war

deswegen so komisch zu Ihr? Vielleicht wollte er nicht bei Ihr sein wenn es geschah und sie sich verwandelte, doch in jenem Fall würde sie sich trotzdem fragen ob er ging weil er sie so bildschön wie sie war in Erinnerung behalten wollte, … oder weil er Angst hatte er selbst könnte womöglich ihr erstes Opfer sein?

>> Es ist noch sehr früh, aber gut, vielleicht hast du Recht. Versuchen wir deinen Geist und deinen Körper zu retten bevor die Chemikalien dich komplett zerfressen und dein Überleben unmöglich machen. Ich wünschte nur es hätte besser mich getroffen! << Spencer wuchtete sich auf seine Unterarme und stand auf, Jansha konnte seine Anspannung und seine erschöpfte Atmung sehen. Er schien gewartet zu haben um nicht zu hören was Lagnaja Labata für sie Beide bereithielt, denn vielleicht gab es am Ende gar keine guten Neuigkeiten?

Vielleicht musste Jansha so oder so sterben, vielleicht hatten sie aber auch zu lange gewartet und sie starb deswegen? Für Jansha machte das alles keinen Unterschied mehr, ihr Magen rebellierte so oder so und bescherte ihr einen extrem bitteren Geschmack auf ihrer Zunge. Ihre Hände zitterten, ihre Stirn glänzte vor kühlem Angstschweiß und doch versuchte sie all die Dinge hinter einer optimistischen Fassade und einem unauffälligem Lächeln zu verbergen! Doch ganz entgegen ihrer eigenen Vermutungen war es noch viel schlimmer sich mit dem eigenen, bevorstehenden Tod zu vereinbaren. Sie war abwesend, mehr konnte sie dazu nicht sagen. Die stammelnden Worte Spencers der das Lager abzubauen schien, konnte sie nur wie durch Watte hören, abgefedert und leise, der stattliche Mann schien sich gar in Zeitlupe zu bewegen während er Stange nach Stange in eine Tasche das Zelt abbaute oder die Flammen des Lagerfeuers löschte.

Nach einer Weile konnte sie ihn plötzlich wieder hören und fand sich selbst starr doch klar bei Gedanken vor, die stummen Tränen die ihr Gesicht zierten wischte sie sofort davon.

Schwäche zu zeigen wäre sicherlich ein Fehler, denn dann würde auch Ibrahim wieder sein Mut verlassen!

>> Tja, ich glaube ich habe alles verpackt, bereit zur glorreichen Reise über die Grenze und hinein in den Staat des Heiligtums, Lagnaja Labata! Ich hoffe Kalifornien hat nur etwas von seiner Gastfreundschaft und Schönheit verloren, dann könnte man es dort bestimmt noch immer gut aushalten. <<

>> Ich hoffe das nicht allzu viele Menschen *tatsächlich in* Kalifornien gestorben sind, das würde bedeuten das wir viele Feinde auf unseren Spuren hätten. << Jansha erreichte eine Art Sinn, etwas in Ihr, eine Art Instinkt. Ihre Jäger- Instinkte kamen hier zum Einsatz die ihr klarmachten das sie sich auf mehr als nur einer normalen Jagd befand, doch die Regeln würden vermutlich die gleichen sein. Es würde Jäger geben und Beute, … welches sie sein würden hatte einzig mit ihrer Intelligenz und ihrer Ausrüstung zu tun.

>> Wir können schon froh sein das der Strandbereich lang schon vor dem zerstörerischen Ende gesperrt wurde, wegen des Krieges, ich befürchte ansonsten hätten wir wohl eine Zombie Armee an uns kleben. <<

Diese Worte gingen Jansha für lange Zeit nicht aus ihrem Kopf während sie nachgrübelte was diese ganze Sache mit ihr zu tun hatte, … irgendwie war sie durch ihre Heilungs- Pilger- Reise automatisch in die Verwicklungen des Krieges und deren Folgen geraten, doch hatte sie sich niemals darum geschert, jetzt steckte sie mittendrin. Mittendrin in einer Reihe von unerklärlichen Ereignissen die sie persönlich eingeholt hatten.

>> Schön, wenn Lagnaja Labata an der Küste liegt sollten wir den Sandstrand entlang doch ohnehin gute Chancen haben, die Wahrscheinlichkeit das sich diese Zombies dort herumtreiben ist sehr klein. Sie scheinen, na ja, irgendwie eher zu bleiben wo sie sich verwandelt haben! << es war weiß Gott keine leichte Aufgabe, vor allem wenn sich Jansha wie eben immer wieder vor Augen hielt was sie sein würde wenn sie es nicht schaffte!

Doch eigentlich trug sie viel Hoffnung mit sich herum, genau so den Mut es zu versuchen. Zwar war es noch dunkel und stummes Geheul erfüllte die Baumwipfel und die waldigen Gebiete um sie herum, doch Jansha konnte sich daran nicht mehr viel stören.

>> Richtig, aber wenn wir zum Strand kommen wollen müssen wie querfeldein reisen und hoffen das uns nichts passiert, gegen ein Paar davon könnten wir uns vermutlich sogar wehren, aber eine Armee? Ich fürchte mich um dich und die Reise. Vielleicht sollte ich versuchen mehr Hilfe zu finden? << Jansha konnte den Blick von Ibrahim auffangen der stets gen Boden gerichtet war und trotzdem konnte sie ein leichtes Lächeln auf seinen angestrengten Gesichtszügen erkennen, vielleicht dann doch ein Zeichen von Entspannung oder seiner Einsicht ihre Zeit zu genießen solange es noch ging. Jansha nahm ihn bei der Hand. Drückte fest zu.

>> Danke, mein Volk hat sich niemals richtig Sorgen um mich gemacht, begleitet hätte mich auf diesem Pfad sowieso niemand von Ihnen, ich bin wirklich froh das ich dir begegnet bin und egal wie übel es am Ende ausgehen wird, … ich weiß wir haben unser Bestes versucht. <<

Die bildschöne Indianerin fing ein Nicken ein welches von Spencer kam der die Rucksäcke schulterte, noch während sie ihm half einige Dinge zur Hand zu nehmen, marschierten sie bereits los. Spencer wirkte nun wirklich wie ausgewechselt und schien extra Kräfte zu besitzen von denen die zierliche Frau nur träumen konnte.

>> Na dann los. <<

Während der beschwerlichen Reise durch die rauen Krater, die Sprengstoffe vor lange Zeit geschaffen hatten, wurde Jansha mehr und mehr klar das ihre Sandalenstiefel keine gute Wahl für eine Weltreise gewesen waren, vermutlich nicht einmal für die Jagd gewesen wären. Die Herdentiere wären ihr vermutlich extrem leicht entwischt und hätten dazu nicht einmal Mühe gebraucht, ihre vollmundigen Lippen dürsteten bereits jetzt nach Wasser.

Kalifornien war ein großer Krater inmitten einer versteinerten Wüste. Stein und Staub, Sand kilometerweit, die sengende Hitze und ein düsterer grüner Hang der das Blau des Himmels trübte. Wie eine Lichtreflexion, nur wirklich da, zum Teil erkannte Jansha nicht wieder was sie im Dorf zu Hause gelernt hatte. Was hatte der Krieg alles angestellt?

Erst jetzt wurde ihr die Ungeheuerlichkeit dessen klar und die Ausmaße des Frevels.

>> Ja, Jansha. Die Ozonschicht, die Atmosphäre, … die Luft die wir atmen, vermutlich sogar die Sterne und das All direkt um uns, … die ganze Zone ist kontaminiert. << die Frau hörte eine gehörige Portion Missmut in Spencers Stimme und doch konnte sie ihn sehen und sah noch immer den neuen und frischen Mut in seinen Augen, der sie Beide antrieb.

>> Deswegen habe ich mich aus heiterem Himmel angesteckt. Jetzt ergibt es einen Sinn. <<

>> Und deswegen müssen wie nach Lagnaja Labata, deswegen ist dieser Ort so ein gut gehütetes Geheimnis, deswegen ist er so wichtig für uns, … das Ziel unserer Reise. Die Erlösung wenn man es biblisch mag! <<

Jansha staunte und es viel ihr schwer ihren Mund wieder zu schließen, zu überwältigt war die Indianerin, sodass ihr Kiefer hinunter geklappt war wie die Schaufeln eines Krans. Weit und breit war für sie jedoch nichts zu erkennen, bis auf einen entfernten Horizont der aufs Wasser verwies. Eine lange Strecke die ihnen viel Kraft kosten konnte.

>> Jansha, schau. Etwas wie eine Baracke oder so etwas. Vielleicht sollten wir eine kurze Sonnenpause machen? << rief plötzlich Spencer wie aus heiterem Himmel und riss Jansha damit aus ihren Gedanken.

>> Gute Idee, … eigentlich. Aber warum ist dieser kleine Schuppen umzäunt? Sieht nicht sehr vertrauenswürdig aus, um

ehrlich zu sein. << sie näherte sich nur vorsichtig, doch Ibrahim war da anders. Da er offensichtlich verzweifelt war sich der Sonne zu entziehen rauschte er an ihr vorbei und las lauter Warnhinweise und Stoppschilder vor. als wären sie eine interessante Geschichte, ein Buch, auf dessen Seiten viele abenteuerliche Dinge standen. Dann klang er plötzlich spöttisch und zerschnitt den Draht mit einer Klemme aus seiner Tasche, ein Loch gerade groß genug um sich hindurch zu quetschen. Jansha ließ sich jedoch viel Zeit damit. Aber hatte sie eine Wahl?

Ibrahim Spencer hatte auch alles getan was sie verlangt hatte, eine kleine Pause würde wohl nicht schaden, jedoch scheute es Ihr vor den Dingen die womöglich an einem solchen Ort verborgen gehalten worden waren.

Ein kurzes und atemloses > *Wow*< später, welches wohl Spencer ausgestoßen hatte, stand sie wieder direkt neben ihm und sah in eine riesige Unterweltbasis die anhand der Baracke wohl nur die Offensichtlichkeit hervor täuschen sollte. Der kleine, schäbige Blechschuppen an der Oberfläche hatte dem Bombardement gut standgehalten doch wäre vermutlich auch bei kompletter Zerstörung dieser Ort relativ sicher gewesen. Das Innere war ein wenig staubig und viele Risse die tiefe Furchen trugen zierten die Wände, doch eigentlich schien alles sehr stabil und die Beiden waren in ihrem Refugium sicher. Die Lage war sehr leicht zu überblicken, denn die Wände waren beschriftet, während Jansha nach Lösungen ihres Problems suchte, ward Spencer abwesend und klang schnaubend wie ein riesiger Bär der sich von hinten anschlich.

Doch es wurde schnell klar das niemand in dieser Einrichtung sich zu Lebtagen mit dem Todessyndrom auseinander gesetzt hatte.

>> Leider kein Glück, du Spencer? << nach einer Ewigkeit der Stille, wenn man mal von seiner knisternden Atmung absah,

reagierte er endlich und klang barsch, irgendwie extrem entschlossen.

>> Wie man's nimmt? Ich habe hochentwickelte Waffenlabors und futuristische Computer gefunden, … doch weiß ich weder wie ich die Dinger abfeuern kann, noch wie ich es schaffe das der Computer auch nur angeht. Ich befürchte nichts davon würde uns wirklich helfen können. <<

Jansha befürchtete das man ihr ihre Enttäuschung zu genau ansehen konnte, zu sehr hatte sie sich von diesem herben Rückschlag beeinflussen lassen, doch war es doch endgültig eigentlich schon fast ein Gewinn gewesen, diesen Ort zu besuchen. Ohne Spencers Entschlossenheit wären sie niemals hineingetreten oder hätten es auch nur versucht hier Unterschlupf zu finden.

>> Na gut, packe ein paar der Waffen zusammen, vielleicht verstehen wir sie ja irgendwann und sie können uns helfen, den Rest lass liegen. Dann gehen wir runter und sehen was der Laden uns noch anbieten kann. <<

Natürlich hatte Spencer keine Einwände gegen diesen Plan, daran war schließlich auch nichts einwenden.

Die Wände der Basis waren kühl und zum Teil feucht, was Spencer vermuten ließ das dieses Quartier inmitten eines Sees gebaut wurde, was wie sie inzwischen Beide wussten, eine der Hauptbrutstätten für das Todessyndrom darstellte. Doch natürlich nicht in metallenen Gefängnissen. Hier und da tropfte mal ein wenig kühles aus den Wänden hervor doch waren sie Beide sicher. Das konnte selbst Jansha zu hundert Prozent sagen denn ansonsten wären die Wände vermutlich bereits seit Ewigkeiten von den Fluten aufgerissen worden. Außerdem verfügte dieses Militär Lager ja über hochmoderne Technologie, der Erwartungshaltung nach ging Jansha mal davon aus das Wasser an sich dem Komplex nicht schaden konnte.

>> Beeindruckend, oder? So viel magische Technologie habe ich noch nie gesehen. Ich frage mich welche Regierung hier geforscht hat oder *was* hier erforscht wurde? <<

Jansha antwortete nicht auf seine Frage, denn beantworten konnte sie die eh nicht. Stattdessen versuchte sie sich zu konzentrieren und nachzudenken was sie retten könnte. Irgendeines von den technischen Geräten, vielleicht einer der Strahler die Spencer vielleicht nur versehentlich für Waffen hielt?

Bunte Dioden leuchteten ihr aus jeder Ecke verschwörerisch entgegen, versuchten sie davon zu überzeugen das sie der richtige Ort waren ihre Heilung voranzutreiben, doch Jansha war nicht erpicht sich einfach mit irgendeiner der Dinge beschießen zu lassen, Todessyndrom hin oder her, ihre Beine und Hände brauchte sie vielleicht noch, ihr Leben sowieso um jenes davor retten zu können zu verblassen. Eine aussichtslose Lage für sie die sie erneut verzweifeln ließ, wenn auch nur kurz. Eine gewisse Düsternis lag über dem Ort und von der schwülen Hitze der sengenden Wüste bekam man hier gar nichts mit. Allerdings schien auch eine gewisse Fäulnis hier zu wandeln, aber wer wusste schon wie lange die Basis verlassen dort gelegen hatte? Ob man sie im Ursprungszustand ebenfalls gefunden hätte oder ob die Zeit die Baracke frei geräumt hatte von Efeu oder Wald? Vielleicht von einer absichtlichen Tarnung?

>> Jansha, beeil dich, … ich glaube wir müssen raus hier. <<

Spencer war ihr entgegen geilt und auf seiner Stirn schimmerte Wasser, leider zu viel um nur Schweiß zu sein und sofort stieg in Janshas Bauch eine quälende Befürchtung auf.

>> Schnell zurück zum Ausgang! <<

Jansha schrie, doch hatte sie das Gefühl das ihre Stimme unterging. Zu groß war die eigene Angst und die Taubheit der Ohren aufgrund dessen erwürgte ihre eigene Stimme. Die Beiden rannten schnell. Rhythmisch klopfend trugen die zwei

Fußpaare sich die metallenen Treppen hoch und schauten sich dabei nach weiteren tiefen Rissen um, doch erstarrten sie erst richtig als sie den Treppenabsatz ganz oben erreicht hatten und auf den Boden stierten.

Er war klatschnass.

Weiteres Wasser tröpfelte hinunter und ließ es fließen, sodass es bereits die erste Treppenstufe ebenfalls wässerte.

>> Runter, es muss noch einen anderen Ausgang geben, ... oben haben wir keine Chance mehr. << rief Spencer plötzlich, doch auch der Indianerin war bereits klar gewesen das jenes Leck oben entsprungen sein musste. Sollten sich also Schutztore oder so automatisch schließen, dann wäre die Quelle des Lecks der Ort an dem man sicherlich zu erst ertrank. So rannten sie wieder runter.

Schweißgebadet versuchte sich Jansha zu beeilen doch Spencer passierte sie problemlos, rannte aber nicht so schnell das sie nicht mithalten konnte. Er gab den Weg vor und Jansha würde sagen er schien sich gut auszukennen, doch wusste sie ja nicht wo er hinwollte, vielleicht sagten ihm die Schilder an den Wänden ja mehr als Ihr?

Nach nur wenigen Minuten fand sich die Indianerin in einer gläsernen Röhre wieder, um sie herum nur blau. Glas schien es keines zu sein, jedoch etwas Ähnliches und etwas das Ibrahim offensichtlich ein gutes Gefühl gab, denn er lief unbeirrt weiter. Währenddessen unterwies Jansha sich selbst in Ruhe und versuchte verbissen nicht in Panik zu verfallen. Dazu biss sie sich auf die Lippe, manchmal zu fest sodass sie zu bluten begann und außerdem übte sie sich in ihrer Atmung, Spencer war wirklich ausgefallen sportlich. Um Blicke durch den faszinierenden Ort schweifen zu lassen, hatte sie keine Zeit, zu schnell war ihr Begleiter, zu groß ihre Angst abgehangen zu werden. Doch das war nicht alles. Da war mehr, eine unangenehme Kühle die wie ein eisiger Wind durch die Rohre blies.

>> Beeil dich, Jansha. Wir können es uns nicht leisten jetzt erfasst zu werden. … Dann war es das mit uns. <<

Jansha gab ihm wortlos Recht, doch fand sie keine passende Möglichkeit es ihm verständlich zu machen, also versuchte sie einfach dran zu bleiben und ihm den Rücken zu stärken. Nach schier unendlich wirkenden Minuten, in denen Jansha zu befürchten begann der kalte Windzug könnte herannahendes Wasser sein, erreichte endlich Spencer sein Ziel und blieb stehen. Sein Körper pochte von den Anstrengungen und die Taschen fielen zu Boden als er sich umzusehen begann, er schien nach etwas bestimmten zu suchen.

Jansha las die Taschen wieder auf und ehe sie aufsah rief Ibrahim sie wieder an seine Seite.

>> Jetzt komm schon. Kannst du so was fahren? << Spencer hatte sich an das Steuerruder eines Wagens gesetzt der metallen glitzerte. Doch die Türe hatte er offen gelassen, die Reifen verrieten dass es ein Geländewagen war und dass er besonders war sah man bereits auf den ersten Blick. Doch was konnte es? Es war so groß wie ein normales Auto und wies auch die gleichen Merkmale auf, schon öfters hatte Jansha diese Fahrzeuge vor dem Krieg gesehen, doch es war elendig lange her. Verzweiflung machte sich in Ihr breit. Fahren konnte sie nicht! Doch, das Dach wirkte präpariert, als könne es irgendetwas. Die Reifen waren unheimlich groß und auch die Seiten des Wagens waren so unscheinbar holprig. Die metallene Schicht war nicht eben wie normal, sondern, verbogen. Das Auto als Ganzes entwickelte durch diese Anomalien eine komische Form und wirkte irgendwie futuristisch oder außerirdisch.

>> Nun ja, fahren? Nicht wirklich! Aber ich kenne mich eigentlich sehr gut mit diesen Fahrzeugen aus, … kann doch nicht so schwer sein, oder? … Lenkrad, Gaspedal, Kupplung … Schlüssel, Schlüssel, … Schlüssel? << auch wenn es vermutlich nichts brachte, so watschelte Jansha die Apparaturen mit ihren

Fingerspitzen ab als würde der Schlüssel, wenn er da wäre, magisch in ihre Hand fliegen, doch vermutlich würde das nicht geschehen. Noch während sie aufgeregt herum wuselte hielt ihn Spencer plötzlich gegen ihre Nase.

>> Lass mal was hören. <<

Jansha ließ den Motor aufheulen, nachdem sie den Schlüssel benutzt hatte um das Fahrzeug zu starten, doch wie fuhr man jetzt?

>> Jansha, uns geht allmählich die Zeit aus, ich hab leider keine Ahnung von Technik oder solchem Zeug. Du hast mich gehört, Biologie und so, das hab ich drauf. << sterben würde sie sowieso, vermutlich, doch Ibrahim schwebte in höchster Lebensgefahr in die er sich für sie hineinbegeben hatte. Rettung war jetzt ihre Mission oder zumindest empfand sie das so.

Sie raste los indem sie das Pedal bis zum Anschlag durchdrückte.

>> Da haben wir noch mal Glück gehabt, ... << stieß Spencer aus als gerade da wo sie weggefahren fahren einige dichte Gesteinsbrocken von den Wänden hinunter krachten und tiefe Furchen in den stählernen Boden rissen, die Jansha auf komische Weise an die Spuren der Tiere im Wald erinnerten.

Nun raste der Wind durch ihr Haar und sie fühlte sich plötzlich an die Tage in den Canyons von Arizona erinnert, zu diesen Augenblicken hatte sie sich auch immer unangenehm bedrängt gefühlt, auch wenn der Rest mit der Situation im Augenblick wohl weniger zu tun hatte!

Spencer neben ihr ohne Chance einzugreifen und sie selbst auch nur halb bewandert, manövrierte sie durch den metallenen Parkhangar in dem das Gefährt gestanden hatte und fuhr den einzigen Weg den es gab entlang. Wieder zurück! Der Wagen rollte laut knisternd durch die glasige Röhre und surrte wie an einem Seil gezogen schnurstracks hindurch ohne große Schwierigkeiten dabei zu bekommen. Hier fielen keine Dinge hinunter und Jansha war auch froh darüber ansonsten wäre das vermutlich ihrer beider Todestag geworden. Der Boden war leicht feucht, das konnte Jansha sowohl mit ihren Händen am Lenkrad bestätigen, als auch per Augenkontakt, denn die Neonröhren unter der Decke bestrahlten es wie einen welligen Spiegel.

Die Röhre schien nun mit Abstand weniger lang, doch Jansha beschlich der dumme Gedanke dass sie keinen funktionierenden Ausweg mehr finden würden. Eben wegen dem was genau just geschah.

Der gesamte Weg stürzte vor ihren Augen ein und bebte mit riesigen Krach, gefangen, raste der erste Gedanke Jansha durch den Kopf denn es war ihr einzige Ausweg gewesen der noch existierte.

>> Jansha, … wir sind verloren! Was machen wir denn jetzt? Das war unser Weg ins Freie. <<

>> Weiß nicht, halt dich einfach fest, vielleicht schafft der Wagen es ja die Trümmer auf Seite zu räumen. <<

Die Indianerin machte sich nicht die Mühe noch anzuhalten, tot waren sie Beide vermutlich eh schon so gut wie, nur die Art konnten sie sich jetzt noch aussuchen, ertrinken, Autounfall, sich gegenseitig erschlagen? Alles klang sehr verlockend.

>> Jansha, langsamer! <<

Blitzartig geschah es. Der Boden gab nach und erst dachte Jansha der Boden wäre zersplittert oder gerissen, würde sie nun in den Abgrund zerren, doch es kam ganz anders. Eine Art Rampe geleitete sie nach unten, die Glaswoge führte sie in eine klimatisierte Tiefgarage die ihnen augenblicklich wohlwollend entgegen kam, über ihnen schloss sich die Luke und würde vermutlich allen voran das Wasser innerhalb der versteckten Anlage halten, waren sie jetzt so plötzlich in Sicherheit gefahren, völlig ohne Plan? Jansha musste kurz durchatmen und vernahm dabei wie Spencer sich aufrecht setzte und zum Sprechen ansetzte.

>> Glück oder gewusst? ... Warte, ich will es nicht wissen! Ehrlich nicht, ich bin einfach froh dass wir es geschafft haben diesem grauenhaften Albtraum zu entgehen. << er prustete glücklich und Jansha teilte ihre zärtliche Berührung mit seiner Wange die ihr erreichbar war. Dabei umspielte sie das Lenkrad mit eisernen Händen, verkrampft, sie wollte das Rad nicht los geben. Imstande zu reden fühlte sie sich eigentlich auch nicht, Spencer hingegen schien sich viel schneller wieder beruhigt zu haben und schaute sich fast schon ungeduldig um.

>> Na, hier gibt es nichts das uns helfen könnte, da vorne scheint der Ausgang zu sein, wer weiß, vielleicht finden wir Lagnaja Labata ja jetzt innerhalb der nächsten halben Stunde und müssen nicht weiter darüber nachdenken. << die Indianerin wusste bei diesen Worten sofort das es erst der Beginn einer neuen Reise sein würde, dabei hatte sie eigentlich gehofft das sie es fast bis zum Ende geschafft hatten.

Kapitel 9

Schwer atmend und kurz angebunden trampelte Jansha in ihrem Fahrzeug auf den Pedalen herum und versuchte sich in gewissen Abständen einen Schub zu verpassen. Doch manchmal glaubte sie trotz der gelungenen Flucht aus dem Wassergrab das sie dem Fahrzeug nicht ganz Herr war, das es keine Verbindung zwischen ihnen Beiden gab. Das der metallene Klumpen einfach nur leblos war und sich nicht mit Ihr verstand.

Manchmal schlitterte das Auto nur so über Hügel, holperte ganze Stunden übel hin und her und schaffte es beinahe dass sich die Passagiere im Inneren übergaben. Doch viel mehr als diese Kuriositäten schafften es andere Sachen sie zu verwundern.

Die Natur um sie herum zerfloss zu einer großen bunten, wenngleich großteils braungrauen, Masse. Steine wie die Opfer urzeitlicher Kunst, aufgeragt zu großen Mahnmalen mitten in den Ruinen der zerstörten Städte. Flüsse die verseucht waren, matt grün dem Horizont entgegen schimmerten, Jansha selbst fühlte sich reiner als diese Natur. Damals im Dorf hatte sie gelernt eins mit der Umgebung zu werden und dabei hatte sie gelernt wie der Fluss zu sein, gleichmäßig, nicht launisch. Sie hatte gelernt dass ihr Herz ihre größte Waffe war, Mut, Courage. Keine Schneide oder Kanone der Welt konnte es damit aufnehmen. Wenn man es richtig anstellte dann würde einem nichts im Wege stehen, mal abgesehen davon das man natürlich vorher nie wissen konnte was tatsächlich auf einen wartete.

Doch sicherlich keine erleuchteten Städte und Gastfreundschaft! Die Welt war zerstört, das begriff Jansha jetzt endlich mehr als jemals zuvor. In den Grundfesten erschüttert und zertrümmert, Gannamethek hatte ihr das bereits gesagt, ihr davon erzählt, doch wirklich geglaubt hatte sie ihm nicht. Geglaubt? Sie hatte es sich einfach nicht vorstellen können, irgendetwas stimmte da nicht, hatte sie sich immer gedacht, aber es war genau so schlimm wie der Häuptling es dargestellt hatte! Der uralt Indianer hatte nur immer den passenden Trost bei der Hand gehabt, das die Menschheit selbst Schuld an dem Schlamassel war und man vorher bereits die Welt ernsthaft zu Grunde gerichtet hatte, mit dem ganzen Alkohol, Drogen, Verbrechen gegen Kindern, den Massenvernichtungswaffen und dem generellen Misstrauen untereinander, dem fehlenden Willen sich gegenseitig zu unterstützen. Jugend die immer weiter verkam, niemand der sich um die folgenden Generationen sorgte und Unternehmer die ihrem Wort selbst kein Gewicht schenkten!

>> Vielleicht sollten wir dem Gefährt mal eine Pause gönnen, mmh? Oder ist das dein Fahrstil der dem Karren so zu schaffen macht? << Spencer stieg bereits aus während der Wagen langsamer wurde und erst ein Stückchen später, hinter ihm zum stehen kam. Zwar fand Jansha es unnötig, doch was konnte sie schon daran ändern, es machte doch sowieso jeder was er wollte! Der Wagen stob Rauchwolken davon die der Natur ein schreckliches Geheimnis entlocken sollten. Doch zuerst bemerkte es die Indianerin gar nicht, Spencer genau so wenig und sie setzten sich. Der Wüstenboden war heiß und brannte sofort sobald man sich nur hinsetzte, ließ einen wieder hochjagen ehe man sich missmutig an die Temperatur gewöhnte. Doch Jansha beklagte sich nicht mehr darüber, die Welt war eine Sauerei, ein gigantisches Schlachtfeld, nichts würde mehr etwas besser machen, der Ort an sich war verloren doch vielleicht gab es noch die Möglichkeit einige Menschen zu vereinen, Jansha zu erretten ehe sie sich dem gleichen Schicksal wie all die anderen hingeben musste?

>> Mein Fahrstil ist der einzige den wir haben! Okay Spencer? Also fang bitte mal nicht mit der Kritik an, ohne dich besser auszukennen, reichst du mir mal ein bisschen …? << sie aßen unterwegs immer eine gewisse Brühe, eine Pampe irgendwo zwischen Suppe und Brot, doch wusste Jansha nicht wie sie es

beschreiben sollte? Spencer offensichtlich auch nicht, doch sie war offensichtlich nicht die erste die ihn über einen Namen zum Grübeln brachte.

>> Ich nenne es einfach nicht beim Namen, … vor allem nicht bei einem der *dazu* passen würde, ganz ehrlich. Dann wird es sauer, iss einfach. << diese scherzhaften, seligen Momente waren immer diejenigen in denen Jansha letztlich verstand das der Großteil der Erdbevölkerung Jagd auf sie machte und mutierte Menschenjäger waren, es keinen mehr gab der großartig unter die Arme greifen konnte. Das es ganz und gar hoffnungslos schien und sie depressiv machte auch nur darüber nachdenken zu müssen!

Lagnaja Labata war die einzige Hoffnung auf normales menschenartiges Leben, nicht dieses, was immer es werden würde.

>> Hast du etwas gehört? Ein Stöhnen, etwa wie ein > Ahhh< und dann nochmal > Oooh <, dann war es ruhig. Totenstill. Stumm, als wäre der Grund des Lärms plötzlich ausgelöscht worden, ein Surren im Hintergrund bleibt allerdings. << Spencer wirrte auf seinem Platz unruhig hin und her, machte keinen Hehl daraus das ihm die derzeitige Lage alles war aber nicht behaglich. Er hatte Angst doch wie sooft konnte Jansha seinen Augen nichts entnehmen die mehr und mehr starr blieben und die Spiegel zu seiner Seele waren sie definitiv nicht mehr. Es sei denn die Geschehnisse würden den normal bürgerlichen Mann von Mal zu Mal mehr zusetzen, ihn zerstören, gar umbringen! Und das wegen ihr?

>> Nein, ich … gehört? Wir sind die einzigen Menschen im Umkreis von mindestens fünfhundert Kilometern oder wie weit es *noch* bis Kaliforniens Küste dauern soll? Ich kann mir nicht vorstellen dass sie uns per Telefon oder anders wie zu sich her rufen, … vermutlich wissen die nicht mal dass wir existierten oder gar auf dem Weg zu ihnen sind. << Jansha wusste auch das es schlecht für sie beide klang, das sie ihrem Freund jeden

Mut nahm und sich dabei auch selbst deprimierte, doch musste sie zugeben das sie selbst auch nicht mehr an Rettung dachte oder daran wirklich glaubte das sie ihre Reise überstehen würden, der einzige Vorteil war das sie gar keine andere Wahl hatten und ihre Beine sie automatisch zur letzten Zuflucht trugen die vielleicht existierte. Aber etwas gehört, Spencer musste entweder spinnen oder etwas war bei Ihnen, um sie beide herum und lauerte. Jansha stand auf. Sie musste seine Befürchtungen ja ernst nehmen, denn eigentlich wollte Jansha selbst auch nicht von einem Zombie Menschen erschlagen werden, wer wollte das schon?

>> Ein Stöhnen hast du gesagt? Dann sollten wir doch finden können wonach wir suchen. << die Indianerin legte sich ihren Zeigefinger an die Lippen, wie sie im Lichte des Himmels glänzten, woraufhin sie die gesamte Hand nach oben fahren ließ und damit ihre ängstlichen Augen verdeckte. Sie hatte tief sitzende Furcht in sich, niemals hatte sie damit gerechnet ohne ihr Volk hinter sich in eine solche Lage zu kommen.

Doch Gannamethek hatte ihr Vertrauen gelehrt und Wissen, Verbundenheit und Mitgefühl.

Und sie glaubte nun davon Gebrauch zu machen indem sie ihre Sinne fokussierte. Auf natürliche Weise, sie verdeckte ihre Augen zu einem wichtigen Zweck.

>> Hey, Jansha. Du weißt schon das sich die Probleme nicht auflösen werden nur weil du dich vor Ihnen versteckst oder? Sollte Jemand hier in der Nähe der uns fressen wollen oder gar unsere Hilfe braucht, dann werden wir helfen oder kämpfen müssen, ich verstehe nicht wie du jetzt so zusammensacken kannst! Du warst doch die ganze Zeit so stark. << Spencers Hand landete sanft und weich auf ihrer Schulter. Sie wehrte sich nicht, denn sie genoss den Augenblick der Besinnlichkeit und der beruhigenden Nähe. Janshas tiefes, schmerzendes Atmen und ihre Konzentration wurde dadurch jedoch nicht gestört.

>> Nein, Spencer, ich verstecke mich nicht. Wenn, dann hätte ich mich mit Schlamm eingerieben und mich auf dem Waldboden zwischen dem Unterholz versteckt. Dort leben wenige gefährliche Tiere und diese Zombies leben generell nahe am Wasser, eigentlich ein guter Ort um seine letzten Tage zu verbringen, … *WENN MAN NICHT GERADE GEGEN DIE ZEIT ANLÄUFT UM NICHT ZU STERBEN!!!* Okay? << Jansha mochte es überhaupt nicht wenn man sie unterbrach, und Spencer, der seine Hand schon lange von ihr entfernt hatte, hatte nebenbei noch angefangen laut klirrend eine Mahlzeit herzustellen. Nicht gerade das was sie nun wirklich gebrauchen konnte! Und genau diesen Gedanken wollte sie dem Mann zuteil werden lassen. Plötzlich redete sie jedoch weiter, ganz ruhig, nachdem sie die letzten Worte zuvor etwas zu forsch hervorgebracht hatte. Wie sie selbst fand.

>> Es tut mir leid. Ja? Spencer, ich versuche nur meine Sehsinne etwas herunterzufahren und den Lärm den du gehört hast mit meinen Ohren aufzuspüren. Wenn du also wirklich ein verdächtiges Stöhnen gehört hast, dann steht die Chance sehr gut das ich den Ursprung für uns finden kann, vielleicht hat ja noch ein Mensch überlebt und ist nun schwer verletzt, wie du gerade schon selbst gesagt hast? << die beiden lächelten sich blitzartig an, verständnisvoll. Jansha spürte seine Zuneigung und seinen Segen. Doch sofort wurde ihr mit diesen Gefühlen klar, wie weit entfernt die Welt nun von dem war, wie sie einst gewesen war.

Klar hatte Gannamethek Recht, es hatte viele Kotzbrocken gegeben, doch nicht jeder Mensch hatte dieses Schicksal hier wirklich verdient. Manche Menschen waren gütig gewesen und aufopferungsvoll hilfsbereit, und selbst jene die es nicht gewesen waren und sich um sich selbst gekümmert haben, hatten dies nicht verdient. Sie waren vielleicht egoistisch gewesen oder außer den eigenen Angehörigen war ihnen der Rest einfach egal, aber dieses Horrorschicksal wünschte man eigentlich nicht einmal seinem schlimmsten Feind. Schuld waren aus Janshas Sicht die Industrien, die Staatschefs und die Regimes die einfach jede Kunst und jede Form der Kultur in einem grauenhaften Krieg aufs Spiel gesetzt hatten. Die Menschheit hatte einst viel zu bieten gehabt, so viel Ästhetik und Historie, wie Albtraumhaft es war das all dies in nur wenigen Stunden sein Ende gefunden hatte. Die Indianerin die all dies in ihrem Dorf überstanden hatte, konnte sich nicht einmal vorstellen wie grausam es gewesen sein und wie viel Angst bei den unwissenden geherrscht haben musste als die todbringenden Bomben fielen und aller Menschen leben zerstört wurde. Ein Knall, eine zerstörerische Feuersbrunst die alles hernieder brannte, eine zertrümmernde Schockwelle, Ende.

Konnte es sich so abgespielt haben?

Jansha wusste nicht wie sie es sich überhaupt vorstellen sollte, sie wusste nur das diese Katastrophe ihr einige Freunde gekostet hatte, mit denen sie gern geredet hatte: Menschen aus Städten hatten andere Erlebnisse als Menschen aus Dörfern, geschweige denn Indianerin Reservoirs. Oftmals war sie als Kind in die Stadt gegangen, auf einem Pferd und hatte dort mit den Ansässigen gehandelt. Sehr früh, noch vor Beginn des Krieges. Natürlich mit ihren Eltern, sie war ja erst drei, vielleicht vier. Sie glaubte auch das nicht wirklich sie verhandelt hatte, denn viel eher ihre Eltern- aber es war eine der wenigen Erinnerung an ihre noch glückliche Kindheit die sie überhaupt hatte bevor ihre Eltern. Ob sie nun genau der Wahrheit entsprach oder nicht, sie wusste nicht ob sie nur weil sie zu viel darüber nachdachte die gute Erinnerung aufs Spiel setzen wollte? Sie hatte den Stoff am meisten geliebt den man dort kaufen konnte, nicht so dicht und fest, hart körnig wie der der Indianer, Seide.

Seide war ihr Lieblingsstoff und genau deswegen hatte sie sich bereits früh dazu entschieden eine Näherin im Dorf zu werden, denn der Stoff entschied darüber wer du bist, Kleider machten Leute, hatte man das in der Stadt genannt. Viele der Händler wären im Verlauf der Jahre vielleicht gute und treue Freunde und Lieferanten geworden, doch sie waren alle fort und es waren viele Tage vergangen ehe sie dies wieder einmal richtig realisiert hatte.

>> Ich höre etwas, Spencer. Ich glaube du hattest Recht, vielleicht können wir ihm noch helfen ehe er auch zum Todeswandler wird. << Jansha sputete abrupt los. Ihre festen Sandalenstiefel trugen sie über Stock und Stein, die Federn in ihrem Haar wehten im Wind und wurden nur von ihren Locken an Ihr gehalten, so schnell rannte sie. Ihre grün bräunliche Montur, die sie damals voller Stolz selbst entworfen hatte, bot perfekten Bewegungsfreiraum und auch gute Tarnung in Zeiten des Überlebenskampfes wie sie ihn gerade im Wald schon öfters ausgefochten hatte, doch erst jetzt Richtung Menschenkontakt dachte sie zum ersten Mal seit langer Zeit wirklich wieder darüber nach wie sie aussah. Wieso war es ihr jetzt wichtig, so plötzlich?

Sie hechtete einmal weit und blieb dann bäuchlings auf einem kahlgefressenen Stein Mal liegen der lediglich die Spitze eines langen Kliffs darstellte. Dort ging es viele Meter tief in den Abgrund doch bot der Ort einen guten Überblick über die Kalifornische Landschaft die einem Schauplatz in einem Kriegsfilm gleichkam. Noch immer stieg dunkler Qualm von den Feldern des Schreckens hinauf.

Doch neben Spencer, der schlitternd ebenfalls zu Boden schlurfte, hatte die Indianerin noch etwas viel erschreckenderes gefunden: Etwas Zerstörerisches.

>> Ich fasse es nicht! Das kann doch nicht wirklich wahr sein, oder? <<

>> Ich befürchte schon, ehrlich gesagt! <<

Beide sahen etwas unschönes das mit keinen weiteren Worten auch nur ansatzweise leichter zu beschreiben gewesen wäre.

Jansha konnte eine völlig untypische menschliche Versammlung erkennen, alles jedoch schnell erkennbar die bedauernswerten

Opfer des katastrophalen Todessyndroms, die um die damaligen Prachtbauten verstreut waren und ihre Hände zum Gebet nach oben ausgestreckt hielten. Krater, die die einzigen Zeugen der damaligen Villen reicher Leute waren, wurden angebetet und großräumige Ruinen von Geschäftsgebäuden, Hochhäusern und so weiter. Sie berührten die qualmenden Trümmer demütig und streichelten die raue und zerstörte Oberfläche die zum größten Teil brutal gesprengt worden war. Gegenseitig taten sich die jetzigen Unholde nichts, doch Jansha glaubte im Augenblick irgendwie das sich die Kreaturen an ihre früheren Leben als Menschen erinnern konnten, sie zeigten Respekt vor Kulturerbe und vor den Ortschaften die in diesen Städten bereits immer etwas bedeutet hatten, vermutlich würden sie also nicht die Freiheitsstatue sprengen oder fällen, dazu hatten sie zu viel Respekt. Vielleicht hofften sie es auch nur.

>> Was glaubst du Spencer, versuchen sie durch das Anbeten dieser Trümmer ihre Menschlichkeit zurückzugewinnen? Was wenn sie noch wissen wer sie waren und sie Menschen jagen und töten müssen ohne es zu wollen? Sie Sklaven ihres eigenen Verstands sind? << Jansha selbst hatte schon öfter festgestellt da sie auf ihrer Reise einiges gelernt hatte, sich anders ausdrückte, doch konnte sie sich noch immer so viele Sachen nicht erklären das es beinahe traurig wurde darüber nachzudenken.

>> Ganz ehrlich? … Ich glaube sie nehmen einfach nur unsere Fährte auf, um uns zu jagen. <<

Tue es endlich, Jansha! Auf Los, geht es Los! Solche Gedankengänge hörte sie selbst immer öfter in ihren Kopf, doch annehmen wollte sie diese nicht, konnte sie nicht. Oftmals waren diese Gedanken impulsiv und gefährlich, dumm nahezu und doch kehrten diese müden Sprechparolen in ihrem Kopf immer und immer wieder zurück, egal wie viel sie dachte und egal wie verwegen der Gedanke. Im Augenblick dachte sie intensiv darüber nach ein Opfer des Todessyndroms zu fangen und ihn zu beobachten, zu studieren. Auf viele Weisen wiesen sie menschliche Verhaltensmuster auf Jansha auf und wirkten wie verzweifelte Versklavte die gebeutelt ihrem Tageswerk frönten, doch sie kam nicht umher das Spencer eine andere Meinung hatte die vermutlich ebenso wahr sein konnte wie die Ihre.

Die mutierten Leichen unterhalb des Kliffs hatten sie natürlich noch nicht bemerkt, sie wirkten nicht wie Soldaten oder typisches Wachpersonal. Sie liefen nicht in Patrouillen oder suchten nach Eindringlingen, sie schienen zu beteten und zu kommunizieren, irgendwie! Doch war das möglich? Die Entdeckung der Beheimatung hatte Jansha schon ein wenig verunsichert, als sie die Gegenspieler zum ersten Mal gesehen hatte, hatte sie sich einfach nur gefürchtet, jetzt war es anders. Sie fühlte Respekt und Mitgefühl. Was hatten diese Leute nur durchmachen müssen?

>> Spencer, ist es ein Zufall das diese Wesen ebenfalls in Kalifornien *leben* oder wissen sie vielleicht genauso wie wir von Lagnaja Labata? << fragte sie plötzlich offen heraus und Spencers Gesicht zierte fortan ein geringschätzendes Lächeln.

>> Ja, … das ist die einzige echte Erklärung, weißt du, … ich hab schon die ganze Zeit darüber gegrübelt wieso wir denen jetzt genau in die Arme gelaufen sind? Schließlich hätten sie ja einfach am anderen Ende des Landes leben können, … doch

stattdessen! Jetzt weiß ich endlich was hier nicht stimmte. Wir müssen Labata warnen dass sie angegriffen werden. <<

>> Ja, aber dazu müssen wir sie erst mal finden! Doch wie kommen wir an der ganzen Armee vorbei, wir müssten vielleicht außen herum? << in ihrem Kopf wog sie die grobe Landkarte hin und her und versuchte darüber nachzudenken was das für ihrer Beider Bemühungen bedeuten würde, doch vermutlich wäre Spencer bis dahin längst abgehauen und Jansha längst eine Todesmarionette. Dazu durfte es auf keinen Fall kommen, dazu stand zu viel auf dem Spiel! Während Jansha so grübelte merkte sie nicht das Ibrahim Spencer mehr und mehr versuchte seine Ohren zu spitzen, und bei den Anstrengungen schließlich mit einem lauten Schlittern die Klippe hinunterrutschte. Den anschließenden Hilfeschrei unterdrückte sie, denn dann wären sie auf jeden Fall aufgeflogen, und zwar Beide, so bestand sogar noch die Chance das selbst Spencer unbemerkt blieb.

Auch dieser blieb stur leise, nur sein Körper der den Kies entlang rutschte machte klirrende Geräusche in ihren Ohren die unüberhörbar waren, doch bisher sah sich nicht einmal einer der Zombies um. Glück im Unglück?

Schon schlich Jansha los, der steile Hang war übersät von scharfen Kieselbrocken die zusammenklebten als wäre Bombenkleber ausgelaufen. Manche Gesteinsbrocken waren so groß das sie für die kleine Jansha ein gute Deckung darboten und sie im Falle eines Falles verstecken konnten, doch sie hoffte das es nicht so weit kam, denn in diesem Fall wäre es für Spencer zu spät. Und eigentlich war es ihre Chance seine Güte zurückzuzahlen und dieses Mal ihm das Leben zu retten!

Sie schlitterte kontrolliert den Hang hinab und achtete dabei ausschließlich auf die glänzenden und leblosen Augen ihrer Widersacher. Sie bemerkte wie diese zuckten und nach etwas … vielleicht vertrautem suchten. Jansha bekam das Gefühl das diese Wesen mit ihren Augen hörten und rochen, zu sehen schienen sie gar nicht im Stande oder zumindest hatten sie noch nichts vor die Augen bekommen was sie interessiert hätte. Irgendwie war das alles surreal für sie.

Unter den wachenden Augen der Feinde kroch sie ungesehen hinab und zwar bis nach unten, etwa fünf Meter vor dem Abgrund, dort wo Spencer lag und sich wimmernd krümmte. Seine Schnittwunden an den Armen waren schnell zu sehen und seine Kleidung färbte sich rot, die Schnitte waren tief und mussten unglaublich schmerzen, hätte er sich doch nur seine Neugier verkniffen, dachte sich Jansha verbissen während sie darüber nachdachte was wohl am besten zu tun sei.

Ein wehklagender Schlag von Spencer der auskeilte, verfehlte sie nur um Zentimeter, ehe Jansha nach dem Arm griff und diesen sorgsam zu Boden legte und dabei vorsichtshalber ihre Stimme erklingen ließ.

>> Ich bin´s Spencer, ich glaube wir sollten lieber ruhig sein statt wild um uns zu schlagen. << während die Antwort des Mannes kam, versuchte sie diesen ein wenig hinter einen der großen Felsen zu zerren, mit mäßigem Erfolg allerdings denn Ibrahim war schwerer als er aussah und Jansha fehlte die Kraft ihn wirklich zu bewegen. Vor allem dabei natürlich ohne ihn dabei noch mehr zu verletzen!

>> Oh, Jansha, ich dachte schon das wär's mit mir gewesen! Ehrlich. Mir tut alles weh, ich hätte mir vermutlich nicht gegen diese Penner wehren können und sie hätten mich bei lebendigem Leibe aufgefressen. << ein klagendes Stöhnen erklang, doch selbst für Jansha war es nur schwer zu hören. Spencer wusste offensichtlich das sie noch nicht aus dem Gefahrenbereich entkommen waren. Vorsichtig richtete die Indianerin den Mann sitzend wieder auf, doch erstaunlicher Weise hatte sein restlicher Körper kaum Wunden von dem Sturz davongetragen. Er sah ganz gut aus und reisefertig.

>> Na gut, Spencer. Deine Verletzungen tun weh, sind aber halb so wild. Wenn wir jetzt davonkommen verarzte ich dich im

Auto und wir überlegen uns wie wir diese hier am besten und schnellsten umkreisen! Ohne Risiko zu nehmen natürlich, … ich meine, brauchen wir zu lange dann sind vielleicht Ich und Lagnaja Labata dem Tode geweiht doch …. << begann sie doch spürte sie früh wie ihren traurige Stimme versagte und Spencer das Sprechen übernahm.

>> Und damit wäre auch jede Hoffnung für die Menschheit gestorben, … du … du bist einmalig Jansha, du verkörperst das was Lagnaja Labata anstrebt, du bist die Hoffnung, … wir müssen dich retten. Ohne dich ist die Heilige Insel nicht mehr als eine letzte Bastion die lediglich zwanzig Jahre nach dem Krieg endlich fällt, aber keine Lösung. << Janshas Augen wurden trüb und sie fragte sich verbissen ob Spencer plötzlich nicht vielleicht mehr über Labata wusste als er sie zuvor glauben ließ? Und warum war seine Meinung plötzlich so … schmeichelhaft?

>> Was? Inwiefern? … Warum sagst du so was? <<

>> Ich habe es gehört, Jansha. Klar? Die Insel existiert und wie es aussieht haben die Gruselgestalten Befehl das *Kleine Paradies* dem Erdboden gleichzumachen. Lagnaja Labata ist das Refugium der Überlebenden der atomaren Kriegszerstörung und der Verseuchung des kompletten Erdballs. Sie forschen an Lösungen für dieses Problem und stellen Theorien auf wie man diese bemitleidenswerten Todessyndrom Freaks aufhalten oder gar, zurückverwandeln kann! << stotterte er wirr und wirkte dabei trotzdem völlig konzentriert. Seine Augen waren klar und seine Hände wie üblich zu Gesten erhoben. Doch in Jansha machte sich eigentlich nur eine gehörige und unkontrollierbare Portion Wut breit und ließ ihr Herz explodieren. So sehr das es brannte.

>> Das wusstest du alles schon vorher? Und du hast es mir nicht gesagt? Ich dachte wir laufen hier ein Hirngespinst hinterher und sterben vielleicht Seite an Seite in der Hoffnung das wir uns und alle Anderen retten können und nun … jetzt, hältst du es für

nötig mich aufzuklären? << Janshas volle Lippen bebten und sahen dabei aus wie die offene Mündung eines Vulkans der auszubrechen drohte, doch …. Sie starrte Spencer weiter nur an, mit offenem Mund, versuchte zu verstehen was in diesem Mann vorging und dann geschah es plötzlich, tonlos und ruckartig, kurz bevor sie die Fassung verlor.

Spencer küsste sie verstohlen und begann aufrichtig zu reden, er klang beinahe so als würde er betend einen Text vom Blatt ablesen.

>> Jansha, nein. Ich verstehe nicht! Ich wusste von nichts, aber diese Dreckskerle da unten sprechen unsere Sprache, … sie reden über ihren nächsten Plan und scheinen Lagnaja Labata bereits seit längerer Zeit gefunden zu haben! Ich mag dich zu sehr um Geheimnisse vor dir zu haben! <<

>> Sie reden unsere Sprache? Wusstest du denn wenigstens das als du zur Lauschaktion angesetzt hast? <<

>> Nein, war geraten, … als du sagtest sie scheinen dir noch immer irgendwie menschlich zu sein, genau da hatte ich eine Eingebung! Ich wusste dass es klappt, ich hatte nur ehrlich gehofft es würde vielleicht auch von weiter oben wunderbar klappen. << er lächelte matt und wurde dabei von den fahlen Sonne beschienen, was den Mann sehr blass aussehen ließ und Jansha wunderte. Die Sonne war immer ihr erbarmungsloser Feind gewesen und jetzt wünschte sie sich plötzlich sehnlichst vierzig Grad Celsius und eine richtige Hitzedürre.

>> Hast du vielleicht noch etwas herausgefunden? Mister Geheimdienstminister? << doch den Spott in ihrer Stimme überhörte Spencer offensichtlich indem er direkt weitersprach und sich ein wenig krümmte, vermutlich wegen der Schmerzen an seinen Armen. Jansha begann damit sie zu verbinden.

>> Die Zombies fürchten sich vor Labata, denn sie befürchten das könnte die letzte Bastion der Menschheit in diesem Krieg sein die eine echte Chance hat sie aufzuhalten. Diese Sorge macht sich zunehmend unter Ihnen breit und sorgt dafür das sie

sich langfristig weit auf der Erde verteilen, … so wie vermutlich den wir Abseits in der Wüste getroffen haben! … Die Mutanten haben Labata bereits einmal angegriffen, haben es aber nicht geschafft den Schild aus *Magischen Steinen* zu überwinden. <<
Jansha stutzte, Magische Steine? Vermutlich nicht wirklich Steine, vielleicht eher etwas wie eine Schutzmauer oder ein Wall, doch der Umstand wie Spencer Magische Steine gesagt hatte, bedeutete ihr das er auch nicht mehr über dieses Thema wusste, er hatte sie vermutlich nur davon reden hören. Allerdings klang alles was sie nun hörte wirklich strukturiert und nach einem Plan, wobei diese Mutanten wesentlich primitiver schienen, wenn ungleich menschlich. Doch für intelligent hatte sie die Wesen eigentlich nicht gehalten!
>> Sie planen ihre Übergriffe wie eine Kampfeinheit? << egal wie Spencers Meinung wohl war, eines war für Jansha sicher, Lagnaja Labata lag ebenso wie ihr Indianisches Dorf im Valley unter einem Zauber, ob die Bewohner ebenso wie die Yavapai einen Pakt geschlossenen hatten mit den Erdgeistern, … zumindest behauptete dies Gannamethek, … was der tatsächliche Grund für den anhaltenden Frieden und das Überleben des Krieges war wusste sie nicht! Vielleicht würde bald Labata Antworten darauf geben können?
>> Warum so überrascht, Kleines? Du warst die, die die ganze Zeit an die Menschlichkeit dieser Bestien appelliert hat! Jetzt hast du´s, du hattest Recht. Sie sind motiviert und haben einen Plan diese Heilige Insel von der Karte zu fegen, wenn´s eine menschliche Zuflucht ist, Jansha, dann müssen wir jetzt aufbrechen. Eintreten und dich retten oder sie warnen! Der Grund dürfte egal sein. <<
Jansha wusste sofort das Spencer Recht hatte und sie wusste auch das es an der Zeit war um zu handeln, zu lange hockten sie bereits hier und zu lange starrte sie bereits auf die großen Flächen rot die sich über den Wickeln Ibrahims hermachten, die

sie aus seinen Hemdsärmel gebastelt hatte, manchmal half es eben mit Stoff umgehen zu können!

Es war an der Zeit etwas zu tun, für sie und Lagnaja Labata!

>> Wir nehmen das Auto und fahren geradewegs durch die Stadt- zertrümmern jeden von Ihnen die ihm Wege stehen und rasen am Stück durch zur Insel. Keiner wird uns stoppen und wir werden vor Ihnen da sein um die Insel rechtzeitig vor dem Angriff zu warnen. << die junge Indianerin zog ihre Feder und Haarpracht zurecht während sie Ibrahim auf seine Beine half, hörte wie er versuchte einen schmerzhaften Aufschrei komplett zu unterdrücken, sodass dabei nur noch ein irritierendes Keuchen herauskam.

>> Falsch, Jansha. Wir gehen durch die Überreste des Joshua-Tree- Nationalparks. Ich habe gehört wie sie es aufgegeben haben dass jemand durch den Morast kommen könnte und die Strapazen des Waldes auf sich nimmt. Mit *diesem* Auto nun wirklich kein Problem für uns und eine leere Bahn haben wir auch noch, außerdem ist es nur ein Umweg von höchstens fünf Stunden, … dafür müssen wir aber keinesfalls kämpfen. Ich denke das wird eine gute Route. <<

>> Weißt du, Spencer. Du hast ganz Recht. Keinen Menschen töten zu müssen, egal wie menschlich er letztlich aussieht, ist auf jeden Fall eine gute Idee. Ich bin froh dass es dir gut geht, aber ich bin auch sehr froh über alles dass du erfahren hast! Gute Arbeit. <<

Mit dem Auto erschien diese angetretene Reise wie eine kleine Spaßfahrt, oder auf jeden Fall machte es die Reise inmitten der riesenhaften Krater auf der Oberfläche der Erde, wesentlich leichter. Zwar wusste Jansha die ganze Zeit über nicht was noch kommen würde, doch sie war sehr froh dass sie Beide das Militärlager gefunden und dieses Gefährt daraus mitgenommen hatten!

Über die gesamte Reise hin bis zum Nationalpark und auch hinein hatte es keinen Ärger mit irgendwem oder irgendetwas gegeben und eigentlich fragte sie sich die ganze Zeit warum nicht ihre ganze Reise so angenehm gewesen war, sodass nur eines ihre komplette Reise hatte trüben können. Und dazu hatte es nur einen Satz von Spencer gebraucht.

>> Ich würde gern mal wissen ob das Ding so was wie Sprit braucht oder wie viel Tank es noch hat, weißt du? << war dieses eine Zitat gewesen, das ihr leichte Magenschmerzen bereitete, sogar jetzt noch. Der erdige Wind blies ihr ins Gesicht und die Luft roch erstaunlich frisch, wildes grün umwucherte sie und beinahe fühlte Jansha sich wieder wie zuhause, dem Wald indem diese verhängnisvolle Reise begonnen hatte und zwar genau diese die sie letztlich doch hatte reifen lassen. Dennoch war der kernige Wind aus Harz und Gestrüpp einen wonnige Abwechslung und tat ihr so gut, das sie sich automatisch auf dem Sitz des Autos in die Polster sinken ließ um ihre Gedanken während des Fahrens ein wenig baumeln zu lassen und Kraft in der Frische tankte.

Doch es waren nur wenige Meter in den Park hinein, als sich etwas Neues auftat, dass ihr die Sprache verschlug und sie das Gefährt auf der Stelle anhalten ließ. Das Blut gefror in ihren Adern, sei es aus Vorsicht und Angst oder aus reiner Freude. Spencer reagierte nicht wie sie und klammerte sich stattdessen, in der Zeit in der sie überschwänglich aus dem Auto sprang, an den kalten Kanten der herunter fahrbaren Fensterscheibe fest. Diese schien ihm eine gewisse Sicherheit zu spenden und seine Seele zu beruhigen.

Jansha trottete vorsichtig auf dem Waldboden umher und näher an das heran was sie zuvor fahrend gesehen hatte.

Einen gekrümmten am Boden, es war ein Mann.

Sein Körper war geziert von schweren Kratzern und Quetschungen, seine Kleidung verschlissen, durchgewetzt. Er blutete leicht aus einer Wunde am Kopf und doch konnte die Indianerin keinerlei Anzeichen der Korrumpierung oder

Mutation an diesem feststellen, … ob er zur Heiligen Insel gehörte? Oder war er etwa auch auf dem Weg dorthin gewesen?

>> Spencer, komm her und hilf mir, der Mann ist verletzt und ist kein Mutanten Zombie. << Jansha verschwieg dennoch etwas, der Mann trug die Symbole eines Indianers an seinem Körper, seine Haut und seine Bekleidung verrieten ihn, … doch war auch er einer aus ihrem Dorf, vielleicht ein Yavbe? Sie hatte diesen noch nie zuvor gesehen, doch kannte sie vermutlich auch nicht jeden der ihr einst über den Weg gelaufen ward!

>> Bin auf dem Weg, … aber nur unter heftigem Protest, das will ich nur mal gesagt haben. << Jansha unterdrückte ein mädchenhaftes Kichern und kümmerte sich ein wenig um die Wunden, versuchte unauffällig den Mann schon jetzt zu wecken, ein Indianer! Das war einfach zu aufregend.

Spencer brauchte nicht zu lange und den Mann zu versorgen wurde wesentlich leichter als Ibrahim ihr die Rationen und Vorräte gebracht hatte. Der Verletzte trug simple Kleidung und war sehr kräftig gebaut, seine Arme quollen über vor Krampfadern und seine Hände zitterten im Schlaf. Sein Kopf wurde unruhig und obwohl Jansha … er starrte sie mit offenen Augen an.

Plötzlich waren seine Augen auf sie gerichtet und die junge Indianerin erstarrte!

Sekunden, die ihr vorkamen wie Minuten oder gar Stunden, vergingen in dem einen Augenblick in dem sie sich ansahen, bis der Mann sie abwarf und keuchend aufstand, er atmete so mühsam als hätte er mit einem schweren Bären gerungen. Seine wirren Blicke trafen noch immer sie und Jansha hatte das Gefühl das er sie von oben bis unten abfuhr wie eine goldene Statue die ihm viel Geld einbringen würde. Oder zumindest hatte er für Ibrahim Spencer überhaupt kein Auge.

>> Hallo, ich … ich bin Jansha, wir haben sie hier am Waldboden liegend gefunden und haben …. << begann sie

zögernd und wich dabei den irren Blicken des Mannes aus. Irgendwie machte er ihr Angst damit.

>> Eine Indianerin …? Jansha? Was? … Jansha, wirklich? Du bist …? << umso mehr Zeit verging desto mehr wirkte der Typ auf sie wie ein astreiner Spinner, doch schien er … etwas mit ihrem Namen anfangen zu können, sie schien ihm, diesem Fremden, bekannt zu sein. Wie vom Blitz getroffen hechtete er auf sie zu und schloss sie fest in seine Arme. Der Geruch von Gewürzen und Schweiß, gemischt mit einer gehörigen Portion Dreck, ließ ihre Augen tränen und sie fragen wann diese freudige Danksagung endlich ein Ende nehmen würde, allerdings hielt sie geistesgegenwärtig Spencer per Handzeichen zurück, der schon gezuckt hatte als der Mann zum Hechtsprung angesetzt hatte.

>> Jansha, du bist es wirklich. Ich dachte ich hätte alles verloren und wäre der letzte Mensch auf Erden, … welch ein Glück das weitere Teile meiner Familie weiterleben, ausgerechnet meiner Familie, wo doch fast jeder andere Mensch Menschenfleisch jagende Spinner sind. Jansha, …. Unglaublich. << sie konnte Tränen auch in den Augen des Mannes erkennen, doch verstand sie nicht wirklich, Teile seiner Familie?

>> Was wollen sie von mir? Sie sind ein Fremder. … Was meinen sie mit Familie? << stammelte sie unfähig dazu mehr zu sagen oder gar klar zu denken.

>> Ich bin Vadegoon, … und ich bin dein großer Bruder. << eine wärmende Gemütslage wurde plötzlich in ihr warm, so schnell, das sie es sich selbst gar nicht erklären konnte. Nur weil er sagte er wäre ihr Bruder musste das noch lange nicht stimmen, sie war doch nicht so naiv an dieses Ziel gekommen.

>> Natürlich nur insofern du wirklich Jansha bist, … aus Arizona, ein kleines Dorf der Yavapai in den Canyons, … in den Sommern ist es dort unerträglich heiß. << sein Daumen der rechten Hand wischte Dreck von ihrer Schulter und verwischte

den neuen Dreck dort den der Mann an seinen Fingern und unter den Fingernägeln herumschleppte.

>> Ja, stimmt alles, aber, … wieso weiß ich gar nichts von einem großen Bruder, … von dir, Vadegoon. Wieso sollte man mir das verheimlicht haben und noch viel wichtiger, … warum bist du hier, wenn nicht um mich zu finden? << ein langes schweres Seufzen kam über seine aufgesprungenen Lippen ehe er erneut zu sprechen begann, doch viel leiser als zuvor, abwägend ob Spencer ihn nun hörte oder nicht. Deswegen variierte er auch in seiner Lautstärke je nachdem wohin sich der andere Mann gerade bewegte. Ehe dieser komplett stehen blieb und sich per Handzeichen entschuldigte.

>> Wenn du mir wirklich glaubst, dann wirst du dich setzen müssen, denn du, Jansha, wirst gleich einiges erfahren das dir unrichtig vorkommt aber komplett der Wahrheit entspricht. So sehr wie ich dein Bruder bin, Sha. << der Spitzname Sha sagte ihr etwas und er sagte ihr zu, fast so als hätte sie diesen in ihrer Jugend oder Kindheit bereits öfter gehört und es nur vergessen, es war ohne weiteres mit einem Lieblingsspiel als Kind zu vergleichen, daran konnte man sich später auch nicht mehr erinnern.

>> Na schön. <<

>> Ich bin dein älterer Bruder und bin früh ausgezogen um mich dem Gerichtsspruch durch die Headmaster zu entziehen, … nachdem ich ein großes Verbrechen aufklären wollte. << während er nachdachte und redete hatte er sich öfters gebückt und nach Stöcken gegriffen, bis er letztlich einen dichten und widerstandsfähigen gefunden zu haben schien, der sowohl Spencer beunruhigte, als auch auf sie unbehaglich wirkte. Ungesehen zuckte sie ein wenig zurück und hörte dabei wie die Stimme des erzählenden Mannes immer noch ernster wurde.

>> Es ging um … Mord. Ich … << an dieser Stelle hatte Jansha genug gehört, der Mann hatte den Stock erhoben und ihn an einem Baumstamm getestet, vermutlich um ihn ihr danach über

den Schädel zu ziehen doch seine Wortwahl, Mord … Ich, das war einfach zu offensichtlich, beinahe eine wohl ungewollte Warnung.

Nach hinten weg ließ sie sich fallen und kam wieder auf die Beine, bewegte sich schon auf allen Vieren von dem Irren fort. Spencer nahm sie bei der Hand doch Jansha brüllte bereits da sie eine bessere Idee zu haben glaubte.

>> Nein, Spencer. Wir teilen uns auf und treffen uns dann später beim Wagen wieder, … er kann nur einen von uns verfolgen. << Sie bekam erneut einen Kuss und dann rannten beide los, doch spürte sie den irren Blick des Mannes ihren Rücken entlangwandern. Er verfolgte sie, das wusste sie einfach und zwar noch bevor er losgelaufen war, er hatte irgendein persönliches Interesse an ihr! Nur warum oder welcher Natur? Ihre Schritte trugen sie fort über morastigen Boden doch schon sehr früh auf ihrer verzweifelte Flucht blieb einer ihrer Füße in dem dichten Wasser artigen Zeug stecken und riss sie dabei schmerzhaft zu Boden. Die Chance irgendwie zu flüchten war damit komplett in den Sand gesetzt gewesen und nichts konnte daran noch etwas ändern!

Schon hatte der Schrecken sich in ihr breit gemacht, schon hatte der Mann sich über sie gebeugt und schaute sie verwundert an. Mit weit aufgerissenen Augen.

>> Was war das denn? Wenn das eine Idee gewesen ist diesen Typen loszuwerden dann hat es sehr gut funktioniert, … der ist gerannt wie ein echtes Gewinner Pferd bei einem Rennen! << sie wurde wieder starr vor Angst und fragte sich wie es sein konnte das man sich vor seinem Mitmenschen mehr fürchten konnte als vor einem Zombie Mutanten?

>> Ehrlich, ich bin dein Bruder, … und den Mord habe ich nicht begangen, … und auch nicht unsere Eltern. << er half ihr aufstehen, außerdem warf er den Stock beiseite und setzte sich bevor Jansha wieder richtig bei sich war.

>> Ich war noch sehr jung, … als unsere Eltern ihren guten Ruf verloren. Dieser vermaledeite Medizinmann Caynor hat unsere ganze Familie verraten und unsere Eltern auf dem Gewissen. << Jansha war erstaunt, das er tatsächlich existierende Namen verwendete und keine selbsterfundenen. Auch die traumatische Geschichte über ihre Eltern stimmte, über ihrer Beider Eltern wie es denn schien. Die mörderischen und wahnsinnigen Eltern. Psychopathische Mörder.

>> Caynor? <<

>> Ja, Caynor. Hier, sieh, ich habe mich vom Dorf abgesetzt nachdem unsere Familie den gesamten Namen eingebüßt hat und habe Beweise rund um den Kontinent gesammelt das wir unschuldig sind. … Der Medizinmann in Ausbildung, wie es Caynor damals noch war, wollte unsere gesamte Familie auslöschen weil wir gut mit dem Headmaster befreundet waren und ihm seine Tour vermasselt hätten. Vater und Mutter waren geheim für Gannamethek unterwegs und hatten auch bereits die Beweise gegen Caynor vorliegen, als …. << wenn dieses „als" bedeutete was Jansha meinte dann wusste sie das es bedeutete das ihre Eltern ermordet wurden um nicht damit an die Öffentlichkeit zu gehen. Und dann wurde sie endlich schlau aus allem was geschehen war, außer aus ihrem guten Freund Caynor.

>> Caynor hat Vater und Mutter getötet und ist für all die Morde verantwortlich? <<

>> Ich befürchte ja, … ich habe viele Jahre darein investiert das ans Tageslicht zu befördern. Lese dir nur alles in Ruhe durch, und ich hoffe das du weißt das ich dich liebe und du mir nun trauen kannst, … auf jeden Fall mehr als diesem widerlichen flinken Wiesel? << doch hatten diese Worte weitere Gedanken in ihrem Gehirn reaktiviert das gerade vor Panik noch fast explodiert wäre und sich nun an Informationen satt aß. Außerdem bemerkte sie immer wieder Vadegoons Blick auf ihr

Amulett das Mutter ihr einst gegeben hatte und entdeckte beinahe beiläufig auch das er eines bei sich trug, … Vaters?
>> Spencer? Wo ist er? Wir sollten ihn suchen gehen und ihm sagen das wir dir trauen können, … und das können wir doch oder? <<
>> Klar, aber ich glaube ernsthaft die wir diesen Spieß Routen Läufer nicht wiederfinden werden. << nun begann für Jansha eine Art Abtastphase in der sie versuchte sich an die Stimme ihres Bruders zu gewöhnen und sich daran zu gewöhnen einen Bruder an sich zu haben. Doch Spencer sollte nicht in der Vergangenheit des Waldes verloren gehen, eigentlich, das war nicht Teil des Planes gewesen, allerdings auch noch immer die Frage warum Vadegoon jetzt letztlich hier gewesen war?
>> Wir suchen nach Lagnaja Labata, Bruder, … was machst du hier? << fragte sie vorsichtig und Vadegoon rieb seine beiden Hände aneinander ehe er lässig seine Antwort erklingen ließ.
>> Ich habe eure Spuren beim Lager gefunden, euer Liebesspiel und euren Aufbruch, … als ich eurer Spur folgen wollte wehte mir der Wind die Nachricht zu die wohl du hinterlassen hast und … hier bin ich. Ich wollte mich den anderen Überlebenden anschließen im Kampf gegen die feindliche Übermacht. << erzählte er leichtfertig und Jansha spürte sie ein wenig beschämt rot zu werden drohte, das *Liebesspiel* würde sie ab nun aus der Diskussion verschwinden lassen.
>> Klingt logisch, der Wind, … Gannamethek weiß genau wo wir sind und wollte das wir uns wieder sehen, jetzt weiß ich wenigstens das ich dir trauen kann und du wirklich zu mir gehörst! << zwar spürte sie das der Mann daran zweifelte, doch konnte Gannamethek gewisse Teile der Natur manipulieren oder zur Mithilfe bewegen … für sie gab es keine Zweifel daran das der Headmaster für die Entwicklungen zum Teil mitverantwortlich gewesen war!
Zum Glück.

>> Gut, Bruder, … ich würde vorschlagen wir suchen meinen Freund und brechen dann wieder nach Lagnaja Labata auf. << sagte sie und sah wie Vadegoon sich in Bewegung setzte.

>> Gut, aber warum wollt ihr nach Lagnaja Labata und warum glaubt ihr das es echt existiert? <<

>> Wir haben diese Viecher darüber reden hören und außerdem … ach, es ist nichts. Suchen wir erst einmal Spencer. <<

Sie glaubte zu merken das Vadegoon bemerkte das sie nicht vorhatte darüber zu reden, und doch hatte sie stets das Gefühl das er jederzeit fragen könnte während sie wie unwissende Trottel durch den Wald schlenderten und dabei jederzeit versuchten in der Nähe des Autos zu bleiben.

Doch war sich Jansha nicht sicher ob sie Ibrahim Spencer wiederfinden würden oder ob er so weit weg von ihnen, längst seinem Schicksal erlegen war? … Sie wollte es nicht hoffen und gab die Hoffnung noch nicht auf, eine Neigung die sie auf Vadegoon zu übertragen versuchte so lange es halt dauerte!

Kapitel 11

Irgendwie war es schwer eine eindeutige Meinung über Sachen zu haben, was dazu führte dass es zum Verzweifeln war wie die Dinge sich entwickelten, auch wenn es vielleicht einigen Grund zur Freude zu geben schien.

Sie hatte einen Bruder gewonnen, einen Bruder der sich noch immer an sie erinnerte und sich freute dass sie da war und lebte. Auch wenn er fünfzehn Jahre älter wahr als sie und sie Ihn kaum gekannt hatte, sich nicht einmal an Ihn erinnern konnte, war er doch Familie. Er hatte sie auch im Tode weiter geehrt und sowohl sie als auch seine ganze Familie reinzuwaschen versucht, … vermutlich wäre er bei dem Versuch allerdings niemals im Dorf wieder angekommen, sowie sie ihn hier im Wald gefunden hatte. Oder wäre es ihm gut und sicher ergangen wäre er nicht ihrer Spur gefolgt?

>> Schwesterchen, ich würde dir ja gern beim Suchen helfen aber uns geht die Zeit aus und ich bin ja jetzt da um dich zu schützen. Wir müssen schnell nach Lagnaja Labata! << drängte er, Jansha konnte seine Unruhe spüren und vermutete dabei das er sich wohl noch nie so nahe an seinem Ziel befunden hatte wie nun, mit ihren Informationen.

>> Sofort, … ähm Bruder, dieser Mann hat mir mein Leben gerettet ziemlich ähnlich wie ich dir deines, außerdem verbindet uns mehr als du vielleicht glaubst. << Jansha hoffte er würde nicht wieder unschöne Andeutungen unter der Gürtellinie machen, doch zu ihrer Überraschung blieb es aus, lediglich Vadegoons Blick blieb an ihr geheftet! Erwartete wohl stattdessen eine Erklärung von Ihr.

>> Ich bin krank, … Vadegoon. Ich habe das Todessyndrom und wir hatten gehofft wir würden auf der Heiligen Insel ein wenig Hilfe finden! <<

>> Das Todessyndrom? Oh mein Gott. Das ist genau die Hiobsbotschaft auf die ich überhaupt nicht gewartet habe … ich hoffe das kann man verstehen. Ich habe dich doch gerade erst wiedergefunden. << Vadegoon schloss sie fest in seine Arme und Jansha spürte die Traurigkeit des Mannes auf seine Körpersprache her niederfahren, gefolgt von einer gewissen nicht nachvollziehbaren Entschlossenheit die ihm neue Kraft zu verliehen schien und seinen Muskeln Schmalz gab.

>> Das Auto! … Wir müssen nach Lagnaja Labata, eure Reise hatte nur diesen einen Zweck, dein Leben zu retten, wenn dieser Spencer das wirklich gewollt hat, … dann müssen wir jetzt starten und zwar sofort! Sonst wird es für dich zu spät sein. << er beschwor sie beinahe, doch Jansha war sich noch immer nicht sicher, nach alledem würde Ibrahim in diesem Wald auf jeden Fall umkommen und das obwohl er ihr die ganze Reise beigestanden hatte.

>> Allein schon für Gannamethek, das hast du selbst bereits gesagt! << spürte sie Vadegoon sagen und sie spürte wie das Drängen immer stärker wurde, vor allem da sie selbst ja auch nicht sterben wollte.

>> Ich glaube dir das du mein Bruder bist und ich denke du hast Recht. Vielleicht finden wir ihn ja später wenn wir von Labata haben was wir brauchen? << erwiderte sie und bewegte sich staksend Richtung Auto, stets darauf hoffend das Spencer aus einem der Gestrüppe hervorbricht.

>> Haben was wir … ähm brauchen? Was soll denn das schon wieder heißen? <<

>> Nun, ich lasse mich heilen und kehre ins Dorf zurück, natürlich, was hast du denn vor wenn du dort bist? << sie kicherte, im Moment hielt sie es noch für eine spaßige Unterhaltung über unterschiedliche Ziele. Vadegoons Stutzen raubte ihr diese Hoffnung bereits zu Beginn.

>> *Ich lasse mich heilen?* Ist das dein voller Ernst, Sha? Bisher hat noch nie Jemand dieses schreckliche Syndrom überhaupt

überstanden und du planst dein Leben danach, … die Heilige Insel zu verlassen und dich den Bakterien erneut aus zu setzen? Dem Dorf wieder einfach hallo zu sagen und ins normale Leben zurückzukehren? <<

>> Ich habe dem Dorf gegenüber eine Verpflichtung und ich werde diese Aufgabe zu Ende bringen, Bruder. Du hast vielleicht den Yavapai den Rücken gekehrt aber ich kann das nicht, auch die Schande meiner Familie war nicht groß genug um mich zur Flucht zu bewegen, dann wird es auch keine Krankheit schaffen mich von meiner Familie fernzuhalten, … und ob du dazu gehören willst, das kannst nur du selbst entscheiden! << ungeachtet der Bestürzung Vadegoons setzte sie sich ans Steuer und nahm die Initiative in die Hand, gab Gas und raste los um schnellstmöglich diesen Wald hinter sich zu lassen, ewig lauschend ob sie nicht doch einen rufenden Spencer hören konnte der vielleicht Hilfe brauchte?

Als der Fahrtwind bereits mehrere Minuten getost hatte, schien Vadegoon endlich seine Worte wiedergefunden zu haben.

>> Meintest du das ernst gerade? Das du zum Dorf zurückgehst und dein Leben weiterlebst wie zuvor? << fragte er teilnahmslos und wandte sich ihr zu.

>> Ja, eigentlich schon. Allerdings weiß ich auch nicht was uns in Lagnaja Labata erwartet oder was Gannamethek von uns erwartet, … offensichtlich hat er ja gewusst das ich verloren gehen werde und das ich dich auf meiner Reise kennenlerne. Ich bin sicher dass alles gutgeht. <<

>> Klar, Gannamethek, … glaubst du etwa wirklich er kann die Naturgewalten beeinflussen, oder so was? Ich glaube nicht daran dass so was überhaupt geht! << und mit diesen Worten wurde Jansha so langsam klar warum der Mann die Indianer verlassen hatte.

>> Sicher, wie erklärst du dir sonst meine Reise und die Nachricht die dich von allein gefunden hat, … er plant etwas mit uns und wir müssen uns bereithalten seinem Plan Hände

beizusteuern. << sie konnte sehen das sich Vadegoon eine andere Schwester vorgestellt hatte, das er frustriert mit ihr zu verhandeln versuchte, jedoch gab es an ihrem Glauben nichts zu diskutieren, dieser war unerschütterlich! Wahrscheinlich wollte ihr Bruder auch noch eine Menge mehr über sie wissen, doch manche Dinge die geschehen waren gehörten zwischen Spencer und Jansha selbst!

>> Ich hoffe du weißt was du da sagst! Unsere Familie war von Anfang an gut mit Gannamethek befreundet und das Komplott von Caynor bezog sich auf den Posten des Headmaster, … weil Mom und Dad das aufdecken konnten mussten sie weichen, ehe etwas an die Öffentlichkeit geraten ist! Der alte Headmaster ist nun leicht angreifbar und wer weiß, vielleicht lebt Gannamethek nicht einmal mehr? << aber auch diese Worte erschütterten ihr Vertrauen in keinster Weise, nicht einmal einen Kratzer. Jedoch musste sie zugeben dass es stimmte, ihre Eltern waren plötzlich Helden und noch lebte Gannamethek, einen neuen Plan zu schmieden hatte Caynor mindestens Mal Zeit gekostet! Wenn nicht mehr. Auch wenn es ihr unglaublich schwer fiel diesen Mann blitzartig für einen bösen Mastermind zu halten.

Mit dem experimentellen Auto rasten sie weiter durch Moor artige Landschaften und zertrümmerter Städte, jedoch hatte sich ihr Plan mit Vadegoon leicht verändert zu dem den sie mit Spencer ersonnen hatte. Ihr Bruder besaß viel Wissen über feindliche Truppenbewegungen in Kalifornien und hatte es für besser gehalten nach Los Angeles zu fahren um dort die Armeen des Feindes zu umfahren. Auch wenn sie Vadegoon nicht für einen Taktiker hielt, so musste man wohl irgendwie überleben lernen.

>> Ich bin froh das du diese unnatürliche Welt so lange überlebt hast damit wir uns kennenlernen konnten, Vadegoon. << doch ihr Bruder antwortete nicht mehr so gern wie noch zuvor. Er nickte oft verträumt und sah zu wie ihre verkrampften Hände das Lenkrad bearbeiteten. Wortlos. Und sie konnte es verstehen,

sie Beide teilten viele Ungleichheiten und eigentlich bei allem waren sie unterschiedlicher Meinung, bis auf einer Sache … sie mussten Lagnaja Labata erreichen und zwar so schnell wie nur irgend möglich.

Die Heilige Insel war ihre einzige Hoffnung und wenn dies nichts half, dann war es für Jansha eh zu spät, doch eigentlich vertraute sie auf Gannamethek. Er hätte sie ansonsten nicht gehen lassen, da war sie sich ganz sicher.

Vadegoons spärliche Informationen bezogen sich auf seine Vergangenheit und auf die Bräuche der eigenen Familie. Das er das Amulett Vaters offensichtlich in der gleichen verhängnisvollen Nacht entgegengenommen hatte wie Jansha selbst das ihrer Mutter. Das die Symbole darauf schließen ließen das sie sich schon immer im Kampf mit irgendwelchen Geistern befanden, … oder zumindest hatte Vadegoon diese Worte von seinem Vater gehört. Irgendetwas vom Kampf gegen Dunkle Mächte und Geister. Die Zwei großen Menschen, zwei Kleine und der Dämonische Ziegenkopf in der Mitte, alles geschnitzt in düsteres Holz. Also auf jeden Fall hatten ihre Eltern wohl einen Grund gebraucht diese Schmuckstücke weiterzureichen. Doch war dies alles womit ihr neuer Bruder herausgerückt war.

Der Wagen indes fuhr ohne nach Kraftstoff zu schreien oder anderes zu verlangen und lenkte sein Fahrgestell immer genau dahin wo Jansha es auch haben wollte, doch noch immer schienen die bangen Blicke von Vadegoon ihrem fahrerischen Geschick kein allzu großes Vertrauen zu schenken. Doch darauf ansprechen wollte sie ihren Bruder natürlich auch nicht. Viel lieber lauschte sie dem keifenden Singsang der Vögel, was bedeutete sie näherten sich ihrem Ziel, der Küste.

Die Trümmer von LA sahen grauenerregend aus, Qualm und Staub soweit das Auge reichte, aufgeschichtete leblose Körper am Straßenrand und eine alles überwiegende Giftwolke die nach Smog schlimmster Sorte roch. Ihr glänzender Schimmer war von einem Gift artigen Grün welches wie ein Todesblitz durch die Wolkendecke schimmerte und dabei die Natur, die sie noch Sekunden zuvor gesehen hatten, einfach beiseite schob. Die unterschiedlichen Orte dieser Welt waren mittlerweile fast nicht mehr zu verstehen für Jansha, doch für sie sah Vadegoon nicht so aus als würde er das zum ersten Mal sehen. Er wirkte deprimiert und gelangweilt, mittlerweile schraubte er seit geraumen zwanzig Minuten an einem kleinen Messer herum.

>> Einst war Los Angeles ein schöne Stadt, die Läden und Attraktionen, … immer wieder schwer zu sagen warum die Menschen ihr eigenes Kulturgut zerstört haben? << säuselte es aus ihrem Mund wie ein kleiner Windstoß der durch einen Türschlitz zog.

>> Ja, … Ja. <<

LA war ein trostloses Stück Pflaster auf der Reise gewesen, denn man konnte besonders gut sehen wie viel Gegenwehr es hier gegeben hatte und wie viele Versuche sich zu retten, sich einander eine Rettungsmöglichkeit zu verschaffen. Jansha konnte jagen und viele der Fluchtspuren der Menschen hier waren von den Elementen in einer schrecklichen Endlosspule in Spuren festgehalten: Kinder die es nicht schafften, obwohl ihre Eltern ihnen alle Möglichkeiten gegeben hatten, Frauen die von ihren Männern beschützt worden waren und trotzdem starben, … doch offensichtlich viele erst bei Nachwehen der Angriffe durch die Zombies.

In Los Angeles schienen viele die ersten vernichtenden Bomben überlebt zu haben. Vadegoon setzte sich nun etwas mehr auf und versuchte mehr von den Dingen zu erhaschen die Jansha in sich auf sog wie aus einem guten Buch.

In Santa Barbara angekommen stellte Jansha den Wagen ab und lauschte den Worten ihres Bruders der sich leichtfüßig auf die Motorhaube gestellt und mit gesenkter Miene zu sprechen begonnen hatte. Sie stellte sich vor wie schön es hätte sein können in Zeiten des Friedens mit dem eigenen Bruder zu reisen und Späße mit Ihm zu machen, fröhlich zu sein, … zu leben, es zu spüren.

>> Santa Barbara ist die Stelle auf dem ganzen Kontinent die am meisten von den Viechern verseucht wird, nur hier gibt es einen sicheren Durchgang für diese Wesen auf die Heilige Insel zu kommen und nur von hier aus werden es auch wir versuchen. … Diese Zombies greifen immer wieder zur gleichen Zeit und mit dem gleichen Schema an, Ich weiß wie wir sicher durchschlüpfen. << sagte er bestimmt und Jansha erhob unsicher ihre Stimme.

>> Sicher, hier gibt es viele von diesen Wesen und manche sind noch gefährlicher als Andere. Mal angenommen wir versuchen es von hier aus, … wie hoch sind die Erfolgsaussichten? <<

>> Hoch, denn ich weiß was ich tue, und das habe ich auch schon immer gewusst, … ich meine, habe ich die Beweise der Unschuld für unsere Familie oder nicht? Hm? << Jansha stellte sich neben Vadegoon auf die Motorhaube und starrte enttäuscht und verbittert auf die Bucht direkt vor der Stadt- es war alles voll dieser unheimlichen Wesen wie sie lechzten und sich gegenseitig schlugen nur um sich die Zeit zu vertreiben. Sie zankten sich und diskutierten erhitzt und Debatten artig, ihre Augen wirkten noch immer so leer wie sie das gewohnt war und doch lag eine gewisse lodernde Flamme in ihren Bewegungen, etwas Couragiertes.

>> Lass dich nicht täuschen, Sha. Wir haben viel vor uns, diese Teile hören sehr gut und werden dich bemerken wenn du einen Fehler machst, das kann ich dir jetzt schon versprechen. << er klopfte sich etwas Staub von der Schulter und schlurfte hinüber zum Wagen.

Gemeinsam mit dem Staub der zu Boden sank, fühlte Jansha ihre Lebenskraft verebben, sie sah die feinen Partikel zu Boden rieseln, so wie die Feder in ihrem Haar im Wind tanzen. Schmerz durchzuckte ruckartig ihren Körper als wäre ein Blitz hineingefahren und doch blieb sie am Leben, doch ihre Muskeln schmerzten und es wurde ihr schwarz vor Augen. Sie fühlte keinen Schmerz als sie zu Boden ging, nur Frieden, … die Düsternis um sie herum war komplett tonlos und emotionsfrei.

In ihrem Geist hörte sie ihr Herz klopfen. Sie spürte Wärme an ihrem Körper, wusste das Vadegoon sich um sie kümmerte. Sie spürte einen inneren Dämon der an ihren Organen zerrte und versuchte die Feuersbrunst der Furcht in ihrem Inneren zu befreien und ihr Herz zu verunreinigen, der kleine Teufel versuchte sie zu korrumpieren, vermutlich nur der erste Schritt zum Todessoldaten?

In ihren Kopf hämmerten die Worte Vadegoons das sich die große Armee vor der Bucht sammelt um einen Angriff auf das Paradies zu starten und das er sie bei lebendigem Leib brauchte, dass sie endlich aufstehen sollte! Doch reagieren konnte sie darauf nicht, nur die Finsternis aufhalten, einen düsteren Spuk der ihr die Sinne zu rauben suchte.

Sie fürchtete sich, … sie war ganz allein, Vadegoon konnte ihr nicht helfen und sie später höchstens betrauern wenn sie nicht schnell etwas finden sollte mit dem sie sich retten konnte ohne

….

>> Jansha!!! <<

Sie schlug die Augen auf, sah aber nur verschwommen, konnte Vadegoons Gesicht an den markanten Gesichtszügen erkennen die ihn beinahe schon zur Hälfte als Indianer auswiesen.

Er lächelte ihr entgegen und schien unglaublich erleichtert zu sein, ihrer Ansicht nach, die natürlich getrübt war, hatte er solche Verwandlungen schon öfters erlebt und des meist war sie wohl nicht so glimpflich ausgegangen!

>> Sha, … deine Haut wurde ganz fahl und dein Körper so heiß das ich dachte du würdest mir verglühend, … ich wusste nicht was ich tun sollte! … Ich dachte ich hätte dich vielleicht … verloren! << seine Stimme zitterte, doch Jansha testete ihre Gliedmaßen erfolgreich und erleichtert.

Ihr erster Blick nachdem sie saß glitt an ihrem Körper herunter der sich förmlich gar nicht verändert hatte und auf den ersten Blick auch noch sehr gut funktionierte.

>> Ich bin dir noch erhalten geblieben, aber die Krankheit wird stärker, wir müssen uns beeilen, ich flehe dich an, Bruder. << ihre Augen glitzerten wie kleine Eiskristalle und ihre Stimmer klang wie eine Bitte des Engelschors selbst. Sofort zog Vadegoon sie auf die Beine. Diese waren unheimlich unsicher und Jansha stützte sich am Auto.

>> Gut Schwesterchen, … lass uns den Orden auf der Heiligen Insel endlich aufsuchen und diesen Wahnsinn ein für alle Mal beenden, … auch für deinen Freund, Spencer. <<

Richtige Richtung, so viel war sicher, und das hatte sie am Anfang schon kaum geglaubt. Klang heimlich schlüpften sie durch die feindlichen Truppen aus leblosen Soldaten. Zwar hatte Jansha jeden Meter die große Sorge dass man sie letztlich doch entdeckte, doch die Gassen und Kluften die Vadegoon als Wege vorgeschlagen hatte, waren tatsächlich unbezahlbar gewesen.

Von kleinster Entfernung aus unsichtbar zu sein war ein überragendes Gefühl, fast als wäre man in einem Aquarium oder Terrarium für Zombie Typen. Vadegoon war völlig in seinem Element, gab ihr Befehle per Zeichensprache und manövrierte sie Beide völlig unbeschadet durch die feindlichen Linien. Er wirkte glücklich, war beschäftigt, Jansha wusste nicht was sie drum geben würde wirklich zu wissen das dieser Mann ihr leiblicher Bruder war und das sie Ihm trauen konnte. Er wirkte wie ein Freund, doch wer konnte so was erahnen oder sollte sie ihm einfach trauen wie Gannamethek es tat?

Die beiden Indianer bewegten sich in einem Krater vorwärts. Jansha konnte sehr genau die feinen Metallfasern erkennen die zum Teil auf dem Boden verstreut unter Sandbarken lagen und auch jene die in den felsigen Wänden steckten und von der Explosion dort hinein gerammt worden waren wie bei Stoßhörnern von einem Elefanten. Sie glitzerten in dem düsteren Licht der Sonne und warfen feine Linien aus Licht in die Schatten des Canyon und waren vermutlich zu diesem Zeitpunkt die einzigen Dinge die sich gegenüber den Toten verraten konnten, wenn diese denn für solche Feinheiten überhaupt ein Auge hatten?

Vadegoon schien zu glauben dass es nicht der Fall war, ansonsten würde er das bittere Risiko doch niemals eingehen, oder irrte sie? Der fremde Mann war ihr natürlich noch nicht geheuer, doch konnte man ihr das verdenken, … er hatte ihr nicht so wie Ibrahim Spencer sofort das Leben gerettet und war Ihr von Tag eins an, ein treuer Freund gewesen. Sie vermisste Ihn und fragte sich was wohl aus ihm geworden war oder ob er Ihnen hinterherjagte, so schnell wie Vadegoon ihn loswerden wollte, würde es sie aber auch nicht wundern wenn er wegbleiben würde, selbst wenn er lebte.

Manchmal liefen sie unter den Zombies hindurch, manchmal direkt neben ihnen, danach über ihnen herüber, … doch kein einziges Mal schienen sie auch nur ansatzweise aufmerksamer zu werden als sie es die ganze Zeit über waren. Gar nicht!

Kalifornien war trotz der schlimmen und grotesken Verwüstungen noch immer ein atemberaubender Anblick, gerade die Berge und die Strand Streifen, der güldene Teint des Sandes verwandelte selbst diese düstere Sonne und das fiese grün glimmende Meer in einen großartigen Anblick den sie nie wieder vergessen würde. Goldener Staat konnte man dazu noch immer ohne weiteres sagen.

>> Leise jetzt Jansha, ich befürchte wir treffen sehr bald auf eine weitere, vielleicht noch größere Armee, wenn die Penner uns erwischen war trotzdem alles für die Katz. << sagte Vadegoon plötzlich leise und lehnte dabei seine Hand an eine der kühlen Kanal ähnlich geformten Gangwände. Er streichelte vorsichtig.

>> Verstanden, ich hoffe nur das wir es bis zu Lagnaja Labata schaffen und dann nicht enttäuscht werden, … leider haben wir nur Bruchstücke eines Gesprächs gehört aber sie scheinen der Menge an Feinden durchaus standhalten zu können! << Jansha ging ein wenig in die Hocke und folgte damit Vadegoons Beispiel. Er schleuste sich unauffällig an den unaufmerksamen Wachen vorbei und keuchte leise um, so vermutete Jansha, das Geräusch eines säuselnden Windes nachzuäffen. Und tatsächlich klang es wie eine kühle Brise an warmen Tagen wie Jansha diese aus ihrem Dorf nur zu gut kannte. Ihr wurde wonnig bei dem Gedanken an zu Hause, ein Heim das auf sie

wartete, ihre Stoffe, ihre … Pflanzen, Freunde. Es war beinahe deprimierend wenn ihr diese Geschichte nicht so ungeheuer viel gebracht hätte, vor allem Courage. Eine der stärksten Waffen des menschlichen Verstandes. Zu größten Teilen war es nun sie die die Initiative ergriff und Sachen voran bewegte, sie war ein Katalysator geworden und diese Rolle nahm sie nur zu gern an.

Sie traute es sich nicht Vadegoon etwas zu fragen oder ihn anzusprechen, seine Bewegungen waren leichtfüßig und konzentriert, seine Haltung graziös und beinahe Panther artig, selbst für sie war es schwer zu folgen und sie bewegte sich direkt hinter ihm. Seine Schwingungen ließen vermuten dass er es schon mit viel schlimmeren zu tun bekommen hatte und das er an sich mit allen Wassern gewaschen war. Deswegen vielleicht auch all seine Tricks, das Wissen über die Gegner die sich rund um sie herum befanden wie lebende Maschendrahtzäune die sie verhohlen angrinsen könnten, wenn sie sie denn sehen würden!

Mit Hilfe ihres Bruders wurde diese Expeditionstour nach Labata beinahe eher eine Kaffeefahrt bei der sie viel Zeit hatte alles im Auge zu behalten. Die sich zuckend bewegenden Wachtypen, die wandernde Sonne am Horizont wie sie den Schatten wie eine Decke mit sich zog und auch das Meer das in Ebbe und Flut und im Wesentlichen auch im Wellengang dahin schaukelte wie eine Wippe auf einem Spielplatz.

Bis sich etwas auf dem glatten Spiegel artigen Nass des Horizonts hervorhob, es sah beinahe so aus als würde es sich hinaufschrauben und dem Wasser entsteigen und gen Himmelszelt reisen, aufragen. Es war nur eine Silhouette, doch sie war riesig, vom Landinneren merkwürdigerweise allerdings überhaupt nicht zu sehen und die zusammenlaufenden Enden der spitzen Türme hatte man von weiter Weg vielleicht nur für Schatten oder weit entfernte Bäume gehalten. Vielleicht aber auch einfach gar nicht weiter bemerkt oder dem kleinen Phänomen Beachtung geschenkt?

>> Lagnaja Labata, … das muss es sein, Vadegoon. Wir haben die Heilige Insel endlich vor Augen. << stellte sie fest während sie es erfolglos versuchte ihr erstauntes Schnauben abzustellen. Vadegoon resignierte krampfhaft. Er schwenkte seinen Blick nicht zu ihr herüber.

>> Erstaunlich das ich mein halbes Leben danach gesucht habe und sogar meine verschollene Schwester entdeckt habe, … bevor ich DAS hier finde; Das Teil ist ja riesig, … weißt du, ich hatte mir vorgestellt das es vielleicht eine kleine Insel wäre die im Meer verschollen daliegt und … sich mit Schutzmauern verteidigt oder so was. Aber das hier? Die letzte Bastion der Menschheit. << den letzten Satz sagte er voller Stolz, die Menschen lagen ihm am Herzen, sie spürte einen gewissen glückseligen Sprung in seinem Herzen.

>> Wieso hast du eigentlich Labata gesucht, Bruder? Bist du auch krank oder wolltest du zu anderen Menschen, … nicht zurück zu uns, …? << Jansha wollte keineswegs gekränkt reagieren doch irgendwie tat es ihr weh das ihr Bruder sie allein gelassen hatte um mit Zombies oder Fremden sein Leben zu verbringen, so schlecht war die Karte mit den Indianern doch wirklich nicht, immerhin hatten diese sich aus den Streitereien herausgehalten und damit überlebt. Den ewig währenden Krieg überdauert.

>> Ach, Jansha. … Ich wollte nicht als geschändeter Mann zurückkommen, als Geächteter! Ich kam wegen Caynor nicht zurück, … also erfuhr ich unterwegs auf meinen Reisen etwas von diesem Ort hier und entschloss mich her zu kommen, … ich wäre zu dir zurückgekehrt und das weißt du hoffentlich auch, … ich glaube du wirst genug Zeit haben mich kennenzulernen. << er lachte leise und machte ein unbekümmertes Gesicht. Dabei wurden seine edlen Züge, wie sie für einen Indianer normal waren, zu einer selbstgerechten Fratze die ihr augenscheinlich nicht einmal mehr bekannt vorkam. Vielleicht lag es aber auch daran das sie weiterhin seine anhaltende Kritik an Caynor nicht

verstehen konnte, … er war ein guter Freund, irgendwie kaum vorstellbar das er all die Dinge getan haben sollte, die Vadegoon ihm vorwarf. Unmöglich oder nicht?

>> Du musst doch unglaublichen Durst haben nach dem langen Fußmarsch? << er hielt ihr eine Feldflasche hin und Jansha nahm sie dankend an, führte sie zum Mund. Dünne Fäden Wasser liefen ihr die Wangen und den Hals hinab während sie trank, erfrischten auch ihren Körper und zierten Flecken artig den Kragen ihrer Kleidung. Doch das alles machte ihr nichts aus, viel mehr der Umstand das Vadegoon noch eine Flasche bei sich trug und diese auch wieder in seiner Tasche verstaute, ihr bedeutete diese wegwerfen zu können. Was sie auch mit einer schnellen Bewegung ihres Arms nach hinten über sie hinweg bewerkstelligte.

>> Wenn du so lange krank bist wie du glaubst, dann sollten wir auf keinen Fall länger zögern oder warten als nötig, es könnte bereits jetzt auf jede Sekunde für dich ankommen. << sie blieb ihm die mündliche Antwort schuldig, doch ihre Körpersprache bedeutete wohl ebenso wie der gesunde Menschenverstand das sie ihm Recht gab und ein sofortiges Weitergehen vermutlich die klügste Lösung wäre.

Der Sand und die harte Kruste des Felsens unter ihren Füßen hatte sich in Schlamm verwandelt, getränkt von ihrem Wasser, doch auch der Himmel verfinsterte sich und Jansha benutzte ein kleines Messerchen das sie stets bei sich trug um die Schlammkrusten unter ihren Fingernägeln zu entfernen.

Der restliche Weg nach Lagnaja Labata war ebenso karg wie finster. Die Nacht war urplötzlich eingebrochen und hatte den Himmel verfinstert wie ein heranstürmendes Gewitter. Düstere rabenschwarze Wolken zogen übers Himmelszelt und verdeckten selbst den Mondschein und brachen den Kontakt vieler Sterne mit der Erde ab. Das matte weiße Licht das die Oberfläche der kargen Umgebung streifte ließ die Sandkörner glitzern wie Perlen, grün, im Licht des Ozeans neben ihnen.

Dieser glimmte gespenstisch in einem Giftgrün welches sich normalerweise nur in Gift und Müllgruben preisgab, schien am Horizont brutal mit dem Himmel zu kollidieren.

Über karge Steinwege und eine massive Brücke hinweg bahnte sich ihnen nun ein recht simpler Weg durch die Finsternis und wurde vor ihnen vom Licht weniger Fackeln erhellt. Als sich Jansha mit ihren Handflächen an einer Fackel wärmen wollte, bemerkte Vadegoon gleich zwei schreckliche Dinge auf einen Schlag. Seine Arme schlangen sich um Jansha, denn es war wohl nicht kalt, ihre Krankheit verschlimmerte sich weiter. Seine Worte waren nun direkt an seine kleine Schwester gerichtet.

>> Bleib ruhig, Sha. Deine finale Transformation hat noch nicht eingesetzt, was heißt der Frost und die Schmerzen hören gleich wieder auf! … Das verspreche ich dir, ehrlich … steh auf, bleib bei mir. << sie hörte seine Worte klar und deutlich, doch vermochten sie es kaum ihre Panik zu lindern oder ihre schrecklichen Schmerzen ungeschehen zu machen. Sie schafften es gerade so an ihre Ohren zu dringen ohne das sie sie bedeutungslos abtat!

>> … ich versuch's. <<

Behutsam trug Vadegoon sie und flüsterte ihr etwas über Zombies ins Ohr die sich ihnen näherten, doch sehen konnte Jansha gar nichts mehr, nur eine graue Dröge die sich vor ihr auftat wie eine Linse auf einer verstaubten Kamera. Beflissentlich redete er etwas davon das sie stark bleiben musste und das sie sich konzentrieren sollte, doch spürte Jansha ihren Körper eigentlich gar nicht mehr, sie war allein mit ihrem Geist und dieser wusste nicht was zu tun war! Sie spürte nur den stechenden Schmerz in ihrer Magengrube als würde sie jemand bei lebendigem Leibe ausweiden. Der Mann redete von Regen, von guter Finte, … einer Ablenkung, von … Sicherheit, doch sie wusste nicht was das bedeutete oder wie es Vadegoon wohl gehen mochte?

Ihre Augen lagen trüb da und sahen nur das Schema null der Farbpalette, mehr nahm sie einfach nicht mehr wahr, es sei denn ihre Augen wären geschlossen was natürlich etwas anderes bedeuten würde.

Das sie vielleicht längst gestorben war?

Das Vadegoon es vielleicht geschafft hatte sie zum Schlafen zu bringen um ihre Schmerzen zu lindern? Doch sie spürte nur die wachsende Unzufriedenheit, eine gewisse Verzweiflung, weder Augen noch Mund noch Arme bewegen zu können und dabei verlassen zuschauen zu müssen wie die Welt mehr und mehr in einem einheitlichen und grauenhaftem Nichts unterging … mit zitternden Händen die sie spüren konnte, einem Geist der es versuchte die Kontrolle wiederzugewinnen, aber einem Körper der einfach nicht dazu in der Lage zu sein schien und sich geschlagen geben musste solange der Versuch nicht zu haltlos wurde.

…

Jansha atmete tief durch und spürte den Keim schreien und rufen, die Adern an ihrem Hals quollen bis zum Anschlag und ihre Augen weiteten sich, Jansha blickte unklar auf eine leere Wand. Sie spürte ihre eigene Spucke an ihren Wangen und etwas Blut, das ihr warm das Kinn hinuntertropfte und in eine Pfütze sickerte, die ebenfalls rot glänzte. Sie spürte wie kalte Panik ihren Nacken hinaufkroch aber auch dass sie sich nicht entsprechend rühren konnte, sich nicht wehren konnte. Die Pfütze entsprach mindestens zwanzig solcher Tropfen!

Ihre schreckgeweiteten Augen nahmen nicht viel wahr, die Pfütze, eine leere Wand und mehrere Fingerpaare die an ihr herum fummelten und sie berührten, … sie fühlte sich besser, egal wie sehr die Lage in der sie sich befand ihr Bange war, sie spürte Leben in sich aufkeimen, … doch wo war Vadegoon? Wo war ihr Bruder, er würde ihr doch nicht in einer solche Lage von der Seite weichen?

>> Bist du bei uns, hübsches Kind? … Hey, Leute, kommt her, ich glaube wir haben sie wieder. << rief eine, ihr völlig unbekannte Stimme stur in den Raum und dabei schwang eine gehörige Portion Freude mit, soweit Jansha das beurteilen konnte! Sie schnitt durch ihre Gedanken wie ein scharfes Schwert und unterbrach die bemitleidenswerte Stille in der sie fest gehangen hatte.

Erst jetzt spürte sie langsam dass sie träge und klamm war und feuchte, gar durchnässte Kleidung trug, sie war nass bis auf die Knochen. Ihr Haar wog schwer über ihr und ragte über die Kante des Tisches hinaus auf dem sie lag, die Pfütze bestand also nicht ausschließlich aus Blut, dachte sie erleichtert.

>> Kannst du uns verstehen, uns sehen? << sagte eine weitere Stimme und hinterließ das tonlose Ächzen einer unangenehmen Stille, die Jansha durchbrach sobald es ihr möglich war den Kiefer zu bewegen, doch sie brauchte eine halbe Minute dazu sich zu konzentrieren.

>> … ja, alles ist gut, … ich kann nur nicht so viel -… sprechen. << in ihrem eigenen Hals vernahm sie ein Röcheln als wäre sie von den Toten auferstanden und … dennoch fühlte sich ihr Körper schmerzfreier und lebendiger an, fast so als wäre sie die fiese todbringende Krankheit, für immer losgeworden.

>> Bin ich … geheilt? << fragte sie und sah in die leeren Gesichter der starrenden Männer. Um sie herum standen dreizehn Stück davon, allesamt blickte sie sie interessiert an und staunten nicht schlecht ob der Frage.

>> Geheilt? … Nun, dank deines Bruders wissen wir das du unter dem Todessyndrom leidest, doch muss ich gestehen das wir keinerlei Heilmittel dagegen haben, … bisher haben wir noch nicht einmal einen Patienten gesehen, einen Menschen der damit infiziert wurde. Doch wie es aussieht haben sich deine Symptome auf der Insel auch … nun ja, verzogen. << sie nahm die Worte nur langsam in sich auf und versuchte dabei nicht in Hoffnungslosigkeit zu versinken, denn eigentlich hatte ihr diese

Aussage alle Hoffnung genommen die sie in Lagnaja Labata gesetzt hatte, alle. Restlos. Doch da war noch Vadegoon der aus einem hinteren Raum nun dazu stolperte und den Mann anfuhr.

>> Verzogen? Was soll das heißen, könnt ihr Sha helfen oder muss ich sie woanders hin bringen, wo man ihr wirklich helfen kann? << fuhr er aus sich heraus und Jansha beobachtete die Reaktion des Arztes.

>> Ich will ganz ehrlich zu ihnen Beiden sein, im Augenblick können wir nichts für Jansha tun, doch durch Studien haben wir herausgefunden das die Menschheit an den Rückständen des Atommülls eingegangen ist und reichlich verseucht wurde, … wir sind sogar sicher dass es den Krieg nur gab um noch schlimmeres zu verhindern, eine Epidemie aus Angst und hochgradigen Mutationen, um ehrlich zu sein, die Medizin und die Technik können das Geschehene nicht rückgängig machen, leider. << gestand der Mann doch ließ er weder Jansha noch Vadegoon dazwischen fahren während er redete.

>> Interessanterweise muss ich sagen das es die Möglichkeit gäbe deine Schwester hierzubehalten und die Transformation auf einem Testgelände zuzulassen, da die Keime auf unserer kleinen Insel offensichtlich zurückgehen … dann könnten wir versuchen ihr DNA zu entnehmen und daraus ein Heilmittel erforschen, sozusagen als Retterin der ganzen restlichen Bevölkerung. << doch schnell merkte Jansha wie ihr dabei bange wurde und Vadegoon gleich ganz aus der Haut fuhr.

>> Wie können sie es wagen? … Ganz ehrlich, außer euch gibt es nur noch unser Dorf, … das nennt ihr, restliche Bevölkerung, es gibt niemanden mehr der dieses Gegenmittel brauchen könnte und meine Schwester wäre dann endgültig verloren. DAS WÄRE MIR KEINER VON EUCH WERT, VERSTEHT IHR, … KEINER! << Jansha konnte wohl keine beruhigenden Worte einwerfen da sich die Männer weiter stritten, doch sie beide vergaßen ganz das es um Jansha und ihre eigene Entscheidung ging.

Darum berappelte sie sich langsam, kämpfte sich in eine sitzende Position und erblickte erstmals ihre bereits verstorbene letzte Hoffnung, … Lagnaja Labata.

Genau wie von außen war es eine schlichte Konstruktion auf Stein und Zinnen, Türmen und klaren Fenstern. Es gab keine Dekorationen, keine Bilder, keine persönlichen Gegenstände. Zumindest soweit Jansha das erkennen konnte. Die Wände waren komplett kahl und vereinzelte Kratzer in den Wänden ließen vermuten dass es ihr immer mal wieder zu heftigen Kämpfen kommen konnte. Die weiteren Männer von ihrem Tisch standen noch immer im Raum und starrten entsetzt auf die, aus den Fugen geratene, Situation zwischen ihrem Freund und Janshas Bruder, doch sie machte sich nicht viel daraus. Denn ohne sie konnten sie einfach keine Entscheidung treffen.

Die Männer trugen die gleichen Roben und schlichte Kapuzen. Die meisten von ihnen waren Männer und mindestens alt genug um im Krieg selbst gedient haben zu können. Sie reagierten erst auf sie als sie nahe genug war.

>> Habt ihr noch von einem weiteren Mann gehört, Ibrahim Spencer, … ich habe ihn auf meiner Reise nahe von Arizona in einem Waldstück getroffen und er hat mich bis Kalifornien begleitet? << doch sie antworteten mit einem klaren Kopfschütteln und wandten sich untereinander zu. Es fiel ihr sehr schwer das Flüstern zu verstehen doch es gelang ihr.

>> Sicher? Das kann nicht sein, in der Gegend gibt es doch nichts mehr außer das kleine Indianerdorf- es kann keinen einzelnen Mann geben der solch eine Katastrophe für sich allein überlebt. << sagte einer und das Wort wandere zum nächsten.

>>Ja, dort ist „Nichts" mehr. Es gibt dort keine einzige lebende Menschenseele mehr- es ist nahezu unmöglich das sie dort jemanden getroffen hat! <<

>> Sehr ungewöhnlich. <<

Doch Jansha unterbrach sie abrupt und auch unfreundlich. Doch selten hatte es Leute gegeben die sie mehr nervten als diese

Speichellecker die allesamt nach der Pfeife eines Einzelnen handelten. Sie hatte Spencer kennengelernt, egal ob es wirklich möglich war oder nicht, … auf jeden Fall hatten diese ihn nicht gesehen. Noch immer konnte sie die abwertende Wortschlacht zwischen Bruder und Arzt verfolgen, doch wollte sie das gar nicht.

>> Glauben sie das sie mir irgendwie helfen können? << fragte sie nun ganz ungeniert und die Massen an Männern starrten sich erneut fragend gegenseitig an. Es dauerte eine ganze Weile ehe jemand dazu ansetzte zu antworten.

>> Nein, … ganz ehrlich gesagt, aber es ist interessant das die Keime aufgehört haben zu arbeiten und fast komplett in deinem Organismus verschwunden sind als du unsere magischen Steine passiert hast, … daran kommen auch diese Zombies nicht vorbei! << sagte einer, doch Jansha war mit ihren Gedanken hängen geblieben und zwar bei den verschwörerischen Worten, Magische Steine. Das hatte sie schon einmal gehört.

>> Magische Steine? … Und diese bewachen eure Insel, oder was? <<

>> Erstaunlich aber wahr, Lagnaja Labata ist keine Insel müsst ihr wissen, wir sind ein heiliger Bund, eine Ordensgemeinschaft. Labata existiert nunmehr seit mehr als fünfhundert Jahren und bewacht sowohl das Stück Land auf dem wir uns befinden, als auch die dazugehörigen, gesegneten Steine, … seitdem sie dort platziert wurden, wurden sie keinen Millimeter mehr bewegt und niemand hat es jemand gewagt einen wegzunehmen. Es schützt uns vor dem Einfluss dieser üblen Kreaturen und verhindert die Mutation in ihren Genen. Das sie einen von denen werden, zumindest bis jetzt. << der Mann hatte einen langen Bart und trug ihn zu einem geflochtenem Schwänzchen zusammengebunden, welches durch die Gegend wischte wie ein Scheibenwischer während er sprach. Doch seine Erklärungen erschienen ihr plausibel und sie genoss den frischen Hauch Luft auf Lagnaja Labata, sowie das

Aufschlagen des Wellengangs auf den Klippen die um die Insel ragten wie ein natürlicher Schutzwall. Sodass die Insel aus dem Himmel bestimmt so aussehen würde wie eine festliche Krone, … inmitten von Trümmern und qualmender Asche. Doch *konnten* die Zombies die Steine nicht passieren wie bei einem Schild oder besaßen sie auch genug Verstand um nicht in den eigenen Tod zu laufen? Würden sie sich vielleicht sogar zurückverwandeln zu Menschen wenn sie es täten?

>> Das heißt ich bleibe hier und entweder ich unterziehe mich eurem Versuch und sterbe dabei für ein Heilmittel oder ich werde hier auf ewig festsitzen weil mich die Krankheit sonst auf Dauer auffressen wird? Ist das richtig? … Einen Stein mitzunehmen ist wohl keine Alternative, oder? << sie versuchte die Angelegenheit aufzulockern, doch gerade als sie diesen Satz beendet hatte, waren auch Vadegoon und *Dr. Priester* dazu getreten und starrten sie verheißungsvoll an. Schien so als hätten auch diese Beiden sie belauscht.

Doch sie war sich nicht ganz klar was welche Aussage für sie selbst bedeuten würde oder für ihr Erbe, … wer welche Entscheidung von ihr erwartete und was sie selbst mit den Konsequenzen anzufangen wüsste wenn es einst geschehen wäre?

>> Du ziehst nicht ernsthaft in Betracht dich ausnehmen zu lassen, oder Sha? Und dabei ist es egal ob du einfach hier bleibst und dein Leben absitzt oder ob du dich gleich zur Verfügung stellst dieses lächerliche Experiment durchzuführen, … sie werden dich dazu missbrauchen und wenn sie dich im Schlaf aus dem Bett zerren müssen! Das sage ich dir. <<

Jansha gab ihm insofern recht das es immer welche unter den Mönchen geben würde die diese, für die einzige Möglichkeit halten würden, doch nicht alle, sie hatte sogar schon Beweise dafür gesehen und gesprochen, doch wer hinderte die Übermacht daran sie zu zwingen?

Andererseits wäre sie in Labata gefangen wenn sie es nicht täte und das missfiel ihr noch mehr als vermutlich sinnlos zu sterben, … sie war eine Frau von Welt, gemacht für Abenteuer rund um die ganze Welt und dabei hatte sie nie daran gedacht das ihr vielleicht genau dies einst das Leben kosten würde! Jetzt war es vielleicht so weit gekommen?

>> Ich weiß es nicht, ehrlich gesagt! Ich hatte mir etwas anderes von diesem Ort erhofft um ganz ehrlich zu sein. Ich bin überwältigt und … wirklich niedergeschlagen. << es war für sie immer leichter ihre tiefsten Emotionen einfach auszudrücken und dabei keine Miene zu verziehen, wenn sie nämlich nie etwas gesagt hätte, dann wäre sie vermutlich mittlerweile längst tot und vielleicht wäre sie niemals auf Spencer getroffen, der sie bis hierher gebracht hatte und noch wie ein echter Gentleman oder Held agiert hatte, nicht so voller, … Selbstverwirklichung und eigenen Nutzen.

>> Sha, … ich sage es nicht gern, aber ich denke ich kenne den Grund warum Gannamethek uns zusammengeführt hat … wir müssen zurück nach Arizona. Zurück zum Dorf, Gannamethek wird uns helfen und zusammen mit den Erdgeistern und dem Medizinmann wird er dich heilen. … Oh Nein, der Medizinmann, Sha, … Caynor will ihn tot sehen und der Mann selbst ist ein Scharlatan. Wenn Caynor seinen teuflischen Plan bereits umgesetzt hat, dann … bist du verloren. << alles wirkte auf Jansha ein wie eine große Welle inmitten eines Orkans der sie an Land trieb, wo sie tief im Schlamassel stecken blieb ohne sich befreien zu können. Doch sie spürte auch Hoffnung, eine Bande zwischen Vadegoon und ihr selbst, … sie waren verbunden durch ein Band der Familie und Liebe!

Doch was war wenn Vadegoon Recht hatte und Caynor nach der Macht griff, … ihr Dorf im Chaos versank? Noch dazu war sie überrascht, Vadegoon wirkte oft wie eine Miesepeter und schien von den Traditionen der Yavapai im Generellen nicht allzu viel zu halten, doch scheinbar glaubte er selbst noch immer an die

Macht der Erdgeister, … guter Dämonen die nach dem Wohl der Yavbe blickten wenn sie deren Hilfe brauchten. Die Indianer glaubten das die Geister in den Bergen naheliegend dem Dorf alle Krankheiten heilen konnten und sich der Macht der gegnerischen Dämonen und schlechten Einflüssen entgegenstellten, doch davon war selbst Jansha nie zu hundert Prozent überzeugt gewesen.

>> Und woher weißt du das jetzt so plötzlich, hä? Ist dir das gerade erst eingefallen? Warum nicht bevor wir nach Labata aufgebrochen sind? << fragte sie irgendwie auch wegen dem Missmut den sie in sich spürte, wegen dem Zweifel der an ihrem noblen Herzen knabberte.

Doch sie kassierte nur einen besserwisserischen Blick ihres Bruders und einen Zeigefinger der ins glimmende Wasser deutete und auf etwas, dass Jansha noch nie gesehen hatte.

>> Das ist … unfassbar! << stammelte sie starr vor Entsetzen und Verwunderung zugleich, was eine wirkliche bizarre Mischung ausmachte und sie irgendwie sehr verwirrte.

>> Ich hab's doch gesagt. << hörte sie blass Vadegoons Stimme an ihrem Ohr, doch schenkte sie dem eigentlich keine große Beachtung. Das Meer um Lagnaja Labata herum wirkte nun klammer als zuvor. Es leuchtete nicht mehr so abnormal und gespenstisch. Es zeigte klare Zeichen von konditioneller Verbesserung und außerdem wies die Oberfläche einen großen Schwall an Federn auf die darauf schwammen. Federn aus Gannametheks Krone. So langweilig wie der Anblick auch für die Mönche sein sollte, ein paar langweilige Federn die auf dem Wasser schwammen, so euphorisch reagierten Sie und ihr Bruder darauf, denn das erklärte Ihr warum Vadegoon so plötzlich seine Meinung verändert hatte und nun doch zum Dorf zurückkehren wollte. Außerdem war sie froh dass Ihm seine Schwester mehr wert war als sein Ruf im Dorf, ein weiteres Indiz dafür dass sie verwandt waren, neben dem Familien internen Amulett.

Jansha war sich zwar immer noch nicht sicher bei dem Plan und schon gar nicht dabei die schützende Aura von Lagnaja Labata zu verlassen, doch konnte sie den Eifer in den brennenden Augen Vadegoons erkennen nach Hause zurück zu kehren und auch Jansha mochte nirgends anders, wenn es geschehen musste, sterben als zu Hause. Gefangen wie ein Tier auf einer Insel voller Verräter würde sie keine Ruhe mehr finden!

>> Bruder, ich glaube du hast Recht, Gannamethek hatte bisher immer Recht, das hat er jetzt auch, … außerdem müssen wir sein Leben retten, bevor Caynor ihn umbringt, wir haben keine andere Wahl. << Jansha dachte an den Wagen, an die Geschichten die sie zu Hause erzählen konnte, doch den verdutzten Gesichtern der Mönche konnte sie nicht ewig ausweichen. Sie hatten wohl eine andere Entscheidung erwartet, doch machten sie nicht die Anstalten sie zu halten die Jansha vielleicht erwartet hätte. Viel eher trat eine der wenigen Frauen nach vorn, sie war bereits ergraut und trug die Kapuze auf den Schultern. Sie trug die Haare sehr kurz und schmale Streifen die aussahen als wäre sie lange gefoltert worden, zierten ihr Gesicht. Aber eigentlich war Jansha egal was sie sagte, denn ihre Entscheidung hatte sie eigentlich bereits getroffen und das nicht nur weil sie sich heilen wollte, sondern auch weil sie ihrem Freund Caynor ins Gesicht sehen wollte wenn er ihr die Wahrheit offenbarte.

>> Aber die Armee der Mutierten steht vor unseren Toren und bereitet einen Angriff vor- wir können sie nicht einfach so zurückschlagen oder euch gehen lassen, … wir sind ja gerade eben froh das noch mehr Kulturen überdauert haben als wir. Euch in den Tod gehen zu lassen ohne mich dazu zu äußern, stelle ich mir grausam vor. << sagte sie und schaute entschlossen dabei in den Himmel der blau schimmernd über der Insel lag. Einer der vielen Männer mischte sich ein.

>> Ja, wir müssen die tödlichen Feinde erst einmal zurückschlagen. Sonst kommt ihr nicht zurück zum Dorf eurer

Ahnen- das müssen wir gemeinsam überdauern. Nur so bekommen wir alle was wir wollen. << zwar strengte Jansha ihren Kopf an um eine bessere Lösung dazu zu finden, doch schien sie keine zu finden und inmitten der ganzen Mönche wollte sie denen auch nicht noch eine weitere Bitte ausschlagen. Vadegoon schien einen ähnlichen Gedanken zu pflegen.

>> Tja, Sha. Ich glaube wir haben wohl keine Wahl als zu bleiben und die Feinde zurückzuschlagen um uns eine Schneise zu bahnen, … möge alles gut gehen, ich hoffe nur das es tatsächlich eine Chance gibt diesen Ansturm zu überleben. << meinte ihr Bruder und natürlich schürte er keine Zuversicht in seiner Schwester. Ihre einzige Chance ins Dorf zurückzukehren war der Kampf und sowohl sie als auch Vadegoon hatten gesehen wie viele Feinde im Begriff waren sich ihnen zu nähern, … sie hoffe nur das dazu ihre Kraft auch wirklich reichte, … und nickte dann entschlossen mit einem Griff ihres Zeigefingers an die zerstörerische Schneide ihrer kleinen Kriegs- Axt.

Kapitel 13

Brutale Gefühle der Hilflosigkeit überwältigten die junge Indianerin. Janshas Knie versagten ihr. Zwar hatte sie schon gejagt, doch mit dem Gefühl vor einer Schlacht war dies ihrer Ansicht nach überhaupt nicht zu vergleichen. Vor allem das sie nichts Lebendiges jagen würden, sondern viel eher die bereits erlegte Beute und bei dem Gedanken wusste sie nicht mehr so richtig was sie tun sollte. Wie sollte man nur einem bereits Verstorbenen noch das unheilige Leben nehmen?

Oder besiegen? Was würde diese Wesen aufhalten?

Ihre schwarze Mähne hatte die dreiundzwanzigjährige Indianerin zu einem Pferdeschwanz verbunden und ihre Axt glänzte ebenso auffällig wie ihre tiefroten Lippen.

Doch sie hatte nur noch Augen für Ihren Bruder neben sich und die schrecklichen Dinge die aus der Entfernung lauerten, sodass Jansha sich einbildete sie konnte bereits die funkelnden Augen hinter den vielen Berghängen erkennen. Wie sie Lagnaja Labata an funkelten und lauerten, … sich wohl fragten wie sie diese Steine überwinden konnten, doch noch konnten sie natürlich gar nicht wissen das dies nicht mehr wirklich nötig war, Labata lehnte sich nun auf. Wollte zurückschlagen.

Doch sie spürte nur den Regen, wie er ihr sanft das Gesicht streichelte und dabei herunterrann wie das Blut noch vor vielleicht einer Stunde. Wie es sie beruhigte das ihr Bruder nun dabei war und entspannt mit einem haarfeinen Werkzeug im Lauf eines Gewehrs herum puhlte und Dreck und Überreste vergangener Kämpfe daraus hervor brachte. Wie es schien war er mit solchen Waffen durchaus vertraut. Das Glück hatte sie bisher noch nicht kennengelernt.

>> Sei ganz entspannt, Sha. Ich bring uns hier schon irgendwie raus und wenn es das Letzte ist das ich tue. Wir wollen noch einmal nach Hause, unseren Namen reinwaschen und dich

zurück ins Leben holen, ... ab dann, gehört das Leben wieder uns und wir können zusammen leben, alles wird besser als jetzt, ... alles wird gut. << Jansha nickte und nahm die Worte wie einen kargen Schild in sich auf, doch sie spürte Vadegoons Zuneigung und seine Liebe für Jansha.

Mittlerweile war sie mehr als nur restlos davon überzeugt das dieser Mann alles war das Ihr geblieben war, dieser Mann war ihr Bruder und ein Teil ihres verbliebenen Lebens, egal wie die restlichen Dinge ausgingen. Vadegoon war ein liebevoller Mensch und hatte große Charakteristika, allem voran sein Mut und seine Entschlossenheit. Für sie stand er da mit seinem Gewehr wie der Fels in der Brandung, wie ihr persönlicher Held, und sie konnte nicht anders als alles zu glauben das er sagte und dabei hoffnungsvoll zu werden, selbst Kampfesmut zu entwickeln.

>> Ah, ich sehe dein Kampf Arm macht sich langsam warm, Schwesterchen. Gut so. <<

So war es natürlich nicht gewesen, doch Vadegoon gab ihr ein sehr gutes Gefühl und wischte die Schlechten und die Angst vor der Schlacht einfach weg. Seine Worte bewirkten beinahe magische Taten und ließen sie vom Dorf in Arizona träumen.

Es war beinahe schon urkomisch das sie immer von einem Ort zum anderen eilte nur um ihr eigenes Leben und das von Gannamethek zu retten.

>> Sie kommen! << Jansha konnte noch lange nicht alle Leute oder Stimmen Gesichter zuordnen doch die vernarbte Frau mit den kurzen Haaren hatte dies gerufen, so viel stand fest! Was hieß sie hatte die Angreifer als allererste gesehen.

Dann sah es auch Jansha auf Labata zurollen wie eine tödliche Welle, beschworen von einem dämonischen Satan. Die Mutanten tosten grölend von den Hängen hinunter auf den Strand, wo sie im Gänsemarsch nebeneinander etwas Zeit gutmachten, doch schon als sie die Hälfte des Strandes gefüllt hatten, konnte Jansha hinten heraus noch kein Ende der Truppen oder derer Verstärkung erkennen. Es war schon jetzt zum Verzweifeln, doch hatten sie natürlich die Magischen Steine die sie vor dem Angriff schützen würden. Unter dem Licht des dezenten Mondes glänzte jeder noch so kleine Tropfen als wäre er ein Kristall oder aus Eis, wie er dann letztlich zu Boden fiel und in den vielen, sich angesammelten Pfützen auf dem matschigen Grund, liegen blieb. Eine vergängliche Sache, so wie wohl alles, dachte sie sich, doch wollte sie die Gedanken die sie nun hatte mit niemandem mehr teilen. Sie würde für sich selbst in die Schlacht ziehen, ihr Leben zu retten, für Vadegoon, Spencer und ihr Dorf, all die Sachen die ihr heilig geworden waren über die Jahre die sie ihr Leben bereits praktizierte. Doch nicht für Lagnaja Labata so wie die sturen Verteidiger, die entschlossen der nahenden Gefahr entgegenblickten.

Zu Beginn ihrer Reise hätte sie sich selbst belogen, sich gesagt das sie diesen Leuten gern half, doch in diesen hatte sie etwas ganz anderes gefunden als sie es erwartet hatte, nicht einer von Ihnen hatte seinen Namen genannt, nicht einer von ihnen hatte um ihrer oder seiner Willen mit Jansha gesprochen, nur wegen der Möglichkeit die sie dem Orden darbot durch ihre Krankheit, auch die Netteren!

Das verletzte sie sehr, doch hoffte sie inständig dass sie es gewohnt waren die Zombies noch mehr zu verletzen. Ansonsten würde das wohl einer ihrer letzten Tage werden!

>> Es geht los! << erschütterte eine ihr völlig unbekannte Stimme ihr Ohr von hinten aus und ließ so wohl den Befehl los um den Gegenangriff zu starten.

Schwere Explosionen und Getrommel, Knalle, zerrissen die friedliche Stille auf einen Schlag und Jansha hatte beinahe das Gefühl das das Sperrfeuer sie von den Füßen riss, doch rasten all die Geschosse an ihr vorbei in die Körper der Mutanten hinein. Die Wirkung war wirklich beeindruckend.

Die Körperteile die direkt getroffen wurden explodierten und schleuderten die zerstörten Mutanten zu Boden, … doch Jansha hoffte das dies nicht auch mit ihr geschah! Ernsthaft! Doch Krieg würde niemals ihr Handwerk werden, wenn sie sich das hier genau ansah. Die erste Reihe wurde zwar relativ schnell zerdeppert aber Jansha musste immer mal wieder merken das sich die Truppen zur Verstärkung hinter den großen Bergen aufreihten und nachrückten wann Platz wurde, … gerade auf der engen und Steg artigen Steinbrücke die übers Wasser auf die Insel führte und knapp Platz für zwei Leute nebeneinander auftat. Das war zu wenig und ein taktischer Vorteil für die Alliierten auf Labata. Es machte es einfach die Insel zu verteidigen wie sie war, vor allem wenn die Monster vor den Steinen stecken blieben und nicht wussten was zu tun war, doch … Jansha kam der unberechenbare Plan in den Kopf sich und Vadegoon einfach einen der Steine mitzunehmen, … sie besaßen solche Macht! Ebenso wollten sie ja auch Jansha missbrauchen für ihre Tests und wahrscheinlich würden der Konstruktion zwei Steine weniger gar nicht auffallen und sie könnten ungestört zurück zum Dorf, geschweige denn das ihr Heiliger Stein sie dann auf ewig vor der Krankheit schützen würde wie ein Schutzschild gegen Viren.

Durfte sie das?

Ihr Blick wanderte umher zwischen den Angreifern und den Steinen, die rund um Lagnaja Labata auf der ganzen Insel verteilt lagen und hoffnungsvolle Lichter gen Himmel ausstoben wie Taschenlampen die man in den Boden gesteckt hatte.

Vadegoon schien das zu bemerken.

>> Das können wir nicht tun, Sha. Wir würden eine der wenigen menschlichen Enklaven zerstören und würden das Dorf unserer Familie zum Angriffsziel der Monster machen, … wir *können* uns nicht verteidigen! Das Dorf weiß nichts von den Wesen die auf diesen Landen streifen, doch diese Mutanten wissen alles … jeder einzelne von Ihnen ist verbunden mit dem kollektiven Netzwerk das ihr Wissen darstellt, … ich habe oft genug gesehen wie sie Leute mit ihrer Überzahl zum Aufgeben oder

ausrasten bewegt haben. Panik, Angst, Massenkontrolle, … das sind ihre Waffen, aber wir müssen stark bleiben, Sha. << er wirkte immer noch sehr entspannt doch Jansha könnte niemandem sagen wie sie sich fühlte, dazu war sie zu aufgeregt. Die Schlacht machte ihr Angst und war noch nicht einmal angefangen, ihre Beine zitterten wie sonst nur bei fünfzehn Grad Celsius in Arizona, womit es dann wirklich sehr kalt dort war.

>> Du hast ja Recht. << ihre Antwort war knapp doch verfehlten solche klaren Worte nur selten die Wirkung und so auch dieses Mal nicht, denn Vadegoon wusste das sie diese Steine weder nehmen, noch missbrauchen würde, so gut kannten sie sich bereits jetzt und so gut oder besser wollten sie sich auch weiter kennenlernen.

Gerade als wieder die Mönchs Frau mit der geschorenen Platte zum Angriffsbefehl ausholte, und ihr hübsches Gesicht dabei in eine todbringende Fratze verwandelte, stürmten die ersten Mönche durch den Kugelhagel in den Nahkampf gegen die Zombies, dem sich Jansha auf der Stelle anschloss, … auf einer Stelle zu stehen war noch niemals ihre Stärke gewesen.

>> Jansha NEIN, Warte! << rief ihr Vadegoon noch hinterher doch konnte dieser doch nicht ernsthaft verlangen das sie sich aus allem zurückhielt und genoss wie die anderen ihr den Weg freimachten?

So war sie einfach nicht!

Ihre Axt voran rannte sie los und stürmte dem ersten Zombies so nahe das dieser direkt ihre Schneide zu schmecken bekommen hatte, noch bevor sie das überhaupt beabsichtigt hatte. Viele der Mönche direkt um sich herum, die sie bei dem Angriff noch eingeholt hatte um sich ihnen anzuschließen. Eine kleine elegante Drehung hielt ihr den nächsten vom Leib und rammte ebenfalls die Steinaxt in einen Hals. Doch ihre Füße trugen sie darüber hinaus und zwar sehr schnell:

Ihre Knie sehr hoch nehmend näherte sie sich dem nächsten Gegner und es war leichter diese zu besiegen, da sie nur mit ihren Händen oder Zähnen, Gesichtern, Füßen und so weiter zurückschlagen konnten, und diese zertrennte sie mit ihrer Axt mit reichlicher Leichtigkeit. So wie sie diese Kreaturen auch aufhielt. Sie waren weniger angsteinflößend wenn man sich ihnen stellte, doch hätte sie sich das in einer anderen Situation niemals getraut. Doch hier hing alles davon ab, von der einen Sache das sie und Vadegoon es lebend von hier weg schafften!

Der Schlamm fraß die Absätze ihrer Sandalen und zog sie etwas tiefer in die Erde, machte sie langsamer, doch stoppen konnte sie das nicht, als sie die Axt im nächsten Gegner versenkte, … einen Schuss hörte und dieser einen Kau fertigen weiteren Zombie erlegte der sich an sie herangeschlichen zu haben schien, … Vadegoon lächelte ihr entgegen.

Sie grinste zurück, … doch genau dann geschah etwas, das eigentlich nicht hätte passieren dürfen, oder war ihre Krankheit schlimmer geworden und hatte sich auch in Lagnaja Labata weiter ausgebreitet, nur klang heimlich? Sie brach in sich zusammen und sackte wie ein Gartenstuhl zu Boden.

Die rabenschwarze Nacht vor ihren Augen war mit nichts zu vergleichen was sie jemals gesehen, oder eben nicht gesehen hatte und versetzte sie augenblicklich in eine Situation der Panik. Ihre zitternden Hände ließen die Axt zu Boden gleiten und sofort fragte sie sich wie bei einem Hirngespinst wieso es nur immer sie war der solche Dinge geschahen, doch sie war mit Abstand nicht die einzige, sondern alle Mann die auf sie zustürmten ohne ein Wörtchen dabei mitreden zu können, zumindest hoffte sie das immer.

Doch was war wohl wenn jeder der Ihren das aus eigenem Antrieb tat, würde sie dann auch plötzlich Vadegoon umbringen?

Ohne Axt in der Hand ihr eigenes Leben verteidigend schlug Jansha mit der letzten verbleibenden Kraft in ihren, von Krämpfen geplagten Armen, wirr und wild um sich und bemerkte am Kontakt das sie sich einige der hungrigen Biester vom Leib hielt und das mit erstaunlichem Erfolg, doch hörte sie am Schlitzen und Beben auch das einige der Mönche ihr halfen sich Raum zu verschaffen und dabei ebenso erfolgreich waren. Als sie jedoch eine Woge überkam und sie den Schüttelfrost, der ihre Haut abkühlte und ihre Pupillen zusammenzog, nicht mehr abwerfen konnte, … versank die Welt für sie mit einem weiteren und letzten, sehr lauten Knall, der sich neben ihr wie eine gewaltige Explosion anfühlte und sie zu Boden rang.

Und sie in eine tiefe Ohnmacht riss die ihr endlich den Schmerz von den Schultern der Last riss und sie der gewaltigen Ebene des Nichts überließ ….

Kapitel 14

Trüb und langsam öffneten sich ihre Augen wieder, aber nur vorsichtig. Karg und beinahe steril war alles was sie sah und dabei unterlegt von einem Geruch den sie nur zu gut kannte, … Ihr Dorf?

War sie etwa tot?

Noch vor wenigen Augenblicken war sie in Lagnaja Labata gewesen und hatte sich dort einen Streit geliefert, war enttäuscht wegen der ach so *noblen* Menschen gewesen die den Krieg überlebt hatten und nun … im Dorf ihres Yavbe Stammes? Unmöglich!

Sie spürte bereits jetzt dichte warme Luft, sie zirkulierte um sie herum und sie könnte schwören ihre Augen würden flimmern wenn sie denn offen wären! So heiß war es.

Doch so heiß war es nicht in Kalifornien, schon gar nicht Wüsten warm, … dennoch blieb sie bei ihrer stillen Meinung das Lagnaja Labata nicht das war, für das sie es gehalten hatte, Heilige Insel? Sie konnte nur ein unsichtbares Lächeln auf ihr Gesicht legen. In ihren Augen waren diese Leute Nutznießer und Feiglinge, versteckten sich in ihrer Zuflucht während die ganze Welt starb … und profitierten von dem Wissen ihrer Ahnen, jenen die den Orden gegründet hatten! So etwas ist nicht heilig und hatte auch nichts mit der nötigen Autokratie zu tun um sie überzeugen zu können, es war in ihrer Sicht eigentlich fast ziemlich jämmerlich.

Doch um ihren Körper herum tat sich etwas, bildlich gesprochen lüftete sich ein Schleier der lange Zeit ihre Sinne benebelt und ihre Entscheidungen beeinflusst hatte und sie spürte die Anwesenheit von … Gannamethek, von Gannamethek! Ihrem Headmaster.

War sie wirklich im Dorf?

Überhastet setzte sie sich auf und machte die Augen auf, doch wurde ihr schwindelig davon weil sie alles viel zu freudig und schnell getan hatte, viel zu unbedacht! Doch damit konnte sie gut leben, denn sie war einfach froh zu Hause zu sein, nicht das am Ende alles eine wilde Abenteuerfahrt in ihren Gedanken gewesen war und sie sich im Wald mal kräftig ausgeschlafen hatte? Oder an einer giftigen Strauch Beere halluzinierte?

Der Schwindel verging rasend schnell wieder und benebelte sie nicht für länger als einige Sekunden, doch in diesen wurde ihr bereits staunend klar, dass sie all dies wirklich erlebt und es offensichtlich auch relativ unbeschadet überlebt hatte.

Sie erkannte Vadegoon, er trug eine neue Tracht und einen Federschmuck im feisten Haar, einen dichten roten Umhang über den Schultern und dem Rücken. Er sah zum zweiten Mal seitdem sie ihn kannte wirklich glücklich aus, fast so, als er erfahren hatte wer sie eigentlich gewesen war nachdem sie sich begegneten! Seine sich sorgende Hand umschmeichelte die Ihre und streichelte mit seinem rechten Daumen, an dem er einen dicken Ring trug, ihren Handrücken. Er sorgte dafür dass es ihr besser ging. Der Raum an sich war karg und letztlich stand nur eine Ledertruhe innerhalb die vermutlich mit Mullbinden oder anderem Verbandszeug gefüllt war.

Neben Vadegoon stand Rathongeda.

Es war die Geliebte des Häuptlings und die Vorgesetzte Näherin des Dorfes. Sie lachte zufrieden wodurch ihr runzeliges Gesicht die Optik einer schaurigen Voodoo Puppe annahm doch war sie wesentlich netter als sie vielleicht aussah. Ihr Körper zitterte vor Besorgnis und die Lippen bebten während sie zu sprechen begann und als erste die Stille durchbrach wie ein Helikopter mit seinen lauten Rotorblättern.

>> Es geht der Familie also gut, … meiner Familie. Jansha, wir haben uns alle solche Sorgen um dich gemacht, wo warst du nur? Wie hat es dich in die Krisengebiete gezogen? << fragte sie doch Jansha wollte darauf nicht ehrlich antworten, sie schämte sich für alles, einiges, das sie getan hatte:

Die leichtfertigen Bündnisse, die Abreise ohne bescheid zu geben, das kurzzeitige Ablegen ihrer Traditionen und auch den Abend den sie mit Spencer verbracht hatte, all dies waren Dinge die Gannamethek wusste oder herausfinden konnte, … Jansha behagte das nicht doch komischerweise fühlte sie sich nur in der Nähe des Headmasters wirklich wohl. So gab sie eine diplomatische Antwort.

>> Ich bin krank geworden und wollte mich in Lagnaja Labata heilen lassen, … einer Insel vor der Küste …. << begann sie doch Rathongeda schloss den Satz erschrocken und mit geweiteten Augen für sie ab.

>> … von Kalifornien. Das Lagnaja Labata, der Zirkel, … Alchemisten und Taugenichtse. Gannamethek hatte einst mit denen zu tun, wir kennen sie. Wir hätten dich davor gewarnt diesen einen Besuch abzustatten. Wir hätten dich vor diesem schlechten Urteil gewarnt, Schätzchen. << liebevoll legte sie ihre lastende Hand auf Janshas schwachen Schultern ab und ließ sie wieder hinunter gleiten. Zwar hatte es der Indianischen Schönheit nicht viel ausgemacht, doch wie es schien war Rathongeda mit dem Sprechen noch nicht ganz fertig.

>> Dein Bruder hat dich hergebracht, du lagst im Sterben und warst ohne klares Bewusstsein. … Das brachte euch Beide zurück nach Hause, das ihr nun zu schätzen gelernt haben solltet! Lagnaja Labata liegt hinter euch und ihr habt euch wieder erwarten für den Heimweg entschieden und den Kult hinter euch gelassen, was uns von eurer beider Weisheit überzeugt. << sie klang monoton doch wusste Jansha das sie innerlich aufgeregt war, das sie kochte und hochemotionale Dinge in der Frau vorgingen. Sie nickte und lächelte die Frau herzhaft an, was ihr selbst irgendwie auch ein warmes Gefühl spendete.

>> Belphegor, … Rathongeda- ich wollte es schon früher gesagt haben, doch Gannamethek wollte jedes Detail aus meinem Mund, meine ganze Reise. Derjenige der Sha vergiftet und die

Welt ins Chaos gestürzt hatte, … derjenige der unsere Wälder so gefährlich macht, Belphegor. << Jansha erstarrte zu einer bewegungslosen Skulptur die nicht einmal mehr mit den Augen blinzelte. Dämon der Finsternis, der Indianische Höllenbote und der Geist der Verlockung und Sünde?

Dieser Belphegor?

Während das Eiswasser noch immer ihren Rücken herunterkullerte, gewann sie mehr und mehr das Gefühl das Rathongeda und sogar ihr eigener Bruder vergessen hatten, das sie sich noch im selben Raum mit Ihnen befand. Der Blickwechsel zwischen Ihnen war sehr intensiv, brutal.

>> Belphegor? … Das ist schlimmer als wir alle erwartet haben. Wissen wir wonach es ihm verlangt? << Jansha konnte die bangen Blicke bemerken die die Beiden austauschten doch schienen sie nicht wirklich einen echten Gedanken zu haben was der Bote der Hölle begehren konnte, sie genauso wenig, ihre Bildung über den Geister Lord war nicht allzu großartig.

>> Wovon redet ihr beide da? << fragte sie perplex und frei heraus, woraufhin Rathongeda aufgeregt das Zelt verließ und sich schnaubend und prustend davon distanzierte. Vadegoon drehte sich ihr zu und warf ihr einen verständnisvollen, aber auch Mitleid artigen, Blick zu. Sie ahnte dass etwas Schlimmes folgen würde!

>> Ich habe die Pläne von Belphegor vereitelt, zumindest einen Teil davon … in meiner Zeit in den Wäldern hatte ich viele Gespräche mit den Erdgeistern und ich wusste das er irgendwann auf der Erde wandeln wird, doch wusste ich nicht wo drauf ich warten musste? … Jetzt weiß ich es … nur ein bisschen zu spät. << ein verdrießliches Lächeln zeigte sich auf seinen Zügen, welches Schmerz wieder spiegelte. Das konnte sie ihm ansehen, bereits nach so kurzer Zeit die sie sich jetzt kannten, seine Augen allein sprachen von der Trauer tausender starker Männer. Jansha nahm ihn in den Arm und streichelte seine Rücken mit beiden Händen.

>> Welche Pläne? <<

>> Du hattest eine Gehirnwäsche, Sha. Der Antrieb nach Lagnaja Labata gehen zu müssen, wo du dich doch sonst nur Gannamethek anvertraust, … er hätte dich genauso gut heilen können, … die Beziehung zu diesem wildfremden Ibrahim Spencer. Und genau das brachte mich auf den Gedanken. << er munkelte hinter geschlossenen Lippen und spielte Wartespielchen mit Ihr, doch Jansha wusste längst worauf das für sie hinauslief.

>> Ach darum geht es also? Spencer … dachte ich's mir doch! Du mochtest ihn von Anfang an nicht und wolltest ihn loswerden, … deswegen ist er auch verschwunden! Weil du mein Bruder bist und er uns nicht im Wege stehen wollte. Weil er ein besserer Mensch war als du es je für mich gewesen bist, … du bist ja nicht einmal dagewesen für mich, als ich dich brauchte! Ich war diejenige mit den Killer Eltern die von jedem nur wegen ihres guten Aussehens respektiert wurde, … das war wirklich toll, ich danke dir für meine Kindheit. << sie drehte sich wutentbrannt um und würdigte ihn keines Blickes mehr, doch erstaunlicherweise geschah es das sie von Vadegoon keinerlei Beschwerden hören konnte oder etwas in dieser Art wie es die junge Frau erwartet hätte! Er ließ ein erstaunlich charmantes Lächeln ertönen und legte die Arme um sie wie einen edlen Stoff der sie zufriedenstellte. Seine Berührung fühlte sich in diesem Augenblick so richtig an, wie sie es noch nie zuvor in ihrem Leben erlebt hatte. Das Zeltinnere schien um sie herum zu zerfallen und sie bekam das Gefühl nur mit Vadegoon allein auf der Welt zu sein, der sie zu sich umdrehte und sie ernsthaft anblickte.

>> Ich weiß das ich kein guter Bruder für dich war, Sha, ich hätte dich beschützen müssen, … ich hätte die Ehre viel früher wieder herstellen müssen, aber durch harte Arbeit und große Erfolge, … wie du sie erbracht hast, soweit ich von Rathongeda gehört habe! Begabte Schneiderin, Abenteurerin und Jägerin

zugleich, das hätte selbst Vater nicht geschafft. Und glaub mir, dass will was heißen. << grinste er und zog Jansha näher zu sich.

>> Aber es wird noch schlimmer für dich, … Spencer ist abgehauen weil er, … nun ja, er ist Belphegor! Deswegen ist er gegangen als wir Labata schon nahe genug waren, weil er nicht in die Stadt reinkonnte, deswegen war er sofort zur Stelle als du Hilfe brauchtest und deswegen war er immer der Mann den du gerade brauchtest. Als du dein Schäferstündchen mit ihm gehalten hast, hat er dich infiziert, … ich weiß nur noch nicht wieso? << doch Jansha fiel es schwer das Wort ihres Bruders auch weiterhin zu verstehen, so viele Gedanken rasten in ihrem Schädel umher, liefen Amok der übelsten Sorte. Sie fühlte sich leer und missbraucht, … doch obwohl sie die Logik und die Wahrheit in Vadegoon sehen konnte, konnte sie es trotzdem noch irgendwie nicht glauben, dabei würde alles zusammenpassen.

>> Das kann doch nicht sein, oder? Wieso ich und warum? Was könnte dieser … Belphegor von mir wollen, Vadegoon? … Es kann doch nicht Spencer sein, unmöglich. << sie wartete vergebens auf eine Antwort doch hatte ihr Bruder ihr bereits gesagt das er keine Vermutungen besaß was das anging, doch wer sonst konnte schon der wandelnde Belphegor sein, wie die Erdgeister es angekündigt hatten, … wenn nicht Spencer, ein völlig Fremder aus der Pampa in der es keine lebendigen Menschen mehr geben durfte, … und wohl auch nicht gab! Vadegoon gab sich einen Ruck.

>> Es tut mir leid, altes Mädchen. … Aber sei froh über das was du bisher getan hast, du brauchst dich nicht schämen. Die Waldgeister haben mir Geschichten und Epen über heldenhafte Nachkommen *skandalöser* Eltern erzählt die gegen die Unterdrückung der Anderen die Vorurteile schlugen und der Welt neue Möglichkeiten eröffneten, … alles besser machten als es vorher war, ich dachte lange Zeit sie würden mich meinen. …

Aber das war ein Irrtum, ich wüsste niemanden auf den diese Beschreibung besser passen würde als bei dir, Sha. << sie genoss den Moment, auch wenn Vadegoon ihr vieles eröffnet hatte das sie vielleicht lieber gar nicht erst gewusst hätte. Doch sie musste es ja wissen und glauben musste sie es ja auch! Denn es stimmte, die Geschichte passte, auch wenn sie nicht genau wusste welche Rolle ausgerechnet sie selbst darin spielte, was ihr die meiste Sorge bereitete. Oder was genau Belphegor Spencer mit ihr vorhatte, warum er niemals etwas erwähnt hatte was sie für ihn hatte erledigen sollen? Außerdem fand sie es gemein das Vadegoon ihre Eltern noch immer als Mörder zu bezeichnen schien, wo doch mindestens sie Beide es besser wussten.

>> Übrigens, *ich* habe *unseren* Namen rein gewaschen, alle wissen jetzt was für ein Typ Caynor in Wirklichkeit ist, ich kam rechtzeitig mit dir hier an um Gannametheks Leben zu retten, doch euer Medizinmann wurde bereits von eurem heißgeliebten Caynor brutal erstochen. … Im Augenblick sucht Gannamethek nach einer Lösung für deine Infizierung. Er ist optimistisch. << hörte sie Vadegoon sagen und dachte noch im gleichen Augenblick in dem sie ihrem Bruder antwortete, darüber nach was wohl aus Caynor geworden war und begann im Kopf bereits eine Frage zu formen.

>> Das hört man sehr gerne, optimistisch …. << antwortete sie und wurde plötzlich unterbrochen.

>> FEUER!!!! <<

>> Es brennt! << rief eine Frau und darauf folgte der tiefe Schrei eines großen Mannes.

>> Hilfe, meine Mutter ist noch da drin! <<

>> Wieso nur, ich hatte gerade meine Blumen gegossen! << rief eine weitere Stimme die Jansha nicht zuordnen konnte. Doch noch eine weitere ertönte der Jansha auf der Stelle Recht gegeben hätte.

>> Wir brauchen Gannamethek, … der kann uns alle beschützen! Ich weiß es. << rief sie und Jansha spürte ebenfalls ein gewisses Gefühl der Sicherheit in sich anwachsen.

Jedoch zuckten Jansha und Vadegoon zusammen und schauten sich nur allzu verdrießlich an. Unwillkürlich, dabei hatten sie keinerlei Wahl, auch wenn Jansha vermutete das etwas viel, viel schlimmeres und verheerenderes dahinter steckte als ein ganz normales Feuer- der Fürst des Höllen Tores höchstpersönlich … Spencer, alias Belphegor.

Der Bote ihres persönlichen Todes und der Scharfrichter und Vollstrecker in einer grauenvollen Persönlichkeit vereint … nicht gerade der Typ den Jansha gerade sehen wollte.

Kapitel 15

Neutralität gab es nun nicht mehr, spätestens seit dem Zeitpunkt das sie sah das ihr Feind bereit war alles zu zerstören was ihr wichtig war, … und sie wusste nicht einmal weswegen? Als eine Art Feuergeist wütete der verrückte und ihr einst so vertraute Spencer über die Lande ihrer Geburt und verwüstete alles was sich ihm darbot oder entgegenstellte. Noch immer konnte sie es nicht so recht glauben, doch wusste sie in sich drin nicht, ob sie was das anging wirklich eine Wahl hatte? War ihr lieber Freund Spencer die ganze Zeit eine lästige Klette gewesen und in Wirklichkeit noch viel mehr, … so viel mehr? Der Mann mit dem sie eine Leidensgeschichte geteilt hatte, der Mann mit dem sie ihr Leben geteilt hatte … Belphegor persönlich?

Doch warum war er so nett gewesen, was hatte ihn dazu bewegt … welchen Nutzen erfüllte sie für Ihn? Hatte sie seinen Auftrag bereits erledigt oder warum war er so schnell verschwunden? Lag es an Vadegoon? Weil er es wusste, durch die Erdgeister, vielleicht versuchten diese sein Teufelswerk aufzuhalten?

Hatten sie ihn für diesen Kampf etwa gerüstet? … Janshas Kopf drohte Schmerz verursachend zu explodieren während sie nach vollständiger Konzentration rang. Doch es fiel ihr nicht leicht, schon gar nicht mit all der schmälernden Hitze um sich herum die sie in Arizona Heim begrüßt hatte, wie sie es immer tat. Mit glatten vierzig Grad Celsius die ihre Schweißporen auf Hochtouren arbeiten ließen, … unnötig zu erwähnen der Einfluss des Feuersturms der aufs Dorf zu wütete wie eine Flutwelle.

Nur wäre diese ihr viel lieber gewesen!

Mit nur einem Schritt nach vorn trat sie ins gleißende und Haut versengende Licht, die sonst angenehmen Strahlen verbrannten ihre Hautschichten fast alle auf einen Schlag und ließen sie am

Rande der Ohnmacht zurück, an dem sie kaum noch ihre Gedanken beisammen halten konnte ohne durchzudrehen.

>> Sha, ruhig Blut. Umso mehr du darüber nachdenkst, desto wärmer wird es, außerdem befürchte ich das wir ganz andere Probleme haben mit denen wir uns beschäftigen sollten, ehe es das Dorf Vergangenheit ist … und das es bis auf die Grundfesten verbrennt kann wirklich auch nicht das Ziel unserer Rückkehr sein. … Ist ja nicht so als hätten wir den Höllen artigen Typen mitgebracht, oder so. << Vadegoon griff nach einem Speer der in einem hölzernen Schränkchen direkt neben ihm im Schatten des Zeltes stand und seine Spitze auch Jansha die ganze Zeit entgegen geschimmert hatte. Inmitten des Flammenmeers, welches einfach züngelnd aus dem Erdreich aufzusteigen schien, war jedoch nichts von einer Körperschaft oder einem direkten Gegner zu erkennen, dem sie die Spitzwaffe entgegenhalten oder damit bewerfen könnten ….

>> Wir haben ihn hergeführt, vermutlich fort von Lagnaja Labata wo der Dämon eh nichts ausrichten konnte. … Jetzt haben wir die Yavapai preisgegeben um mein Leben zu retten, … Ironie des Lebens oder mit einfachen Worten, einfach, Mist. So eine Scheiße. << auch Jansha nahm in einem naheliegenden Schatten Schutz suchend Platz ein und griff nach einer Waffe, doch nur Pfeil, Bogen und ein großer schimmernder Schild waren Griff parat und Jansha entschied sich gleich für alles drei, wer wusste schon wofür man das gebrauchen konnte, dachte sie sich zu diesem Zeitpunkt.

>> Du bist zu sehr beladen, Schwesterchen, manchmal ist weniger mehr. Das solltest du bisher gelernt haben. << Vadegoon stellte sich auf und schien Mut gefasst zu haben um sich einen ersten Feindkontakt zu überlegen, Janshas Gedanken in diesen Momenten gehörten Gannamethek, was würde nur aus dem alten Mann und seiner Natur werden? Er tat ihr so leid und … außerdem war er vermutlich ihre letzte Hoffnung auf Heilung, bevor auch sie sterben musste!

Eigentlich war es in diesem Zeitpunkt eh nur eine Frage der Zeit wann sie das Zeitliche segnen würde.

Sie folgte Vadegoon, sowohl seinen Schritten, als auch seinen keuchenden Worten die sie in Bewegung eigentlich kaum verstehen konnte.

>> … wir müssen diesen Feuergeist aufhalten, wir sind die einzigen Yavbe die überhaupt Ahnung von der Außenwelt haben und vielleicht die Chance besitzen ihn aufzuhalten. Dazu brauchen wir aber erst einmal einen guten Plan und auf jeden Fall auch Zeit, … die erkaufen wir uns als erstes indem wie die vielen Zivilisten retten, … unsere Brüder und Schwestern. << Vadegoon schien es sehr gut zu gehen, Jansha konnte sogar einen Anflug Patriotismus erkennen, der den jungen Mann ergriff weil er *sein Volk* in Not sah und ihnen gern helfen wollte. Seine Einstellung war lobenswert und er schien sich auch nicht durch Furcht oder die Hitze zurückschrecken zu lassen. Mit jedem Schritt wirbelte die Frau Staubwolken von dem wüstenartigen Boden auf.

>> Retten? Gut, aber wie willst du das anstellen? Ist ja nicht so dass wir den Feuermann persönlich kennen und seine Kontrolle vernichten indem wir uns als Köder anstellen ihn abzulenken …. << noch war ihr nicht klar dass sie etwas ungeheuer Dummes gesagt haben musste, erst wenige Sekunden später in denen Vadegoon sie anlächelte.

>> Ich kenne da einen bestimmten Jemand der diesen *Mann* sogar ziemlich gut kennt, … mehr als ein Bruder sich das wünscht. Viel näher. << Jansha wusste es, sie hatte nur auf diese Anspielung gewartet doch kam sie nicht darum herum zuzugeben das Vadegoon vermutlich sogar recht hatte. Sie wusste das sie es mit Spencer vielleicht etwas zu weit getrieben hatte, zu früh, doch hoffte sie das es auch nachvollziehbar war, sie war völlig allein gewesen und hatte gedacht sie beide wären die einzigen Menschen auf dem Erdball Jenseits des Indianer Dorfes?

Ihr Selbsterhaltungstrieb war mächtiger gewesen als ihre Vernunft, Fremde hätte sie unter normalen Umständen im Wald sicherlich kein sofortiges Vertrauen geschenkt, doch in dieser apokalyptischen Lage fühlte sich alles irgendwie falsch an, anders, … Dinge entwickelten sich viel schneller und man hatte das dringende Gefühl das jeder Mensch ein Verbündeter sein musste, weil die anderen Dinge um einen herum einem noch mehr Angst einjagten. Doch nichts jagte ihr mehr Angst ein als Spencers wahres Gesicht zu sehen, … dem Mann gegenüber zu treten mit dem sie gereist war und Abenteuer bestanden hatte, die der Mann vermutlich so oder so überlebt hätte. War eigentlich nur sie die ganze Zeit in Lebensgefahr gewesen oder hatte der Dämon sie gar gerettet wenn es heikel geworden war? Doch wenn ja, warum? Sie fragte sich in solch verzweifeltem Maße welche Rolle sie für Belphegor spielte, das sie kurzerhand entschlossen Vadegoon anschaute und ihm nur einen liebenden Blick schenkte bevor sie ihn wortlos stehen ließ und sich kauernd und mit geschultertem Bogen und Schild dem Dämon der Unterwelt näherte. Ein unbehagliches Gefühl der Last lauerte dabei wie eine Schwebe über ihr. Doch sie wusste dass es ihr Schicksal sein würde, spätestens seit der unheilvollen Begegnung der Beiden im Wald. Zwar hörte sie noch verzweifelte Rufe von Vadegoon, der sie einstweilen zu stoppen versuchte, doch verstand sie diese nun nicht mehr wirklich. Sie waren längst unter einem Schleier aus Panik und Entschlossenheit verloren gegangen und würden nach diesem Wagnis vielleicht niemals wieder an ihre Ohren dringen.

Sie bemerkte früh dass es allein eine Aufgabe werden würde sich durch die züngelnden Flammen zu schlängeln. Doch stellte sie sich überraschender Weise sehr geschickt an und bemerkte sogar zeitgleich wie sich Vadegoon ihres Bildes und dem was sie tat entledigt hatte um den Leuten zu helfen und ihren Plan voranzutreiben die Indianer zu evakuieren. Inmitten der Feuersbrunst schien sich auch ihr großer Bruder sehr geschickt anzustellen und hatte noch bevor sie dem Geist endgültig gegenüber stand, drei Menschen das Leben gerettet. Sie war ja schon froh das sie mit ihrer Eingebung, es zu Ende bringen zu wollen, irgendwie die Fähigkeit gewonnen zu haben glaubte ihn auch tatsächlich finden zu können, … doch diese glückliche Fügung verkehrte sich sehr schnell wieder, … denn der Anblick Belphegors war noch Angst einflößender als es die junge Jansha überhaupt für möglich gehalten hätte!

Lodernde Flammen die gezielt nach einem greifen konnten und die gewollte Zerstörung verbreiteten wie eine Seuche, eine präzise Mordmaschine in Form der Naturgewalten schien nicht gerade haltbar für sie zu sein, … sie wusste nicht was sie tun sollte wenn dieses Wesen Gewalt gegen sie anwenden würde, würde sie sterben müssen? … Eines war klar, ihr Ablenkungsmanöver wäre wohl fehlgeschlagen!

Den Schild in der Hand winkelte sie ihren Arm an und erhob es bis zur Brust, ihr gleitender Blick überschaute einmal das ganze Dorf- es war das reinste Chaos. Doch irgendetwas in Ihr zeigte ihr das der Flammendämon Spencer war … gelb stechende Flammen irgendwo in all dem Chaos aus Flammenwirbel blickten sie an, starrte ihr förmlich entgegen und ließ glatte Angst durch sie zucken, sie glaubte außerdem ein sadistisches Lächeln darin erkennen zu können das voller Hohn war.

>> Bist du das, Spencer? << fragte sie laut und klar verständlich und versuchte sich dabei auf die kleinen glimmenden Augen zu konzentrieren.

>> Jansha? … Ja, nachdem du mir so viel von deinem Leben und deinem Volk erzählt hast, konnte ich es mir nicht nehmen lassen noch her zu kommen und es mir anzusehen, … ob es wahr ist. Zugegebenermaßen hat es ein wenig länger gedauert mit all diesen Soldaten da draußen die unter meinem Kommando stehen, aber … Zombies, wie ihr diese Kreaturen nennt. Na ja, jetzt bin ich hier. << sagte er leise, sodass sie ihn durch das Knistern im Unterholz kaum verstehen konnte. Doch

sie erkannte seine Stimme auch nicht wieder. Er klang düster und hohl, seine Stimme klang seltsam ekelig und kalt, matt. Ein gewisser Bass darin ließ vermuten das Spencers Stimme nur ein Teil des Schauspiels gewesen war!

>> Bei all den Zombies da draußen kann ich froh sein, dass ich heil angekommen bin, … mein Dorf, die Soldaten hier und bei Lagnaja Labata? Habe ich dir denn gar nichts bedeutet, wieso hast du mir nicht gesagt was, … oder wer du bist? Vielleicht hätte ich dir ja geholfen, …? << sie bemerkte ein leichtes Stammeln in ihren Worten, außerdem versuchte sie jeden Blickkontakt mit Vadegoon zu vermeiden da es diesen nur in Gefahr bringen würde.

>> Ich liebe dich sogar sehr, Jansha. Deswegen werde ich dich auch niederbrennen, dieses Schicksal als Zombie kann ich dir deswegen guten Gewissens ersparen. Außerdem denke ich dass meine Zärtlichkeit und meine Gefühle bei dir angekommen sind? Ich war doch dein Held, oder? Dein ein und alles, der starke Mann an deiner Seite! … Ehrlich gesagt ist das viel zu schnell gegangen, ich hatte gedacht dass ich mir selbst zu hohe Ziele gesteckt habe, aber weißt du was? Dein neuer Held ist dein Bruder und wenn der dich enttäuscht wird es bestimmt ein Frosch der es schafft eine Fliege mit seiner Zunge zu fangen, ist das nicht wahr? << spottete der Dämon und Jansha machte ein angewidertes Gesicht, was ihr Hübsches Antlitz in eine niederträchtige Fratze verwandelte die, so glaubte sie, der des Dämons in nichts nachstand. Langsam verschränkte sie ihre Arme übereinander.

>> Pah, … alles eine Farce, Spencer! Weißt du, ich würde gern wissen wofür du mich brauchtest? … Warum ich? Welchen Nutzen hatte ich für dich, du wolltest ja wohl kaum mit mir schlafen und dann wieder gehen? Es wird ja wohl einen nennenswerten Unterschied zwischen Männern und Dämonen geben? << Jansha fühlte sich merkwürdig, stark, mutig. Sie

hatte das Gefühl das Spencer ihr nichts tun würde, für den Augenblick.

Er war zahm, zerstörte das Yavbe Dorf nur weil er nichts davon gewusst zu haben schien, erst sie hatte ihn auf diese Fährte geführt. Die ganze Zeit hatte der gute Belphegor gedacht das Labata seine einzigen Feinde wären, die einzigen die sich ihm entgegenstellen würden, jetzt musste er sich glatt fragen wie viele es noch gab von denen er keinen Schimmer besaß. Einer der Gründe warum er gerade Jansha leben lassen wollte.

>> Dieser Abend mit dir war eine Erleuchtung, stelle dich nicht unter falsche Bescheidenheit, aber … du hast natürlich recht. Aber keine Sorge, du hast deinen Teil bereits geleistet! … Weißt du noch, als *Spencer* von der Bildfläche verschwand, das war mein Schlagwort. Du gingst mit deinem Bruder hinein in Lagnaja Labata und ich blieb draußen. << teilte er ihr geruhsam mit und Jansha spürte wie es unheimlich kühl um sie herum wurde. Die Flammen des Monsters glommen nun nur noch um ihn herum und unterstützten leise knisternd seinen Monolog.

>> Aber ich habe doch gar nichts getan, oder? Welchen Part spiele ich in diesem kranken Spiel- SAGS MIR! << eine Sache die Jansha zur Verzweiflung brachte, sie wollte unbedingt wissen welche Rolle sie spielte, was sie getan hatte, … wie hatte sie das Schicksal der Menschen mitbestimmt ohne es selbst zu merken? Immer wieder erwischte sie sich selbst in ihren Gedanken wenn sie sich die Schuld an allem gab das geschehen war, dem Todessyndrom, dem Krieg, sogar der Verurteilung ihrer Eltern zu Mördern!

>> Aufbrausend, genau so hatte ich dich in Erinnerung bis meine Samen den Keim in dir gepflanzt hatten. Dich von innen heraus plagten und dir Sorge machten, dich glauben ließen du müsstest sterben. … Doch lass dir gesagt sein du hast nicht dieses jämmerliche Todessyndrom, dies ist allumfassend und macht nur vor eurem Dorf und der Insel Halt, merkwürdigerweise auch vor dir und deinem Bruder? Doch so

nicht mein Samen und diesen hast du direkt hinter den Wall von Labata für mich getragen wo er sich direkt in der Luft freigesetzt hat, … so habe ich mich selbst auf die Insel gebracht. Bald schon wird die Insel nur noch ein großes Grab sein! << Jansha sank auf die Knie und weinte stumme Tränen die ihr die Wangen hinunterliefen und auf dem verdorrten Boden so schnell versickerten wie ein Tropfen auf dem heißen Stein. Sie fühlte sich blitzartig kraftlos und voller Sorgen.

>> Ich kam nicht an diesen kranken Schutzsteinen vorbei die man schon vor zweitausend Jahren gegen mich eingesetzt hat … doch du, du Jansha hast mich mächtig gemacht, du hast es mir ermöglicht einen Gegner für Jahrtausende in die Knie zu zwingen ohne einmal zu blinzeln. << Jansha verstand nur noch am Rande, doch ihr Körper war mit einem Virus beladen gewesen der Labata zerstörte, … hatte sie das etwa richtig verstanden? Hatte sie auf Ihrer Reise auch irgendetwas richtig gemacht? Die süße Indianerin wusste nicht wie es jetzt noch schlimmer kommen konnte, doch der Geist wusste es wohl schon und reagierte darauf als würde er ihre Gedanken vor sich ausbreiten wie ein altes Buch.

>> Die Tiere die euer Dorf überfielen habe ich auch gemimt, um dich herzulocken, … doch zu diesem Zeitpunkt wusste ich noch nicht wie gefährlich mir euer Dorf werden könnte, das ihr Überlebende des Desasters seid? Ich dachte ihr seid Aussätzige von Labata und meine Zombies würden euch umbringen, … mein einziger Fehler bisher. << seine Lobpreisungen für sich zerstörten ihren Willen auf eine Weise wie Jansha es noch nie erlebt hatte, … deswegen sind die Spuren einfach verschwunden, … ging ihr dabei immer wieder durch den Kopf denn sie erinnerte sich sehr gut daran das die Spuren der Tiere sich plötzlich verwarfen wie der Wind selbst!

>> Also ist fast alles was ich erlebt habe in einer Scheinwelt von dir geschehen? … Das war alles so geplant gewesen? << ihre Handflächen im Gesicht versteckten ihre Tränen, doch

kullerten viele durch die Schlitze die die Finger offen ließen. Sie war absolut fassungslos.

>> Mehr oder weniger, mein Liebes. Aber am Ende hat es sehr gut funktioniert! Du bist mir gefolgt, hast Labata zerstört und eure Stärke offenbart, … ich würde sagen das ist ein großer Tag für mich! <<

Plötzlich baute sich der Geist wieder auf und nahm erneut seine gespenstische Form einer verheerenden Feuersbrunst an und steckte damit sofort wieder eine der Hütten im Umkreis in Brand, Jansha konnte nur hoffen das Vadegoon genügend in Sicherheit bringen konnte. Schwarzer Rauch stieg gen Himmel.

Langsam mit sich ringend, vor allem um ihr eigenes Leben, kämpfte sich die Frau zurück auf die Beine und torkelte etwas unbeholfen umher, nahm den Schild hoch. Kurz darauf schoss eine Feuersäule aus einem Arm ähnlichen Teil des Körpers und verfehlte sie knapp, rammte einen steilen Hang.

Geröll wurde freigesetzt und Jansha robbte sich durchs verdorrte Gras in Sicherheit, durch Belphegor schlug es einfach hindurch auf dem Boden auf wo es zerschellte und in kleine Gesteinsbrocken explodierte.

Jansha schüttelte angestrengt den Kopf.

Sie rollte sich durch Gras unter das Geröll und blickte durch die Lücken im Konstrukt nach oben in den Himmel, hoffend das Belphegor sie nicht finden würde, oder der Schrott der Deckung genug fürs erste sein würde.

Erst dann sah sie Gannamethek.

Lautes Gebrüll und Getöse des Monsters folgte, sie glaubte das er die Gefahr erkannte die vom Headmaster ausging und ihn als nächstes angreifen würde, doch wäre sie dabei wahrscheinlich von sich selbst enttäuscht wenn sie dem Mann nicht zur Hilfe eilen würde.

Während sie sich befreite sah sie gespannt wie die Beiden sich einander näherten, erst zu spät befreite sie sich letztlich als

Belphegor erneut sein loderndes Inferno freiließ und damit eine vermutlich errechnete Situation eintreten ließ.

Es ging alles so schnell das sie mit ihren Augen kaum folgen konnte, die Feuersäule verfehlte Gannamethek, wirbelte lodernd durch die Luft und prallte gegen einen Baum der dem Feuer standzuhalten schien, … oder?

Gannamethek verhinderte das das Holz Feuer fing, sein Stab erhoben zum Kampf. Eine Art Barriere stellte sich zwischen Natur und Feuer und flimmerte nicht weniger gefährlich als die Macht des Dämons. Als Jansha sich unter dem Schutt entfernt und wieder aufgerichtet hatte, blickte sie den alten Mann verwundert an und spürte auch seinen Blick im Austausch, doch dieser war abgelenkt und biederte nichts an, sendete keine Wärme.

Gannametheks Angriff ergriff das Gebilde aus unnatürlich heißem Feuer und Hass, schleuderte es abenteuerlich zu Boden und erleichterte Jansha damit auf eine Weise wie sie es sich nicht erklären konnte, schließlich hatte der Mann noch nicht einmal gewonnen, doch war es immer schön den Headmaster um sich zu haben! Ein Gefühl das sie seit ihrer Kindheit verspürte und sich noch nie erklären konnte. Vielleicht war er einfach ihr erwählter Vater Ersatz?

>> Dämon, mein Dorf wird sich dir nicht beugen, mein Volk wird sich dir nicht beugen! Belphegor hat keinen Platz unter uns und verdient nicht unsere Anwesenheit und auch nicht das wir für ihn sterben. << rief der steinalte Indianer und schleuderte eine Art Kraftfeld auf Belphegor der schmerzverzerrt aufschrie und sich krümmte, auf dem Boden kauerte wie ein jämmerlicher Versager kurz vor seiner Vernichtung. Doch Jansha wagte es trotzdem nicht ihre Deckung zu verlassen, außerdem schien Gannamethek eh alles im Griff zu haben und sie würde ihn nur in Probleme bringen, nicht das er sie nachher auch noch schützen müsste, … das wäre ihrer Ansicht nach nicht auszudenken!

>> Ihr heißt mich nicht willkommen, Gannamethek? Ich habe gehört ihr seid ein gnädiger Mann der seine Natur liebt, über alles. Ich bin auch Natur, so wie eure kleinen Erdgötter und Geister. Und ich verlange Einlass in eure Heiligen … Zelte. SOFORT! << Jansha zuckte zusammen, versuchte aber still zu bleiben, doch der markerschütternde Schrei des Dämon hätte ihr fast ihr Herz aus ihrer Brust geschrien und sie zu Tode erschrocken.

>> Eine Laune der Natur, wenn es darauf ankommt, Belphegor-eine Plage, du hast die Welt in den Untergang getrieben und die Staatschefs in den Kriegsrat geführt, du hast die Welt den Abhang hinuntergestürzt gerade als die Menschen unter der Last der Erde verstanden was es heißt zusammenzuarbeiten, sich zu kümmern, umeinander. Du bist verantwortlich und dafür werden wir, oder die Götter, dich zur Rechenschaft ziehen, … das kannst du mir glauben. << noch nie hatte Jansha ihren Headmaster so gesehen, sie bekam eine Gänsehaut vor Aufregung. Er wirkte gefasst und ruhig, seine Ausstrahlung war einzigartig und sein Gesicht durchzogen von schwer zeichnenden Sorgenfalten und tiefer Fürsorge. Sein Alter schien deutlich gesenkt zu sein, Jansha war beeindruckt.

>> Eine Laune der Natur, so? Wirklich? … Das sind auch Launen und das, DAS! << der Dämon befreite sich teilweise aus der Magischen Umklammerung und feuerte seine Magie, zerstörerisch wie zuvor, um sich herum. Willkürlich und ohne auf seine Umgebung zu achten setzte er alles in Brand und vermischte dabei … Öl und Feuer? … Nein, Gannamethek verhinderte es erneut und wieder musste Jansha blinzeln, schwer und oft, um zu glauben was sie sah. Die Pflanzen und das Gestrüpp, sogar das knarrende Unterholz, nichts nahm Feuer an oder setzte auch nur einen Funken. Die Macht des Headmasters überstieg scheinbar bei Weitem die des berüchtigten Belphegor und wenn Jansha es nicht selbst sehen würde, gesehen hätte was

sie für unmöglich hielt, dann würde sie es vermutlich auch nicht glauben.

>> Deine Macht ist versiegt, Dämon. Erst werde ich dich austreiben, restlos, dann werde ich meine kleine Jansha heilen von deinem Keim der Uneinigkeit und Zerstörung, Kriege hatten die Menschen wirklich genug, untereinander, miteinander. Wir brauchen dich nicht hier, …. << er redete beinahe Gesangs artig im Chor mit dem Echo seiner eigenen Stimme die durch seinen Mund gleich dreimal hintereinander auszutreten schien. Dabei vermischte sie sich im Einklang mit dem Gesang der wenigen Vögel die durch die schwarze Suppe am Himmel nach Nahrung auf dem Boden suchten und dabei sangen. Seine Hand am Stab ruhig und fest zielte er endgültig und konzentriert auf die Stirn, oder das was so aussah das es eine sein könnte und sprach die letzten Befehle im selben Ton wie zuvor, nur bellte er dieses Mal mehr.

>> Ich vertreibe dich ohne böse Absichten und zum Schutz meines Volkes, Dämon der Unterwelt. Die Welt soll nicht länger dein abstruser Spielplatz sein und deine Ränke werden die Welt sobald verlassen, wie ich dich in die Hölle zurückgeschickt habe …. << begann er doch noch mitten im Satz drehte sich die Lage so weit es nur ging. Das Ritual wurde gestört, einer der Funken aus den Fingerspitzen Belphegors entzündete ein Feuer an einem seltenen Strauch, außerdem an einem fast viertausend Jahre alten Mammutbaum.

Sofort stieg beißender Qualm in die Luft hinauf und brachte Jansha zum Keuchen, ein grauenhafter Schrei seitens Gannamethek erzitterte in der Luft wie ein Donnerschlag.

Der entzündete Baum ging sofort in Flammen auf wie ein stundenlang loderndes Lagerfeuer, lichterloh ragte er selbst im Sonnenschein des Dorfes noch heraus wie eine Taschenlampe in düsterer Nacht. Gannametheks Geschrei nahm erst ein Ende als er die Flammen löschen konnte die den Stamm des Baumes sofort in tote Kohlen artige Masse verwandelt hatten und den

Headmaster mit Tränen in den Augen zurückließ. Der Strauch am Rande des Weges danach ebenso, doch schien der Häuptling mittlerweile mehr als nur genervt. Jansha konnte mittlerweile eine gleichgültige Braue über dem rechten Auge erkennen die keine Gnade mehr für Belphegor erwarten ließ.

Als der nächste Feuerblitz aus den Fingern Belphegors kroch jedoch, warf sich Gannamethek herum und warf sich ganz hinein. Laut zu Boden krachend konnte Jansha sehen wie er sein Leben verlor, doch hatte sie gesehen das der Blitz ansonsten einen weiteren wertvollen Mammutbaum zerstört und bis auf den Grund verbrannt hätte, … vermutlich hatte der Mann keine Kraft mehr um noch mehr Pflanzen zu retten. Doch ein letztes Mal, wie es ihr schien, wendete er seine Worte an seinen treuen Verbündeten, den Wind und Jansha glaubte diese Worte sowie ihre Wirkung seien für sie bestimmt.

>> Die erbrachte Beweislage des Bruders reinigt die Familie, der Stab des Gannamethek reinigt die Seele und lässt alle Keime und Viren in den Abgrund stürzen. Nur der Stab des Häuptlings hat die Kraft dies zu tun und dank der gütigen Hilfe der Geister, deinen Körper von dem künstlichen Gift des Dämons zu trennen. << keuchte er, doch Jansha glaubte zu verstehen. Wie Vadegoon es sich gewünscht hatte, hatte Gannamethek sie rehabilitiert, außerdem hatte ihr Bruder wohl insofern Recht das Gannamethek wusste wie er ihr helfen konnte, … und es wohl auch gerade in diesem Moment getan hatte!

>> Der Kampf gegen den Dämon wird ein neues Zeitalter einläuten und den wahren Grund deines Lebens offenbaren, … nun geht, bevor etwas passiert das unsere glänzende Zukunft in Gefahr bringt. << Jansha duckte sich und blickte sich extra vorsichtig um, doch die letzten Worte des Häuptlings waren vielleicht ein wenig zu sehr an sie gerichtet gewesen? Vermutlich ahnte Spencer das sie da war, die ganze Zeit gewesen war! Der Grund Ihres wahren Lebens? … sie musste schwer schlucken um alles zu verdauen was Gannamethek von

sich gegeben hatte, sowie zum Beispiel ihre Blitzheilung von der Todesseuche, … doch ob sie sich wirklich besser fühlte würde sie schon noch merken? Allerdings hatte Gannamethek ihr aufgetragen zu gehen und sie hatte nicht vor noch einen unnötigen Kampf mit Belphegor zu führen indem sie eh keine Chance hatte sich vernünftig zur Wehr zu setzen. Der Dämon war kein echter Gegner für ihren Häuptling gewesen, doch für sie war er eine Nummer zu groß und leider hatte sie auch nicht die Möglichkeit Caynor um Hilfe zu bitten da dieser nichts anderes gewollt hatte als den Tod Gannametheks. Er war ein mieser Verräter.

>> Sha …? Hörst du mich? … Ich habe fast alle Leute raus gebracht, komm wir gehen jetzt auch. << Jansha stolperte in die Arme ihres Bruders in denen sie kurz und erleichtert, bitterlich weinte.

>> … Gannamethek ist tot, Vadegoon. Er hat uns von unserer Familien Angelegenheit befreit und mich geheilt, … glaube ich! Doch der Dämon hat ihn überlistet. << sie konnte auch eine gewisse Trauer im Gesicht Vadegoons erkennen, doch blickte dieser sie entschlossen an, so wie immer.

>> Dann sorgen wir Mal dafür das seine Taten nicht umsonst waren, oder? … Schließlich sind nur noch dieser Spinner Caynor und deine *Ex Flamme* übrig. Also los! << sie hörte ein weiches Kichern von Vadegoon, dem sie nun ein überaus großes Gefühl zuschreiben konnte, … Erleichterung. Die Verunreinigung der Familie muss noch viel schwerer auf ihm gelastet haben, als Jansha das jemals für möglich gehalten hätte und es tat ihr augenblicklich Leid, dass sie darüber selten mit ihm gesprochen oder ihm gar damit geholfen hatte!

>> Los, du hast Recht. <<

Jansha wollte Vadegoon nicht lange wieder sprechen, schließlich hatte dieser alle Leute an einem Punkt in Sicherheit gebracht und musste ja sowieso vorlaufen um ihr den Weg zu weisen. Außerdem konnte sie ihm nicht widersprechen weil viele seiner Worte weise und mutig waren, etwas das sie von Mitbürgern eigentlich gar nicht gewohnt war. Eigentlich traf immer sie selbst die mutigen Entscheidungen und die anderen taten nichts daraufhin, eine unschöne Situation auf die sie nur zu gerne verzichten konnte. Außerdem hatte sie keine Zeit für viele Worte.

Deswegen trampelten ihre Füße auch sofort los, zu ihrer aller Glück hatte Belphegor noch immer mit der Leiche und dem zerplatzten Stab von Gannamethek zu tun und achtete nicht auf sie, sodass seine begleitenden Horror Flammen ihre einzige Problematik darstellten.

Auf halbem Wege durchs Dorf trat ihnen Caynor gegenüber der abgekämpft seine Beine in die Hand genommen und ihnen verzweifelt entgegen stiert hatte.

>> Dieser Belphegor hat die Kontrolle übernommen und mich zurückgelassen, … nehmt mich mit. << keuchte er kurzatmig und Vadegoon biss die Zähne zusammen und knirschte daraus Worte hervor.

>> Wir fliehen vor dem Wesen das offensichtlich du, … ausgerechnet du Verräter in unsere Welt geholt hast! Von meinem Blickwinkel aus darfst du auch ruhig bei deinem eigenen Plan sterben und von deinem Partner hintergangen werden. … Geschieht dir recht. << Jansha spürte die nahenden Flammen immer näher kommen als die Hitze sich um sie herum ausbreitete, da nahm auch schon Vadegoon ihre Hand und zog sie weiter mit sich, einer nicht allzu weit entfernten Lichtung entgegen die sie bereits von hier aus erblicken konnte. Erleichtert erblicken konnte.

>> Sollten wir ihn nicht …? << versuchte sie verzweifelt zu rennen und zu reden gleichzeitig doch fehlte ihr dazu die Geduld und die Ausdauer, sodass Vadegoon so tat als ob er nichts gehört hätte und sie es aufgab ihm etwas zu befehlen, dazu dauerte seine Privatfehde mit dem angehenden Medizinmann vermutlich schon viel zu lange an, erstaunlich das

es genau dieser war, dem sie zu Beginn ihrer wahnsinnigen Reise ein eigenes Gewand nähen wollte weil er ein solch beliebter Yavapai unter ihnen war! Wie man sich täuschen konnte?

Während Jansha von Vadegoon hinter sich her gezerrt wurde und Probleme damit hatte mitzuhalten, konnte sie nicht weit hinter sich das Knistern des Feuers im Wald vernehmen wie es alles niederbrannte und zerstörte das sie sich aufgebaut hatten oder Heimat nannten! Außerdem Caynors Schreie dessen Schritte nicht so wie Vadegoons schneller als das Feuer gewesen waren und ihm nun sein eigener Plan einen grauenhaften Tod bereitete, denn er sich nur selbst zuzuschreiben hatte, denn er war es gewesen der mit einem Dämon einen Handel eingegangen war um die Macht zu bekommen.

Es fiel ihr immer noch schwer zu glauben das Spencer nun ihr Erzfeind und Caynor sein Partner gewesen war, … klar war nur das sie nur einen Ort hatten an den sie gehen konnten.

>> Lagnaja Labata, Vadegoon, … die Heilige Insel in Kalifornien ist unsere einzige Chance, ich kann nur hoffen das mein Virus keine allzu großen Schäden anrichtet. <<

Ihre Schritte wurden bedenklich schwerer und versuchten sie per Gravitation auf den Boden zu zerren, doch noch wehrte sich die junge, tapfere Indianerin gegen die nach Pausen verlangenden Erschöpfungserscheinungen ihres verschleißenden Körpers. Langsam wirkte diese ganze Reise allerdings noch surrealer als sie es sowieso schon tat und immer wieder schleuderte Vadegoons Anwesenheit es neu in ihr Gesicht, auf schmerzhafte Weise. Zwar war sie froh einen Bruder zu haben, doch war sie nicht sicher ob sie diesen unter diesen Bedingungen genommen hätte wenn sie es sich hätte aussuchen dürfen. Solche Gedanken rannen in Massen durch ihr Hirn und ihr Schädel begann schon vor einiger Zeit zu pochen, doch verstand sie selbst nur zu gut das sie vielleicht lieber schnell rennen sollte anstatt über solche Sachen nachzudenken, wie sie diese eh nicht wieder verändern konnte. Es war so unheimlich warm und anstrengend den Schritten Vadegoons im Gleichschritt zu folgen. Doch der ganze Weg wieder nach Lagnaja Labata war ihre einzige Chance, eine andere Zuflucht gab es ihrer Ansicht nach nicht, und wenn sie sich darin nicht irrte, dann befanden sie sich auf einem Spießrutenlauf den womöglich die Hälfte von Ihnen nicht überleben würde, mal in der Hoffnung gerechnet das Labata nichts zugestoßen war durch ihren Auftritt mit dem Virus in Ihr. Gleichfalls deswegen machte sie sich unheimliche Schuldgefühle und versuchte auch nicht erst diese hinter einem Pokerface zu verstecken oder diese Trauer in ihr gar für sich selbst auszunutzen. Viele der Männer würden ihr vermutlich ihre Unterstützung anbieten und sie tragen, wenn nötig würden sie sie vermutlich sogar über den höchsten Berg der noch stand hieven. Doch sie verstand es für sich selbst zu laufen und den Männern nicht ihren Kampf Arm zu stehlen, einzig für eine lausige Kaffeefahrt. Das war einfach nicht ihre Art, sie versuchte stets ihr eigenes Elend zu verstecken und die Moral der bekannten Leute um sich herum hochzuhalten. Eine Art Schutzmechanismus vor Ärger, noch dazu eine Fähigkeit die man ihr sehr oft als sympathisch verschrien hatte. Doch war es nichts woraus sich die junge Indianerin etwas machte, sie liebte einfach alles was sie tat ohne eine Versicherung auf Profit, Ruhm oder andere Luxusgüter. Das waren alles Sachen die sich nicht unbedingt brauchte, Verzichtbares und ebenso umgehbar wie die meisten Streits die man sich lieferte, innerhalb der heimischen Mauern bei der Familie oder auf einem brutalen Schlachtfeld.

>> Sha, ich weiß nicht wie lange die Gruppe noch durchhält, manche von diesen Hungerhaken sehen ziemlich fertig aus, doch die Flammen hinter uns lassen nicht nach. << Vadegoon sprang abenteuerlich über einen kleinen Stein und landete laufend wieder auf dem Boden, sein Gesicht gezeichnet von dem vielen Schweiß der sich während der Flucht bis hierher angesammelt hatte.

>> Die Schneise die sich die Flammen durch den dichten Wald bahnen muss riesig sein, grauenerregend, wenn dieses Wesen solche Macht hat, was genau hält es dann auf uns sofort zu zerstören, dann das Dorf einzuäschern, was hat Belphegor an Labata so lange aufgehalten? Die Steine sind die einzige Waffe gegen diesen Dämon. << Jansha mutmaßte kurzatmig und versuchte dabei nicht Vadegoon aus den Augen zu verlieren die ihr körperlich vielleicht nicht überlegen, aber viel schneller war.

>> Ich weiß nicht, Gannametheks Stab ist zerstört, hat aber offensichtlich auch gegen den Dämon geholfen, vielleicht reden wir hier von natürlicher Magie, Erdgeister, irgendein Kraftfeld heller Energien, die den Höllenfürsten wieder einsperren? << Vadegoon schlug einen Ast beiseite, Jansha konnte ihm seine Anspannung ansehen, es war schnell klar dass er sich seine Rückkehr nobel und ehrenhaft vorgestellt hatte und nicht zerfahren und auf der Flucht, also genau wie zuvor! Kurios.

Unter dem tosenden Feuersturm und dem knallharten Wind der durchs Geäst um ihre Ohren peitschte, hörte Jansha kaum noch das warme Knistern der Höllenglut, sondern viel mehr das verheißungsvolle Knirschen von brechendem Holz das unter gehörigem Druck nachzugeben drohte. Unter diesen Umständen war es vermutlich eine schlauere Idee den Wald um sich herum zu verlassen und sich auf eine Lichtung zu begeben.

>> Vadegoon, ich glaube den Wald zu verlassen wäre keine schlechte Idee, auf einer Lichtung könnten wir vielleicht sicherer sein. << schrie sie laut und hoffte das Vadegoon es ebenso verstand, wie auch gutheißen würde. Immerhin erschien er ihr schon das ein oder andere Mal ein Dickkopf zu sein. Er lachte leise juchzend.

>> Wieso, glaubst du das magisches Fegefeuer sich ohne Entflammbares nicht weiter ausbreitet? Ich glaube ich muss dir mal erklären wie so was funktioniert? << er duckte sich, entwich damit einem Querschläger aus Funken der von hinter ihnen angeschossen kam, doch das nächste Mal rettete Jansha ihn und bis dahin dauerte es nicht sehr lange.

Die Indianerin hechtete voraus und warf ihren eigenen Bruder zu Grunde, schaffte es somit gerade noch rechtzeitig einem größeren und knarrendem Ast zu entweichen und ihn damit ebenso zu retten. Unter dem Keuchen seiner luftleeren Lungen, die sich entschlossen wieder mit Sauerstoff voll saugten, stand sie schlangenartig von ihm auf und reichte ihm die Hand.

>> Jansha, du blutest ja, …. << sagte er während er den Arm der lädiert schien untersuchte, sie spürte nur einen leichten Schmerz sonst nichts. Doch ihr Bruder stammelte irgendetwas von Dornen am Ast und von Glück das sie jetzt noch am Leben war sowie sie mit ihrem Leben spielte! Bald schon war die Blutung gestillt und Vadegoon legte schnell und fachmännisch einen sauberen Verband an.

>> Und du hattest Recht. Der Wald ist zu gefährlich und wir brauchen etwas weitläufigeres, etwas das selbst für einen

Dämon schwer zu überblicken sein dürfte. Ich denke eine Lichtung oder Ähnliches, wäre egal wie komisch es sich anhört, tatsächlich eine fantastische Idee und würde unser Leben vielleicht noch um eine halbe Stunde verlängern die wir investieren können um Labata ein weiteres Mal zu erreichen. << er zog einen festen Knoten in den Verband und blickte sich verstohlen um, dabei fuhr er mit seinen feuchten Zunge nachdenklich über seine ausgetrockneten Lippen die ihn aber keineswegs zu stören schienen. Jansha hätte längst etwas getrunken oder sich die Lippen am Ärmel gewischt.

Sie Beide standen auf, die Indianer um sie herum waren für sie eine Selbstverständlichkeit die sich so gehörte, sie hatten sie gerettet, also tanzten sie auch nach ihrer Pfeife, dachte Jansha. Das war nicht böse gemeint, doch die anderen Yavapai mussten wohl einsehen dass sie Überlebensexperten waren und ihre beste Möglichkeit boten das hier zu überleben. Jansha fragte sich unterdessen ob wohl Belphegor selbst ihnen auch gefolgt war?

>> Weiter! << rief Vadegoon gleich nachdem sie aufgestanden waren und klopfte sich den matschigen Dreck von Teilen seiner, zuvor noch sehr festlich aussehenden Kleidung, erpicht darauf alle mit seiner Stimme zu erreichen.

>> Folgt immer entweder mir oder meiner Schwester Jansha hier und lasst euren Erwählten dabei die ganze Strecke nicht aus den Augen, sonst werdet ihr euch verlaufen! << erklärte er und dabei war fast jedem klar das ihr Ziel Lagnaja Labata heißen würde. Denn kaum jemand wusste wo genau die Insel lag! Jansha befürchtete einfach nur das sie die Strecke kein weiteres Mal schaffen würden ohne das sie das Feuer bei ihrem Todeskampf einholen würde! Eine solch lange Strecke, ohne Rast und ohne Nahrung, eigentlich war es sogar ein ziemlich verzweifelter Strohhalm.

>> Besonders schwer wird es hier im Wald sein einen im Auge zu behalten also lasst euch nicht ablenken und zieht es durch, das ist, wenn es eine ist, die einzige Chance von uns allen zu

überleben, also verspielt sie nicht. << alsdann lief er los, Jansha badete noch ein wenig im zustimmenden Grummeln ehe sie selbst Tempo aufnahm, die Pause war ebenso für ihre Beine die reinste Wohltat gewesen. Vermutlich ganz das Gegenteil von dem was nun geschehen würde, eine Hetzjagd die Jansha sich ganz und gar nicht gern vorstellen wollte, die aber trotzdem für sie alle von großer Bedeutung sein würde und über ihrer aller Leben zu entscheiden drohte wie ein riesiger Mahnfinger, ein lausiges Handzeichen wie bei den Gladiatoren das ihr Schicksal in einem Wimpernschlag entscheiden konnte.

Sie fühlte sich unwohl in dieser Patt Situation, entweder sie rannte und versuchte um ihr Leben zu kämpfen, wie sie es die letzten Wochen nur noch gemacht hatte, oder sie ergab sich und verbrannte im Feuer eines Dämons den sie erst auf die Welt losgelassen hatte, sie war es jedem einzelnen Toten und jedem Indianer, den Leuten aus Labata erst Recht, schuldig dieses Monster entweder wieder zu verbannen, es einzufangen oder es zu zerstören, endgültig und jeden einzelnen seiner kranken Pläne mit ihm die jedes Menschenleben ins Verderben gerissen hatten!

>> Los Jansha, mehr Tempo. <<

Doch die Stimme Vadegoons erreichte sie nur halb, der Sinn kam hindurch doch, … die junge Indianerin kämpfte nun zum zigsten Mal um ihr Leben und wusste einfach nicht mehr worüber sie sich aufregen oder was sie auf solche Sachen antworten sollte, sie brauchte einfach eine Pause davon. Einen einzigen Tag ohne Aufregung, doch diese hatte sie bislang in Bewusstlosigkeit hinter sich gebracht, wenn sie sich ergaben.

Sie sprang, die Steine in der Gegend wurden größer, außerdem waren sie meistens Vorboten eines größeren Übels denn sie steckten oft in tiefem, sumpfigen Morast. Im düsteren Licht der Baumkronen jedoch waren diese Todesfallen sehr schwer zu erkennen und machten es ihnen nicht unbedingt leichter ihr Ziel schnell und lebendig zu erreichen. Nebenbei wurden Tiere immer häufiger, doch nicht das diese Interesse an ihnen hätten, sie wurden gejagt, vom Feuer, ebenso wie sie. Ganzen Herden rasten von hinten an ihnen vorbei, in weitem Bogen um sie herum oder mitten durch, doch es war schwer zu antizipieren wann sie kamen. Dadurch entwickelte sich eine weitere Gefahr denn manche Tiere nahmen einfach keine Rücksicht auf sie während sie alle um ihre Leben rannten. Tiere die groß genug waren versuchten es auf dem direkten Wege durch sie hindurch, vermutlich eine Laune der Natur, die Revanche dafür das die Menschen die ganzen Jahre auf die Tiere nieder geblickt und diese nicht berücksichtigt hatten. Plötzlich Belphegor als Rächer der Tiere? Jansha kicherte ungewollt denn es hörte sich sehr putzig an, doch wenn die Angriffe anstanden war es alles anderes als das, denn viel mehr ein richtiger Überlebenskampf.

>> Wir schaffen dieses Tempo nicht mehr lange, Jansha. Ich schwöre es dir, ich bin kurz vor dem Ende. << Jansha sah ein junges Mädchen, vielleicht fünfzehn Jahre alt. Zu ihrem Bedauern kannte sie es sogar und ihr Name war Inahniik. Sie war auch eine Näherin, doch arbeitete sie viel seltener als Jansha weil sie noch Kind war. Ihre Beine waren stark, doch nicht genug für einen Kilometerlauf über Tage oder Wochen, keine von Ihnen hatte solche Beine, immerhin waren sie keine Sportler, die dazu vielleicht in der Lage wären.

>> Ach Kleines. Inahniik. Wir müssen es doch trotzdem versuchen. Wir haben keine Wahl. Oder willst du lieber gegen das höllische Feuer ankämpfen? << Jansha lächelte mild und sah verdrießlich wie das Mädchen sich wieder aufrichtete.

>> Ja, warum gehen wir nicht einfach zum Fluss und holen uns jede Menge Wasser? Irgendwann muss die Plage zu Ende sein, Gannamethek meinte immer, es gäbe für alles eine friedliche Lösung und man könne jedes Problem lösen. << Jansha erkannte viel von sich selbst in Inahniik und doch wusste sie nicht ganz was sie mit der Aussage des Kindes anfangen sollte? Das blinde Vertrauen in Gannamethek hatte auch sie viele Jahre

ihres Lebens gelenkt, doch hatte sie seinen Tod mit angesehen, ohne eingreifen zu können, dabei hatte sie immerzu geglaubt das sie die einzige sein würde die so etwas zustande bringen konnte. Gerade sie als Jägerin und Abenteurerin! Sie hatte gedacht dieser Lebensweg wäre perfekt um den Headmaster auf Dauer vor Gefahren zu schützen, doch mit dem Dämon den sie auf die Welt losgelassen hatte, … hatte sie ihn nun beinahe umgebracht. Mit Inahniik bei der Hand bahnte sie sich einen Weg durchs dichte Gestrüpp.

>> Du hast ja Recht, Kleines. Aber im Augenblick weiß ich einfach nicht was ich dazu sagen soll oder wie genau wir ihn aufhalten wollen! Gib mir Zeit um nachzudenken und mir fällt etwas ein damit wir endlich stehen bleiben und nach Hause zurück können. <<

Jansha duckte sich, riss das Mädchen mit sich und gab ein lautes und raunendes: >> RUNTER! << von sich welches den Angriff eines wilden Tieres ankündigte, das an ihnen vorbeiraste als würde sein Leben davon abhängen, was vermutlich auch der Fall war! Sie rollte sich am Boden ab und versuchte dabei dem Mädchen mit ihrem Körper Schutz zu sein, doch ob sie es schaffte wusste sie erst als Inahniik sich keuchend aufstellte. Sie war ein wenig wackelig auf ihren Beinen.

>> Was war das? << fragte sie und drehte sich immer wieder um, doch Jansha konnte bereits den Geruch des brennenden Holzes wieder riechen der ihnen wie der Höllenschlund selbst, immer näher zu kommen drohte um sie zu verschlingen. Jansha griff nach dem Arm des Mädchens und strich über ihn mit ihrer Daumenkuppe, sanft, sowie ihre Mutter das immer bei Jansha getan hatte.

>> Ein, … Etwas. Ich weiß nicht genau. << Jansha wusste das es aus dem Himmel gekommen war und das es sowohl schnell, stark, aber auch sehr laut gewesen war, sodass sie den Angriff längst hatte kommen sehen, so auch alle die ihr folgten. Trotzdem machte sie ein ratloses Gesicht, denn ihr fiel einfach

kein Tier ein das aus dem Himmel stürzend solche ächzenden Laute von sich geben sollte.

So dermaßen große Raubvögel gab es dann auch nicht!

>> Es war ein mutierter Adler, einer von vielen die Kaliforniens Grenzen durchstreifen und nach Nahrung suchen die der Planet nicht mehr zu bieten hat. Sie sind verzweifelt und würden sich gegenseitig fressen doch können sie sich nicht gegenseitig besiegen und sind somit chancenlos an etwas Fleisch zu kommen, wir stellen zwar nicht viel mehr da, als eine kleine Konservendose, doch … sind wir wohl besser als gar nichts! <<

Jansha erstaunte bei dem was Vadegoon scheinbar alles in der Natur gelernt hatte, was er gesehen hatte, womit er wohl gekämpft und trotzdem überlebt hatte! Und es gab ihr zusätzlich neuen Mut und Vertrauen darin das sie es alle überstehen und Vadegoons Beispiel folgen sollten.

>> Na da siehst du es, süße, kleine Inahniik. Ein gigantischer Greifvogel. Vadegoons weiß wo wir sind und was wir machen. Ich bin sicher wir werden schaffen was auch immer er vorhat, das verspreche ich dir hoch und heilig. << der Vogel griff erneut nach seiner Beute und riss dabei drei gigantische Bäume mit sich die allesamt in die Luft geschleudert wurden und rieselnde Erde um sich herum verteilten. Wurzeln in der Größe von ganzen Häusern segelten wie Federn durch die Luft und prallten auf ohne das sie es sehen oder hören konnten. Doch die Krallen des Tieres, blitzende Messer in Schwertgröße, die würde Jansha so schnell nicht wieder vergessen können. Die Angst die sie um das Mädchen gehabt hatte das neben ihr herlief.

Sie musste Inahniik beschützen und durfte dabei nicht allzu viel Raum preisgeben und sich damit selbst riskieren.

>> Passt auf, … es kommt zurück! <<

Doch Vadegoons Warnung sollte nicht die letzte in einer Reihe weiterer schwerer Attacken bleiben die immer wieder große Opfer verhindern konnten, doch wusste Jansha das sie mit diesem Tempo und diesen Feinden auf dem Fersen Lagnaja Labata niemals erreichen würden.

Kapitel 17

Chaotische Zickzack Bewegungen dominierten den Spießrutenlauf der flüchtenden Indianer. Die Hand des Mädchens rutschte Jansha immer weiter aus ihrem festen Griff, denn sie Beide schwitzten und waren unterschiedlich schnell, zu verdanken war dies sowohl der glühenden Hitze von Arizonas Wüste, als auch dem lodernden magischen Feuer, das sich zu großen Säulen aufgetürmt hatte und ihnen noch größere Angst einzujagen. Ihre Beine noch schneller zu machen, ihre Herzen schneller rasen zu lassen.

Wie drohende Speere kamen ihnen diese Obelisken immer näher und schraubten sich auf der Erdoberfläche und am Horizont in ihre Nähe, klanglos und Meter auf Meter. Sie wirkten wie riesige Male der Zorns, wie Personifizierungen des Satans der Ihnen näher zu kommen drohte um ihnen nach dem Leben zu trachten. Mit bloßer Hand konnte er sie zerhacken wie er es wollte und die Welt im ewigen Chaos brennen lassen ehe die Kugel als komplettes zerbarst, doch Jansha wusste natürlich nicht was Belphegor mit der Welt selbst vor hatte, Indianische Mythologie war niemals ihre Stärke gewesen. Praktische Arbeit hatte sie damals wie auch heute wesentlich mehr gefesselt.

>> Hier, Inahniik, nimm den Schild. Ich hoffe du fühlst dich damit sicherer als bisher. Nimm schon, er ist erstaunlich leicht und wird dir vielleicht Schutz gegen das heiße Feuer bieten. << gab Jansha keuchend die Information weiter und bemerkte dabei wie ihr beim Sprechen schwarz vor Augen wurde, doch als sie nach Luft schnappte wurde alles wieder klar. Die groteske Welt vor ihren Füßen, klammer Wald, fliehende Tiere, der schwarze Qualm von den zerstörerischen Feuern, die dickliche Luft die immer grüner wurde und immer gefährlicher desto weiter man sich vom sicheren Dorf entfernte.

>> Danke. << rief das Mädchen und blieb ansonsten stumm, vermutlich war sie schlauer als Jansha in diesem Fall?

Als sie versuchte sich auf die Umgebung zu konzentrieren um einen möglichst schnellen Weg aus dem grünen Wald zu finden, versuchte die vielen wehklagenden Tiere und ihre qualvollen Schreie auszublenden, da störte sie Vadegoon, allerdings hatte er auch den rettenden Einfall parat.

>> Da vorne ist eine große gerodete Lichtung, wenn wir uns jetzt ein wenig beeilen, können wir gleich unser Schritttempo, auf dem ebenen Geläuf, noch ein wenig anheben! << schrie er nickend und voller Eifer Lagnaja Labata zu erreichen, aber eigentlich war es ja auch er gewesen der ursprünglich nicht einmal wieder hatte gehen wollen. Lagnaja Labata war Vadegoons Traum gewesen und jetzt war es ihrer aller Rettung, wenn diese überhaupt realistisch war? Den Weg bis Kalifornien zu jagen, das war unmöglich!

>> Das Schritttempo anheben??? Vadegoon die meisten von uns sterben jetzt schon bei dem Gedanken an noch einen einzigen Meter, viele von uns sind alt und gebrechlich, manche noch viel zu jung. Ich glaube nicht dass wir es bis nach Labata schaffen werden. << meinte sie erwidernd wahrheitsgetreu und zog damit den heiligen Zorn ihres Bruders auf sich, der abrupt stoppte.

>> Nicht schaffen? Warum zur Hölle sind wir dann überhaupt los gerannt? Wieso der Plan, wieso der ganze Aufwand? Dann können wir uns dem unheimlichen Teil auch gleich stellen, wenn ihr alle aufgeben wollt! << Vadegoon breitete die Arme aus und griff nach dem glimmenden Griff seiner Waffe der wie Glut im Feuer des Dämons rot glomm wie ein besonderer Käfer. Keine Furcht war in seinen Augen zu erkennen, nur der Schweiß der ihm hinuntertropfte und die pure Entschlossenheit die Sache ein für alle Mal zu Ende zu bringen.

>> Das sagt doch keiner, Bruder. << meinte sie doch Vadegoon ließ sich in diesem Moment kaum noch stoppen. Auch nicht von ihr,   was   sie   schon   verwunderte.

\>\> Du wolltest doch gar nicht nach Kalifornien. Du wolltest dich nur von deiner Krankheit heilen lassen und wenn du gewusst hättest das Gannamethek das kann, dann wärest du sofort nach Hause zurückgegangen, die Schande unserer Familie war dir doch immer egal. Du hast in deiner eigenen kleinen und perfekten Welt gelebt in der niemand etwas gegen dich hat, du bist ja auch die Schönste, nicht wahr? Wieso also sich Sorgen machen über das was die Eltern einem vermachen wollten oder was ihre Leben bedeutet haben? Ihren Ruf reinzuwaschen war niemals deine Absicht und weißt du auch warum? Weil sie dir egal waren, du kümmerst dich nur um dich selbst! \<\< die Indianerin fühlte sich den Tränen nahe doch konnte sie diese aufgrund ihrer Wut unterdrücken, sie hatte nicht gewusst das ihr Bruder ein solcher Starrkopf war! Die Stimme Vadegoons klang immer wieder von den dumpfen Baumstämmen ab und klang wie ein Chor aus dreißig Mann, die allesamt grölten wie es ihnen beliebte.

\>\> Das meinte ich nicht, Bruder. Ich meine doch nur, vielleicht sollten wir einen Alternativplan haben, falls wir es nicht rechtzeitig schaffen sollten? Nur eine zweite Möglichkeit, nicht mehr und nicht weniger. \<\<

Jansha konnte sehen wie er dachte, sie konnte sehen wie Vadegoon versuchte das gesagte vergessen zu machen oder wie er sich schämte für das was er ihr an den Kopf geworfen hatte wie einen ekeligen Stein voller Schlamm. Er fühlte sich unwohl in seiner Haut, doch Jansha behagte weder das Feuermonster das ihnen unheimlich nahe kam, noch die unangenehme Stille die den Wald so drückend machte, als hätte es ein Dach mit einer viel zu tief geratenen Decke.

\>\> Vielleicht einen Kampfplan, wie du eben vorgeschlagen hast? Irgendeine Idee wie man ihn stoppen könnte? \<\< Jansha lief ein wenig voran, immer weiter weg von dem tödlichen Feuer das ihnen wie ein Mensch folgte, doch hatte Jansha manchmal das Gefühl das es stoppte wenn sie stoppten, das es loderte und brannte wenn sie rannten? Sollte es ihnen nur Angst machen oder sollte es den notwendigen Tod auch verbreiten?

>> Wasser. << sagte Inahniik ein weiteres Mal und starrte dabei verträumt auf ihren Schild. In diesem sah sie sich selbst, vermutete Jansha von Blickwinkel her geschätzt. Sie beäugte sich sehr genau wie es schien, aber Jansha wusste auch das es vielleicht ganz gut sein konnte sich solche Dinge einzuprägen, schließlich konnte es soweit sein das ihr Gesicht bald nicht mehr so aussehen würde, sondern viel eher gezeichnet von den Kämpfen, vielleicht würde das junge Ding auch hier und heute sterben müssen? Doch eigentlich hatte Jansha nicht vor das geschehen zu lassen, zumindest nicht über ihr eigenes Opfer. In diesem Fall.

>> Ja, Wasser ist ein guter erster Einfall, doch dazu brauchen wir noch ein wenig mehr Kraft, Leute. Wenn wir es zur Küste schaffen oder an einen Teich, einen See …. << begann Jansha und Vadegoon beendete den Monolog nickend und mit trabenden Füßen auf dem staubigen Boden.

>> Aber eines ist klar. Wir sind HIER nicht sicher. Wir müssen noch weiter um es zu beenden und damit auf der sicheren Seite zu stehen. <<

Jansha wollte noch etwas hinzufügen, doch ein lautes Gejohle der Menschenmengen machte es ihr schwer dem Optimismus Einhalt zu gebieten. Sie wusste dass Zuspruch, für diese Menschen, etwas ganz besonderes bedeutete und sie wusste auch dass es nicht aufging wenn sie jetzt etwas Schlechtes sagte, also begrub sie die letzten Floskeln tief in sich und versuchte diese so schnell zu vergessen, wie sie ihr eingefallen waren.

>> Seht. << dieser grobe Schrei der Überraschung kam von Inahniik, sie hatte gute Augen und war flink, begriff sehr schnell und war noch dazu sehr besonnen. Sie schien sehr früh etwas gesehen oder gehört zu haben, das niemand anderes sehen konnte, doch wenn Jansha genau hinschaute.

Eine Silhouette schob sich langsam aus dem blendenden Horizont. Wie ein Gegenstand in Bewegung schälte es sich sehr schnell aus der Ummantelung des Himmelskörpers heraus und wandelte schon bald gurgelnd inmitten des schlammigen Untergrunds, der es aber keineswegs aufhielt. Es blieb gleich schnell und kam ihnen heillos entgegen gestürmt wie eine Horde wilder Tiere, nur viel kleiner, aerodynamisch geformt.

>> Was ist das, Vadegoon? Ich glaube wir sollten uns lieber verstecken und versuchen dem Ding zu entgehen, einfach ruhig bleiben. << sagte Jansha ruhig und schaute dabei ihren Bruder an, dieser schien noch ratloser zu sein als sie, nun eingesperrt zwischen diesen unheimlichen Angreifer und den höllischen Feuersäulen die ihnen den Weg ins Dorf zu versagen schienen.

>> Wieso, es ist nur ein Auto mit einigen Männern darin. Sie hanteln mit einigen kleinen Steinen herum und versuchen diese irgendwie festzuhalten. Außerdem sehen sie ganz normal aus und scheinen nicht zu diesem Monster zu gehören. << erklärte Inahniik ruhig und gelassen und machte Jansha klar das jeder Mensch, egal wie jung oder alt, sehr unterschiedliche Stärken hatte und dabei war es egal wie gut diese auch geschult waren. Wenn man schlechte Augen hatte, hatte man sie und andersherum.

>> Ein Auto? Mein Auto! Deswegen kamen mir die Geräusche so bekannt vor. << doch blieb Jansha keine Zeit für langwierige Erklärungen wie sie das Auto bekommen hatte oder welchen Wert es für sie besaß, klar war nur das nicht jeder Indianer hineinpasste und man dazu eine gute Lösung und Erklärung bräuchte warum wer im Auto sitzen durfte und ein Anderer dafür nicht.

Der ihr so bekannte Wagen blieb rauchend vor ihrer Karawane stehen und bestach mit dem Geräusch seiner quietschenden Reifen auf dem nassen Untergrund der Lichtung. Die Mannen von Lagnaja Labata saßen im Innern und trugen ihre typischen kalkweißen Roben, maßgeschneidert und eng anliegend. Ihre

Gesichter sprachen von großer Last, von Sorge und von vergangenen Stunden wie sie schrecklicher wohl nicht hätten sein können. Einige ihrer Kleider waren zerschlissen und nass, andere trugen dichte Blutflecke an Ihnen herum und noch andere blieben gar sitzen weil ihre Verletzungen zu schwer waren um sich damit wirklich zu rühren. Jansha befürchtete dass sie diese schlimme Lage wohl schuld war und dass sie sich nun tiefgreifende Vorwürfe anhören durfte, die sie auch allesamt verdient hatte, doch wusste sie nicht ob dies wirklich der richtige Zeitpunkt dazu war? Wie es Lagnaja Labata wohl ergangen war?

>> Jansha, Vadegoon, wir sind so froh euch hier zu treffen. Eure Abreise aus unserem Heiligtum war ein großer Fehler und gibt der Seuche eine Chance euch einzuverleiben. Allerdings haben wir nicht gedacht, dass ihr Indianer so viele seid? << sagte der Mann und Vadegoon reagierte sofort darauf. Jansha fiel bei der Gelegenheit auf wie wenig sie die Männer aus dem Heiligtum der Insel wirklich kannte. Sie war bewusstlos gewesen die meiste Zeit, eigentlich die Ganze. Sie hatte keine Vorstellung davon warum Vadegoon so begeistert von diesen Leuten gewesen war, bis auf den Punkt mit ihrer nicht vorhandenen Einsichtigkeit und ihrer sturen Einstellung. Aber geblieben wäre er ohne Janshas Zutun.

>> Rockard Rex- Minner! Wieso wusste ich dass wenn ich einen von euch wiedersehen würde, es du sein würdest? Kannst du mir das erklären? << die Männer schauten sich vertraut an und Jansha fühlte sich irgendwie seltsam kühl ausgeschlossen, vermutlich hatten sie nicht einmal in Erinnerung das Jansha nichts von Rockard wusste.

>> Weil ich mich Sorge, mein Freund und zwar um eure Sicherheit. Das Schlimme ist, durch den Kampf haben wir die Zombies von der Insel vertrieben, aber das Virus das deine Schwester mit sich herum geschleppt hat, war der Grund dafür das die meisten unserer heiligen Steine zerbröselt sind und

unsere Grenzen angreifbar wurden. Die Steine werden uns nicht mehr helfen, in diesem Kampf. << meinte der Mönchmeister und Vadegoon antwortete auf der Stelle.

>> Ätzend, das gleiche ist gerade mit dem Stab unseres Headmasters geschehen, damit schien er der Magie des Dämons widerstehen zu können. Er schien ihn gar besiegen zu können, doch am Ende ist alles schief gegangen. Ist ja nahezu so als würde er diese Gegenstände jagen die ihn gefährden. Voll gruselig. << Rockard nickte verängstigt, doch einige seiner Mönche trugen Überbleibsel der übrigen Steine aus dem Auto und verteilten diese großzügig und Millimeter genau um sie herum, alle Indianer eingeschlossen. Jansha atmete erleichtert und beruhigt auf.

>> Ich danke ihnen Rockard. Ohne sie wären wir wirklich verloren gewesen und wir waren sowieso zu Fuß auf den Weg zu eurer Insel. Danke. << Jansha gab dem Mann einen dicken Kuss auf die Wange und nahm Inahniik erleichtert in ihre zitternden Arme. Doch sie wusste das jetzt alles wieder gut werden würde, … das die Mönche sich eine Lösung ausdenken würden und ihnen damit ihre Leben retten konnten. Was Jansha nicht sah war das Rockard ihren Kuss weniger leicht einsteckte wie die Nachricht des sicheren Weltuntergangs, … seine Knie waren gar so zittrig das er sich auf die Haube des Wagens setzen musste und laut aus- und einatmete als hätte er den Kampf seines Lebens überstanden.

>> Was haben sie Mann? << hörte sie Vadegoons Stimme und die leise Erwiderung des Geistlichen darauf.

>> Wir haben nur sehr wenige Frauen auf unserer Insel und deine kleine Schwester ist wirklich heiß. << sagte er verträumt während seine Stimmbänder so klangen als würden sie wie eine Harfe gezupft werden. Allerdings fing er sich einen Hieb von Vadegoon ein den er vermutlich scherzhaft meinte, oder?

>> Ist schon gut, Rockard! Mehr muss ich nicht hören. Habt ihr einen Plan wie ihr uns helfen könnt oder wie lange diese Steine

uns beschützen werden? << durch diese Wendung wuchs auch Janshas Interesse an dem Gespräch wieder und sie gab sich Mühe ihren Einwand dieses Mal einzubringen ehe es wieder zu spät dazu war.

>> Ja, schließlich habt ihr ja gesagt das ich sie kaputt gemacht habe, aus versehen. Wie lange wird der Virus brauchen sie zu zerstören? << fragte sie und schüttelte dabei ungläubig ihren Kopf, aber nicht aus Angst vor der Antwort oder dem nahenden Ende, sondern viel eher aus Glück und Freude, über die Neue Chance die sich vor Ihnen allen auftat. Bei allem was hätte geschehen können, wer hätte schon mit dem hier gerechnet, einem fast permanenten Schild für einige Stunden, mindestens zum verschnaufen und ein paar neuen Leuten mit Erfahrung im Kampf gegen Geister?

>> Nun, ganz ehrlich? Wir haben keine Ahnung. Wir haben den Energieverlust sehr früh bemerkt doch das Virus ist sehr stark. Die Steine sind uns im Minutentakt um die Ohren geflogen und nur unseren Stoikern ist es zu verdanken das wir die Steine hier überhaupt retten konnten! << gestand Rockard Rex- Minner und ging dabei in die Hocke um einen Stein einige Millimeter um zu platzieren. Jansha glaubte das sie es künstlich versuchten den Rahmen groß genug für jeden Indianer zu machen, zum Glück mussten die Steine mal für eine ganze Insel reichen, sodass Jansha optimistisch blieb.

>> Euren Stoikern? Inwiefern? << fragte Vadegoon plötzlich, nun ernsthaft interessiert und redete noch weiter ohne eine Antwort zuzulassen.

>> Geht es denen nicht nur um ewige Seelenruhe und das Geschehen selbst, oder so? Wie konnten sie euch auf Rettung hinweisen? <<

>> Nun, sie waren rational, das ist ihre Welt. Wir anderen hätten die Steine niemals entfernt und einfach gehofft das sie etwas länger durchhalten oder das Virus besiegen würden. Jetzt

sind wir hier und können sogar hoffen dass diese Steine gar nicht beeinträchtigt wurden. Toll, oder? <<

Jansha wusste nicht so recht, immerhin konnte es ja doch auch bedeuten, das die Steine in einem katastrophalen Zustand waren und ihnen gleich um die Ohren fliegen konnten. Schließlich wusste doch keiner genau, was nun mit diesen geschehen würde und wie lange sie die Magie des Monstrums zurückhalten würden. Vadegoons letzte Worte in diesem Gespräch hallten danach noch lange in ihren Ohren wieder.

>> Hat auch einer einen guten Plan wie wir die neu gewonnene Zeit gewinnbringend nutzen könnten? <<

Heilige Steine? Armageddon Dämonen? Eine zuerst durch Müllreste belastete und zerbombte, nun brennende Welt? Sie wusste nicht wirklich wie Vadegoon und die Labata Typen das alles so einfach hinnehmen konnten? Jetzt waren rissige Steine die zu Stauben und zu Bröckeln schienen ihre einzige Hoffnung, ihr einziger Schutz, vor der sicheren Zerstörung von all den unwirklichen Bedrohungen, all diesem Chaos. Jansha erwartete den Aufprall des ersten Feuer Funkens nun schon seit längerer Zeit und keuchte interessiert atmend, brennend erpicht darauf welche Art von bedeutendem Schutz diese Schutzkreiszeichen ihnen geben würden, oder ob sie das Vertrauen in die Steine am Ende vielleicht doch bereuen mussten? Jansha sah keine atmosphärische Veränderung wie Schilde oder eine gewisse Magische Barriere, wie es in Zeichnungen oder Büchern oft der Fall war, de facto sah alles so aus wie sonst auch immer. Auch Vadegoon standen die heftigen Zweifel ins Gesicht geschrieben und ebenso wie dieser hatte die Indianerin nicht das erpichte Gefühl unbedingt warten zu müssen bis das Feuer hinab regnete wie bei einem grauenhaften Vulkanausbruch der sie allesamt unter der Glut begraben würde.

>> Liebe Jansha, warum warten wir hier? Das Feuer wird uns bald schon eingeholt haben, ich dachte immer Helden wie du kämpfen immer und besiegen die Bösen? << Jansha hatte die liebenswürdige Stimme von Inahniik die ihr ins Ohr flüsterte wie sie es zu machen hatte, sie als Heldin bezeichnete, … sie adelte, doch wusste Jansha nicht ob sie dem wirklich gerecht wurde? Schließlich hatte sie nichts Weltveränderndes geschafft, außer vielleicht einen grauenhaften Dämonen des Zorns und der mannigfaltigen Zerstörung auf die Welt loszulassen! Das hatte sie erst in diese beschissene Lage gebracht.

>> Siehst du die Steine um uns herum? Die Mittelgroßen mit den grünen kleinen Steinchen im Innern? … Die werden uns erst mal vor dem Dämon beschützen und dann werden sie uns hoffentlich helfen Belphegor zu besiegen. Mal sehen, okay? << Jansha machte große Augen und ließ sanft ihre Lider auf und zu fahren. Ihre Wimpern klimperten dabei durch die Luft und wickelten das kleine Mädchen ganz von allein um Janshas Finger. Die Indianerin war ziemlich charmant. Dieser Charme wirkte eigentlich auf jedes Lebewesen und wie es schien irgendwie sogar auf Tote, wie zum Beispiel Belphegor der sich die Chance auf ein Treffen mit ihr nicht hatte nehmen lassen wollen. Doch Jansha wandte sich ab und starrte ihrem Bruder entschuldigend und tief in die Augen. Er sah starr aus und ratlos, doch Jansha war sicher das mindestens Rockard eine gute Lösung parat hatte die ihnen das Leben retten würde. Ihr Hoffnungsvoller Blick traf somit den Mann, dieser fühlte sich sichtlich unwohl in dieser Lage.

>> Die Steine werden uns vorerst vor den massiven Attacken verteidigen doch es ist keine Dauerlösung. Wir brauchen einen Plan und ich bin mit meinem Latein am Ende, …. << sagte er gestresst und warf Vadegoon einen Blick zu, der mit den Händen wedelnd protestierte.

>> Was? Am Ende mit den Ideen? Warum seid ihr dann her gerast wie die letzten Spinner? Nur um uns zu sagen das ihr keinen Plan habt uns zu helfen? Echt? << sagte er und schien sehr aufgebracht zu sein.

>> Nein. Wir dachten ihr wäret viel weniger und wir könnten euch auf das Auto verfrachten das wir im Wald bei den Kämpfen gefunden hatten, … euch in Sicherheit bringen! Helfen, mit Wunden oder so? Wir wussten nicht das ES hier ist und auch nicht das euer ganzes Dorf Schutz und Geleit sucht, …. << Rockard war ehrlich und mehr konnte und würde Jansha niemals verlangen, was aber auch hieße das irgendjemand von ihnen einen brillanten Einfall brauchte ehe es zu spät war. Den

Tod aller Kinder und Frauen des Dorfes, … der Zukunft der Yavapai, denn durften sie nicht aus Spiel setzen! Zumal sie das letzte wirkliche Volk waren das die Auslöschung unbeschadet überlebt hatte!

>> T'schuldigung, hatte ich ganz vergessen. Danke dass ihr hier seid. <<

>> Und wir werden euch unterstützen. Auch weiterhin, Vadegoon. Du hast uns gezeigt dass auch jenseits unserer Mauern noch eine Welt existiert. Wir schulden dir was. << Jansha dachte schwer nach, doch eine Armee aus Untoten besiegen, … alle Waffen und Schutzmechanismen die man besaß verfielen nach und nach. Man hatte viel Ballast mit Kindern und älteren Menschen dabei und gar keine Krieger die sich längst bewiesen hätten und nun das Kommando übernehmen konnten! Einen Gewaltakt als Lösung auch nur in Betracht zu ziehen musste letztlich als Idiotie oder Selbstmord angesehen werden!

>> Hoffen wir einfach das Beste und überlegen uns eine Kleinigkeit. << sagte Jansha just als es geschah und die Schilde ihrer ersten Prüfung entgegenstanden.

Die Indianerin sah Feuer, wie eine gigantische Säule des Hasses die sich bewegte und ihnen entgegen schoss. Es krümmte sich funkensprühend und donnerte wie eine gewaltige Faust auf sie hernieder sodass sie viele Schreie hören konnte, Laut Klage des Entsetzens. Jansha konnte sehen wie viele Indianer sich beim Aufprall duckten, doch nicht sie, dazu hatte sie bereits zu viel erlebt. Zitternd klemmte Inahniik an ihrem Bein wie eine Klette und kniff die Fingernägel tief in ihr schmerzendes Fleisch. Das Volk an sich nahm die Hände über den Kopf und keuchte laut auf als es geschah.

Vadegoon und Rockard waren ebenso beruhigt wie sie.

Das Feuer teilte sich an der Macht auf magische Weise, und zwar an irgendeiner Grenze die Jansha nicht genau erkennen konnte, doch sie würde schätzen das der Schutzraum den die

Steine kreierten ungefähr fünfzehn Meter hoch sein könnte. Das verzweifelte Glimmen am Schutz scheitern zu sehen war ein erleichternder Moment und wurde bejubelt von fünfzig Indianern die erst jetzt realisierten was letztendlich geschehen war. Sodass auch das Mädchen Janshas Bein losließ und zu feiern begann, doch so naiv konnte Sie niemals mehr sein.

Die lodernde Flamme färbte sich grünlich und versetzte sie in Erstaunen, ehe sie verglomm und … verschwand, zu verschwinden schien.

Hinter den Steinen im Wald flogen einige Vögel, die Baumkronen raschelten verstohlen, doch dies waren nur Anzeichen das die Gefahr sich erst einmal verzogen hatte, nichts war noch von dem Feuergeist zu sehen der ihnen verzweifelt nach dem Leben getrachtet hatte. Doch er hatte kein Glück gehabt und die Indianer ziemlich viel, denn wären die Labata Mönche nicht gekommen, dann hätten sie den Tag nicht überlebt. Jetzt hatte man ein Bündnis.

>> Ich hab's doch gesagt, Freunde. << sagte Rockard Rex-Minner überschwänglich in Freude getränkt und Jansha hatte sogar das Gefühl es wurde dem Mann schummrig dabei, … vermutlich hatte er selbst nicht an diesen Erfolg geglaubt. Jansha nahm ihn erneut in den Arm, ehe Vadegoon nach seiner Klinge griff und sich den Kopf rüffelte.

>> Sha, Hey Schwesterchen. Sind wir noch auf Yavbe Territorium? … Wenn ja dann glaube ich das ich einen Plan habe der den Dämon zur Strecke bringen könnte. << wie wild fuhr er mit seinem Zeigefinger seine Waffe und deren Schneide entlang, fast erpicht darauf Belphegor zu erschlagen. Vielleicht störte ihn Janshas zuvor enge Bindung noch immer oder er hasste ihn einfach für alles was er getan hatte? Jansha konnte es so oder so gut nachvollziehen, vor allem aber weil sie nicht wusste ob die Gefühle des Dämons für sie echt gewesen waren? Aber vermutlich hätte er sie dann nicht infiziert und als Mittel zum Zweck benutzt.

>> Ja, wir sind noch ziemlich tief im Yavapai Gebiet. Deswegen habe ich ja die ganze Zeit gesagt wir schaffen es nicht bis zu Lagnaja Labata! Aber wieso? Hast du einen rettenden Einfall? << fragte Jansha interessiert zurück und nickte dabei zuversichtlich mit ihrem hübschen Kopf in seine Richtung um ihm das Wort wieder zu übergeben.

>> Weißt du, Sha? Ich habe hier in der Wildnis wirklich, wirklich viel gelernt und bin sehr froh darüber dich wieder gefunden zu haben, dich wiedergewonnen zu haben als Teil meiner Familie, … ich war so lange allein, verstehst du? Aber ich hatte Gesellschaft, die Erdgeister halfen mir auf meiner Reise mit gar unglaublicher Präzision, sie waren es auch die mich das erste Mal nach Kalifornien geschickt haben um die Heilige Insel aufzusuchen, doch ich konnte sie nicht finden. Dazu brauchte ich erst dich und du brauchtest mich, glaubst du nicht auch? << fragte er und Janshas Augen weiteten sich unmerklich ehe sie antwortete.

>> Deswegen hat uns Gannamethek auch zusammengeführt, ohne den Anderen kamen wir einfach nicht weiter, … wir brauchten uns in der Stunde der Not und haben uns zur Seite gestanden! << gab sie zu und lauschte weiter, auch Rockard schien das Interesse gewonnen zu haben, vermutlich aber vor allem an dem Plan zum Sieg? Jansha jedoch fragte sich etwas anderes, wieso hatte Gannamethek sie Beide in Labata vereinen wollen, schließlich hatte er doch nichts von denen gehalten soweit sie wusste? War es vielleicht ein Zufall, wegen der Steine ein sicherer Treffpunkt oder hatte er etwas Bestimmtes von Ihnen gewollt? Wohl leider eine Frage die sich niemals mehr klären würde da der Headmaster nicht mehr unter ihnen weilte.

>> Ich weiß das es hier ein spirituelle Höhle gibt, in der einige Indianer ihren Ritual Lauf absolvieren und dort reden sie dann mit dem Geist der Erde, einem der Element Geister. Er ist mächtig und verantwortlich für die Gesundheit der Welt, für das

allgegenwärtige Gleichgewicht der Dinge. Ich glaube dass er Belphegor vertreiben kann, weil er einfach nicht in diese Welt gehört, … das ist seine Aufgabe und unsere ist es ihn darum zu bitten, Sha! << Rockard nickte verstohlen doch seine Augen sprachen von Ungläubigkeit, Skepsis. Er hielt Vadegoon für wahnsinnig. Ohne das Jansha es gemerkt hatte, hatte sich die verbliebene Ehefrau von Gannamethek, Rathongeda zu Ihnen gesellt und schaute sie tief ernst an. Ihre Augen trugen schwere Tränen und ihr Haar war zu einem festen Knoten auf ihrem Kopf zusammengebunden.

>> Ja, es ist wahr. Diese Höhle befindet sich nördlich von hier im ehemaligen Reservoir unserer Nachbarn, doch die haben sich dem fürchterlichen Krieg verschrieben und sich damit selbst zur Schlachtbank geführt. Es ist die Höhle vom Canyon, sie ist dort eingebettet. << erklärte sie mit dem wischenden Zeigefinger der drohend die Luft zerschnitt, doch entgegen ihrer Neugier entschied sich Jansha die Fragen zu den Absichten von Gannamethek nicht zu stellen, nicht zuletzt weil Rockard anwesend war und dies sicherlich ein unpraktisches Gespräch für ein Bündnis darstellte.

>> Danke, Rathongeda, … wir werden uns sofort …. << begann Vadegoon hechelnd doch wurde er in seinem Eifer bei der ältlichen Frau gezügelt.

>> Gannamethek wusste das es ein gutes Ende nehmen wird, das ihr dieses Ende bereiten werdet, … doch habt Respekt vor der Höhle und dem was ihr darin finden werdet. Die Steinwände zu zerschneiden oder zu zerkratzen gleicht dem Versuch die eigene Mutter aufzuschneiden, Relikte zu Schänden einer Schandtat an der eigenen Sippe. … Gebt Acht den Geist nicht zu erzürnen und ihm respektvoll gegenüber zu treten, das ist meine letzte Warnung. << Jansha kannte diese seichten Sätze von Gannamethek, doch dieser berichtete oft aus der grauen und antiken Vorzeit seiner Vorfahren, er trug die Geschichten mit sich herum bis zu seinem Tode, nun war es wohl sie die diese

Aufgabe herumtrug. Zu Beginn der Kolonisierung weigerten sich Indianer allein schon aus Prinzip ihre Felder zu bestellen und damit Geld zu verdienen, sie weigerten sich ihre Saat zu ernten, … denn das Korn zu schneiden wäre wie der eigenen Mutter die Haarpracht zu nehmen, den Boden zu beackern wie ihr den Busen aufzuschneiden …. Und nach ihren Knochen zu graben, … Jansha hatte das ganze immer ziemlich extrem gefunden doch Gannamethek hatte diesen Mythos geliebt und gelebt und ihn auch gestorben! Was großen Respekt verdiente, angesichts der Zeiten in denen sie sich befanden.

>> Ich verspreche das wir Beide aufpassen was wir tun, … ich gehe doch richtig in der Annahme das wir zusammen gehen werden, als Team? << Jansha legte den Kopf in den Nacken und schaute die Indianerin verstohlen an, aber natürlich folgte ein kühles Nicken.

Dieses befehligte Jansha und Vadegoon spätestens nun endlich die Sache zu Ende zu bringen. Doch Jansha wandte sich noch ein letztes Mal an Rockard und Inahniik.

>> Danke für alles was du für uns getan hast, Rockard Rex-Minner, … ich hoffe du nimmst es mir nicht übel wenn ich dir noch einen Gefallen abverlange? … Pass auf die Kleine auf, viel Glück Inahniik, … wir werden es jetzt beenden. << Jansha sah das Vadegoon seine eigenen Verabschiedungen machte doch versuchte sie es nicht zu sehr wie ein Ende zu betrachten, sondern wie einen Anfang, sie würden beide zurückkehren und sie würden es ihrem Widersacher zeigen das man sich nicht so einfach mit dem Willen der vereinten Menschen anlegen konnte wie er dachte, dass sie keine leichten Gegner waren! Sie würden sich letztlich wehren und den Dämon zurückschlagen, ihn in seine Dimension verbannen oder gar zerstören, nur dann war die Welt wieder ein ruhiger Ort dem man Vertrauen entgegen bringen konnte um darauf in Frieden zu leben.

Vadegoon brauchte etwas länger als sie, doch seine Gespräche waren eher viele und dafür weniger intensiv, seine Ehrenrunde

mehr ein Zurückkehren in die Gesellschaft als ein Abschied, …
auch er rechnete mit seiner Rückkehr in den Schoß des Dorfes,
warum auch nicht? Sie hatten es so weit gebracht.

Nach dem emotionalen Abschied in die Wildnis hinter den
Schild aus Magischen Steinen fuhren die Beiden langsam und
leise los und zwar in die gleiche Richtung in die sie auch zuvor
gegangen waren, doch dieses Mal viel schneller, mit einem
Auto und mit einem sehr viel kürzeren Weg vor Augen. Zu
ihrem Glück hatte der Dämon vor langer Zeit schon von dem
Schild abgelassen und hatte sich offenbar etwas Anderes zum
Angreifen gesucht, vielleicht etwas wie ein Tier? Doch auch das
Auto hatte sich verändert, die Mönche vom Lagnaja Labata
Orden hatten ihm ein Stand MG verpasst, eine Art
Schnellfeuerwaffe. Jansha fragte sich wie viele dieser
Totenleute sie damit wohl besiegt und aus ihrem Weg geräumt
hatten? Eine kluge Modifikation von der sich Jansha fragte ob
sie diese auch gegen Spencer gebrauchen konnten? Doch warf
diese ganze Lage irgendwie noch eine Frage auf.

>> Weißt du eigentlich das ich mich die ganze Zeit frage wie du
mich nach Hause gebracht hast? Ich meine, dass Auto scheinst
du ja nicht genommen zu haben und ich muss sehr schwer
gewesen sein? << fragte sie doch Vadegoon, der auf dem
Beifahrersitz saß und die Waffe mit seinen Fingern auf Herz
und Nieren prüfte, doch der zuckte nur unbeteiligt mit den
Schultern.

>> Ich kann nicht Auto fahren, Sha. Ich hatte keine andere
Wahl, außerdem haben manche von Rockards Leuten mich
gefahren- bis zu einem gewissen Punkt nahe des Dorfes. Ab da
bin ich gelaufen und sie haben das Fahrzeug wieder mit
zurückgenommen. << schmunzelte er und Jansha verstand.
Natürlich, vermutlich konnte Vadegoon genau so wenig fahren
wie sie selbst, doch sie hatte es sich angewöhnen müssen, sonst
hätte sie längst ein feuchtes Grab unter der Erde oder im Mund
eines der Viecher gefunden die einst Menschen gewesen waren?

>> Klar, hätte ich mir auch denken können, schätze ich? <<
Jansha wurde jedoch bereits jetzt das Gefühl nicht los das etwas
im Busch lag, das Belphegor ihnen Spielraum gab, Zeit und
Raum spielten doch vermutlich keine Rolle in seiner Existenz,
wer wusste schon wie alt der Dämon wirklich war? Das hohe
Gras der Steppe und der vergehenden Lichtung wurde kürzer
und wich sehr bald der kahlen Schönheit einer
Wüstenlandschaft die ihnen einen kleinen Hinweis darauf gab
das sie ein Territorium verlassen und ein nächstes betreten
hatten.
>> Irgendwie glaube ich nicht daran das Belphegor nichts von
uns weiß, du Bruder? << fragte sie ängstlich und Vadegoon
nickte verächtlich.
>> Ich weiß das du sehr viel von ihm gehalten hast, dafür
musste schließlich Lagnaja Labata büßen, … doch er ist blind
für die Gefahr die ihm heimlich auflauert. Er hält uns nicht für
gefährlich. << antwortete Vadegoon kalt und Jansha überhörte
den Anflug einer Schuldzusage in seinen Worten, vermutlich
machte er sich wesentlich mehr Sorgen als er selbst glaubte und
versuchte diese irgendwie loszuwerden, sie beiseite zu schieben
indem er sich mit ihr unterhielt und er ihr zuschob die Welt
gerädert zu haben? Okay, sie gab zu das sie eine Teilschuld
besaß, aber woher hätte sie das wissen sollen, sie glaubte
persönlich nicht daran das Vadegoon sich nicht auch mit Ihm
verbündet hätte wenn er es gewesen wäre der Ibrahim Spencer
in den Wäldern getroffen hätte. Nun wurde Jansha bei dem
Gedanken wer ihr da planmäßig aufgelauert hatte allerdings
ganz anders.
>> Okay, wenn du es für sicher hältst? <<
Jansha sputete ein wenig, drückte ihren Fuß nun etwas fester
aufs Gas, denn sie ahnte dass dieses Wesen ob früher oder
später wiederkommen würde. Der Motor heulte auf und Jansha
konnte sich dem Gefühl nicht entziehen sich der Höhle so
schnell zu nähern wie sie nur konnte. Denn eigentlich konnte es

nur große Vorteile haben, doch musste sie gestehen das sie die Richtung nicht wirklich kannte der sie folgten. Zu ihrem Glück folgte Vadegoon der Strecke mit seinen Augen auf der Stelle und lenkte sie per Handzeichen und Beschreibungen in die jeweils richtige Richtung.

Seine Hand griff nach ihrer Schulter und hielt sie ein wenig, eine Geste die Jansha beruhigte, doch nicht für allzu lang. Denn fast augenscheinlich mit der Bewegung kamen auch die raschelnden unheimlichen Geräusche aus dem Unterholz auf sie zu. Vielleicht hatte Vadegoon das schon vor ihr gehört?

>> Bleib ruhig Jansha und gib Gas. Ich mach das Standgeschütz bereit … fahr nur einfach weiter in diese Richtung. << er schrie beinahe und zeigte ihr eine vage Route an die sie entlang fahren sollte. Zu ihrem Glück war ein glasklarer Weg zu erkennen. Es waren Untote.

Schon hörte sie die ersten Kugeln durch die Luft sausen wie todbringenden Steinhagel. Jansha konnte sehen wie die Feuerblume aufblitzte und die Kugeln in die Körper der Gegner eintrat und sie zu Boden warf. Sie schlossen nicht die Augen, bluteten nicht, schrien nicht, … schienen aber zu *sterben*? Wenn sie es denn konnten … auf jeden Fall bewegten sie sich nicht mehr nachdem Vadegoon sie ab getroffen hatte und mit dieser Sicherheit im Rücken trat Jansha auf das Gaspedal.

Das Geräusch des sausenden Autos ertönte und erfüllte die Ruhe des Waldes mit einem Schlag. Wie eine Schneide raste die Stoßstange durch die Büsche und so zog der Wagen eine Schneise durch die Grünanlagen die sie umgaben. Das Getöse der Geschosse und die Hitze des Laufs waren unangenehm, genau so wie die unangenehme Tatsache das ein Dämon es auf sie abgesehen hatte, nur eines hatte die Grundlage noch unangenehmer zu werden als all das. Der verreckende Motor der sie inmitten des Waldes im Stich zu lassen schien. Das vertrocknende Rasseln der Motorkomponenten erfüllte Janshas Magen mit mehreren Steinen die sich zu einem gigantischen

Turm aufstapelten. Doch Vadegoon wirkte ruhig auf sie ein, sobald der Wagen stehen geblieben war.

>> Das MG funktionierte einwandfrei. Keiner dieser Zombies im weg- nicht einmal in unserer Nähe soweit ich das sagen kann. Ich gehe vor- dass ist erstens sicherer und zweitens kenne ich den Weg wenigstens. <<

Jansha grinste nachdenklich, doch musste sie zugeben das er Recht hatte, sie selbst würde sich nur hoffnungslos verlaufen und nie wieder zurück oder zum Ziel finden, … das würde niemandem helfen, das war sicher. Doch unangenehm war es trotzdem, dass Auto hatte gute Dienste geleistet, irgendwie fiel es ihr schwer sich von dem Gefährt zu trennen ohne dabei die ein oder andere Träne zu vergießen. Es war ja nicht einmal kaputt, Vadegoon meinte dass sicherlich nur der Tank allmählich leer war, doch änderte dies nichts daran dass sie den restlichen Weg zu Fuß gehen mussten.

Dieser verlief allerdings still, denn Beide Protagonisten versuchten sich Gedanken zu machen wie sie den Dämon mit dem Wissen das sie hatten ganz genau besiegen würden, was seine Schwachstelle war. Jansha war es Recht denn es hatte viel dicke Luft zwischen ihnen Beiden gegeben wenn sie viel redeten und ihre Standpunkte vertraten, ihre Leben waren offensichtlich zu unterschiedlich gewesen als das sie sich in einem einzigen Versuch aneinander gewöhnen konnten. Erstaunlicherweise gar nicht wenn sie etwas taten oder generell in Lebensgefahr schwebten. Die süße Indianerin wusste das es die Höhle gab und das ihr ein Geist innewohnte den man mit größtem Respekt entgegentreten musste, also eine Art Ritual Tanz, doch Jansha kannte nur einen einzigen und musste hoffen das es einen Grund gab warum Gannamethek ihr genau diesen einen beigebracht hatte und niemals einen Anderen, … vor allem war es ja auch nicht so das sie unbedingt Tänzerin hatte werden wollen!

Die Sonne ging allmählich unter und Jansha ertappte sich mit den Gedanken bei ihren Freunden aus dem Dorf, … sie konnte nur inniglich beten und hoffen das der Schild die trügerische Existenz des Belphegor abwehren und die Zombies fernhalten würde, … das ihre Freunde in Frieden und Ruhe rasten konnten um die Flucht erneut aufzunehmen wenn der Schutz den Geist aufgab was eigentlich nur eine Frage der Zeit war, … es sei denn sie konnten genau dies verhindern!

>> Sha, pass auf! << rief Vadegoon plötzlich und wie aus dem Nichts. Jansha hätte beinahe wegen der Stimme in der blanken Stille einen Schlag bekommen und wäre tot umgefallen, doch nebenbei riss er sie noch zu Boden. Sie konnte sich nicht wehren denn der Mann war einfach zu schwer, zu stark und landete mit seinem gesamten Gewicht auf ihrem Körper, presste sie hart zu Boden. Noch ehe sie die Besinnung so richtig zurückgewinnen konnte richtete er sich wieder auf, sie konnte nicht einmal ohne pechschwarzen Schleier sehen.

Sie hörte nur seine Stimme wie durch dichte Wände die sie zu trennen schienen, dabei spürte sie seine warmen Handflächen an ihren Armen.

>> Bleib ja liegen, das Vieh hat uns gefunden. Ich renne bis zur Höhle, folge meiner Spur und dann werden wir ihn gemeinsam niederstrecken. … Ich versuche alles vorzubereiten! << Jansha versuchte zu verstehen doch ihr Hirn machte einen Sprung nach dem Anderen und sie verstand nur die Hälfte von allem was er erzählte, vermutlich war der Schlag auf den Kopf etwas zu stark ausgefallen.

Doch ehe sie Widerspruch einlegen konnte verschwand Vadegoon und auch der Lärm, wich der Stille und dem Krächzen des Waldes, dem Lodern der kleinen Glühwürmchen im finsteren Unterholz. Hustend richtete sie sich auf und schaute sich um, die Spuren ihres Bruders waren gut zu erkennen, er musste einen guten Sprint hingelegt haben um sich so schnell abzusetzen, sie konnte ihn nun nicht einmal mehr sehen.

Doch sie machte sich große Sorgen und hatte zum ersten Mal seit langer Zeit wirklich Angst.

Humpelnd folgte sie dem Wald Pfad bis zu einer blitzartig auftauchenden Lichtung, die sich nun wirklich überhaupt nicht angedeutet hatte, auf die sie trat. Von hier aus konnte sie die besagte Höhle bereits sehen und auch das feuerartige Lodern das aus der Spalt artig geformten Höhlenöffnung drang. Er erfüllte die ganze Bergkette mit groteskem Licht und warf tanzende Schatten auf den Boden vor ihr die allesamt aussahen wir Indianer, … unglückliche. Wie in Gefangenschaft schienen sie zur Belustigung ihres Herrn zu kämpfen, zu tanzen und sich zu erniedrigen. Kein schöner Anblick wenn man wusste was einem blühte.

>> Vadegoon, ich komme. <<

Jansha raste los und ließ die grausamen Bilder der Schattenfiguren hinter sich. Ihre zarten Finger trugen sie erstaunlich schnell die steilen Klippen der Kette hinauf und folgten dabei akribisch den Spuren die Vadegoon hinterlassen hatte. Doch den wirklichen Schrecken erlebte sie erst als sie die anstrengende Besteigung hinter sich gebracht hatte und sich krümmend an eine Höhlenwand legte.

Just stockte ihr der Atem erneut.

Vadegoon sackte auf die Knie. Seine Stirn glänzte vor kaltem Schweiß der ihm die Wange entlanglief, oder waren es Tränen? Glühendes rot erfüllte die Pupillen in seinen Augenhöhlen, Qualm stieg von seiner Kleidung her auf, oder kam der stickige und brechende Geruch aus Vadegoon selbst? Seine Hände zitterten und lagen auf seinen Oberschenkeln während er sich selbst zu stützen versuchte, doch konnte Jansha sehen das es eine verzweifelte Arbeit war und er in sich zusammensacken würde. Sofort schlitterte sie zu ihm herüber und schaute in die unmenschlichen Augen, die nicht auf sie zu reagieren schienen und weiter durch die Decke der Höhle blinzelten. Sie legte ihre Hand auf seine Stirn, er kochte.

>> Bruder, ich …. << stotterte sie zwischen den Zähnen hervor doch konnte sie ihre Tränen nicht zurückhalten und hörte eine schallende Stimme antworten die nur mäßig an die Vadegoons erinnerte, aber seine zu sein schien, sie schlug einen gehörigen Bass an und war in der Höhle kaum verständlich. Zu sehr brach sie sich an den Wänden.

>> Der Ritual Tanz, Sha! Der Geist wird dich beschützen und den Dämon besiegen, ich weiß es. … Tue es bevor … bevor es … zu spät … ist! << Jansha hörte wie die Stimme immer schwächer wurde und schließlich wie ein Teich in der Wüste klanglos versiegte. Doch die Trauer wich dem Ehrgefühl und dem Pflichtbewusstsein, denn sie wusste das würde ihre einzige Chance bleiben.

>> Dann fange ich mal an. << sie flüsterte es sich schließlich selbst zu und noch währenddessen begann sie mit einer fließenden Bewegung die mit ihren Sandalen bekleideten Füßen begann, die sich rhythmisch nebeneinander setzten und vor und zurück, und dann die schön geformten Beine in Bewegung setzten. Ihr Bauch und Rücken vollführte immer wieder eine Vollstreckung und ihre Hände wedelten in der Luft umher und schienen dabei eine unsichtbare Harfe zu zupfen als wäre sie meisterhaft darin ausgebildet dieses Instrument zu spielen.

Als sie diesen Vorgang Staub aufwirbelnd ein drittes Mal wiederholte, da hörte sie plötzlich eine vertraute Stimme und sah Ibrahim Spencer. Er trug ausgelaugte Kleidung und wirkte zertreten, er war Schweiß übersät und wirkte beinahe wie ein verschollener Matrose der an Land zurück gesegelt war nachdem er zwanzig Jahre lang verloren gewesen schien! Seine Linke streckte sich nach Jansha aus und zitterte dabei wie der Mann am Boden es auch getan hatte bevor er sein Leben ausgehaucht hatte und dem Feuer, welches offensichtlich in seinem Kopf getobt hatte, nachgegeben hatte. Doch Jansha wusste auch das Spencer dafür verantwortlich war, was ihrem Bruder widerfahren war!

>> Geh weit weg von mir, … ich werde jetzt für dein Ende sorgen. << schrie sie laut und tanzte dabei weiter. Sie machte nicht die Anstalten den Tanz wegen Spencer zu beenden. Er starrte sie weiter an.

>> Ich bin nicht der Satan den ihr sucht- ich bin im Wald verloren gegangen weil dein netter Bruder mich nicht dabei haben wollte, doch jetzt wo er nicht mehr ist haben wir erneut eine Chance. << erwiderte er darauf und Jansha nickte verächtlich.

>> Nein, ich glaube dir kein Wort mehr- ich bringe es jetzt zu Ende. Endlich! <<

Jansha tanzte den Tanz genau nach der Lektüre die sie einst gelesen hatte, bereits vor zirka fünfzehn Jahren hatte Gannamethek darauf bestanden das sie es lernte, dass sie sich Mühe gab. Er hatte sie gedemütigt, er hatte sie jeden Fehler neun Mal nachbessern lassen doch nun wusste sie endlich wieso es dem Mann so wichtig gewesen war und … sie hoffte das Vadegoon am Ende stolz auf sie sein konnte, so wie sie auf ihre Eltern, dank Vadegoon.

Langsam verließ die junge Frau ihren Körper, verlor den Blick für alles was die Höhle zierte, Kerzen, Schmuck, Urnen … Vadegoons lebloser Körper dessen Augen noch immer zu glühen schienen und auch der Körper von Spencer der sich gegen die nahende Kraft ihre Rituals zu wehren versuchte, wurde immer durchsichtiger. Schon bald spürte sie sich kraftlos, schmerzlos, sie konnte sehen wie ihr Körper die Waffen zugrunde sinken ließ und trotzdem weiter seinen Tanz aufführte, … erst dann hörte sie ein weiteres Mal Belphegors unglaublich tiefe Stimme, die immer übel gelaunt klang.

>> Ich habe dir die Gabe geschenkt Gifte zu transportieren und als Mutter meines Genozids zu dienen, ich habe dir das bisschen an Liebe geschenkt das ich besitze und hätte dir den Thron an meiner Seite angeboten, …. << rief er durch den Sturm aus weißem Brodem der sich um sie herum bildete und sich zu einer

übel riechenden Schaum artigen Masse verband. Diese hüllte die Höllenwände zuerst ein und verschlang daraufhin auch den wehrlosen Vadegoon, wie er plötzlich nicht mehr zu sehen war! Dann wurde alles weiß, auf ein Mal, keine Vorwarnung.

…

>> Ich bringe es in Ordnung, Kind. Belphegor wird sein verdientes Ende erleiden, ihr Geschwister habt euren Part erledigt und mich erweckt, … gestärkt und mir die Mittel gebracht es zu Ende zu bringen. << eine unglaublich holde Stimme erklang in ihren Ohren doch die Körperlosigkeit machte der Indianerin zu schaffen, sie fühlte sich beinahe so als würde sie regungslos gegen eine weiße Leinwand schauen ohne sich dabei rühren zu können. Sie war komplett steif. Doch sie schien reden zu können.

>> Wie geht es Vadegoon, kann ich ihn irgendwie retten? … Sagen sie mir bitte wie und ich tue alles. << flehte Jansha denn im Augenblick zählte nur das Leben von Vadegoon. Sie hatte ihren Bruder nicht gefunden um ihn einem wahnwitzigen Dämon zu opfern.

>> Haha, genau deswegen seit ihr gesegnet. Sorge dich nicht, Mädchen, deinem Bruder geht es gut. << antwortete die Stimme und Jansha staunte.

>> Hä? Was? <<

>> Es ist wahr, ihr Beide seid etwas Besonderes. Ihr besitzt das seltene Blut eines Dämons mit dem Namen Nedizios. Er war ein gnädiger Dämon der Kinder mit einer Menschenfrau bekam … Ihr seid direkte Nachfahren dieser Ahnen Linie, dass sagen auch eure einzigartigen magischen Anhänger. << erklärte die beinahe geschlechtslose Stimme, doch würde Jansha zu einer älteren Frau tendieren wenn sie raten müsste.

>> Ich kann es nicht ganz glauben. << stammelte sie sich zu recht, doch wusste sie nicht wieso, sie wollte den Geist nicht unterbrechen, viel lieber mehr erfahren, viel mehr.

>> Das Blut eurer Dämonen Wurzeln, es ist mächtig und läuft durch eure Venen wie ein Heilmittel gegen viele schmerzliche und auch tödliche Dinge. Deswegen konnte Belphegor auch deinen Bruder nicht töten und deswegen wird dieser auch wieder auf die Beine kommen. Jedoch habe ich leider keine unbegrenzte Zeit mit dir zu reden, meine Liebe. << Jansha wollte protestieren doch der Geist unterbrach sie mit barscher Geste.

>> Ihr seid damit Halb- Dämonen- doch seid gewarnt. Dieses Blut kocht gefährlich und wird euch vielleicht verleiten Böses anzustellen, wenn ihr nicht aufpasst. Ihr müsst einander vertrauen und nur wenn ihr weiterhin im guten Geist seht, und denkt, nur dann werden wir Erdgeister bereit stehen euch zur Hand zu gehen, solltet ihr uns brauchen. << die Indianerin versuchte zu nicken, doch die hüllenlose Stimme wurde bereits leiser und klang fast schon so als würde sie schreien um sich verständlich zu machen.

>> Auch deinem Bruder habe ich diese Eindrücke zuteil werden lassen, während wir sprachen, doch habe ich noch eine letzte wichtige Warnung … Belphegor ist nun angeschlagen doch kann ich ihn nicht töten oder vernichten. Ibrahim Spencer wird gleich noch euer Problem sein und ihr werdet euch um Ihn kümmern müssen … er darf nicht überleben, ob Ihr nun Gefühle für diesen Mann hegt oder nicht. Er ist unheilbar, trägt den Keim Belphegors unter seiner verfaulten Haut … Werdet Ihn los … tötet Ihn, davon wird alles abhängen. << doch Jansha hörte wie die Stimme verklang und sie mit einer ganzen Reihe Gänsehaut zurückließ die ein langes Erschaudern von Ihr forderte. Sie spürte erneut ihren Körper, Schmerzen, … hörte ein langes, lautes Röcheln aus Vadegoons qualmender Kehle.

Beinahe sah er aus als hätte er sich als Feuerspeier geübt, … doch Jansha war einfach nur froh das er lebte, genauso wie der Geist es Ihr gesagt, … ja versprochen hatte.

>> VADEGOON!!! << rief Jansha erfreut, dieser schrie einen anderen Namen und auch in einer sehr anderen Tonlage, genauer gesagt einer die Jansha das Blut in den Adern gefrieren ließ.

>> IBRAHIM SPENCER. <<

Genau jener, ehemaliger Dämon stand selbstgefällig, aber abgekämpft, vor Ihnen. Er atmete schwer und trug grausame Wunden an seinem ganzen Körper. Sie und Vadegoon waren wesentlich besser aus der Geschichte raus gekommen, dachte sie sich in diesem Moment. Allerdings waren sie auch Halb Dämonen und waren mit einem Auto hergekommen, hatten außerdem Hilfe von einer ganzen Insel antiker Mönche und einem mächtigen Erdgeist der sich dem Dämon Belphegor angenommen hatte. Aber natürlich hatte es dazu ja auch ihre guten Absichten gebraucht. Wie es schien wäre die Welt sonst wohl schon untergegangen gewesen!

>> Tja, Jansha. Das Ende. So hatte ich mir dass ganze Prozedere sicherlich nicht vorgestellt, als ich dir sagte dass wir das gemeinsam machen. Ich hatte mich auf der Seite der sicheren Sieger gesehen und dich mittellos, geschlagen und überrascht, … am Boden zerstört. Deine armseligen Träume zerschmettert. << philosophierte dieser mit einer Stimme die in Janshas Augen nicht zu Ihm passte, doch sie kam aus seinem Mund. Vadegoons Lachen daraufhin klang wie das eines Verrückten.

>> Ist wohl anders gekommen, Freund. Ich jedenfalls werde Freude haben dich für all das büßen zu lassen was du mir …. << sagte er und rammte Spencer exakt im gleichen Moment die Spitze eines kleinen Felsens in den Magen, lachte dabei, Jansha konnte sich vor entsetzen nicht rühren, … doch genau dass war es wohl was die Geister von Ihnen wollten. Sie konnte nur hoffen das denen das Wie egal war?

>> … meiner Schwester, meinem Volk, meinen Freunden und der ganzen Welt angetan hast! << und bei jeder Gruppierung die

er nannte hämmerte er dem hilflosen Mann erneut den Stein auf den geschundenen Körper. Manchmal auf den Kopf, dann mal auf den Brustkorb.

Jansha hatte das Gefühl das er bereits beim dritten Aufprall das Bewusstsein, vielleicht sogar sein Leben verloren hatte, doch ihr war der Anblick auch nicht wohl, egal ob sie das tun mussten oder nicht.

Sie konnte nicht hinsehen.

Sie nahm erst wieder Blickkontakt mit Vadegoon auf als es erledigt war und sie die Höhle langsam verließen. In Ihren Augen sammelten sich weiche Tränen die Ihr Gesicht lebendiger aussehen ließen. Doch sonst war sie auch Leichen starr nach alledem was geschehen war!

Sie war heilfroh dass sie endlich wieder in Ihr Dorf zurückkehren konnten um alles wieder aufzubauen, alles vergessen zu machen, ja beinahe ungeschehen, … doch wusste sie nicht ob sie das wirklich jemals vergessen konnte?

Kapitel 19

Tageslicht flutete die geschlossenen Lider ihrer Augen und färbten sie blass rosa. Jansha schlug entschlossen die Hände vors Gesicht und nahm einen tiefen Atemzug der grauenhaften Luft die die Welt nach dem Atomkrieg eingehüllt hatte, … jedoch, … die Luft war kühler und frischer. Nahezu eine Verbesserung um zirka zehn Prozent, die sich anfühlten wie eine ganze Welt im Wandel. Doch die angenehme Wärme in ihr ließ in der Indianerin das Gefühl zurück dass sie weder die Augen öffnen, noch diesen Ort jemals verlassen wollte. Unglaublich was sich in dem knappen Monat getan hatte den Belphegor nun tot gewesen war!

Es war angenehm, das erste Mal überhaupt dass Wärme auf ihrer Haut etwas angenehmes für sie bedeutete. Oder zumindest glaubte sie das.

Sie fühlte sich als würde sie in anregendem goldenem Sand liegen und die Brise schob die Wellen angenehm dicht an ihre Fußsohlen die leicht feucht wirkten. Es war schön so.

Wer wusste schon was kam wenn sie die Augen aufschlug? Denn es war immer anders, dass lag vor allem daran dass sie mit Vadegoon und Rockard Rex- Minner eine Expedition gestartet hatte um zu sehen wie weit die zerstörerische Kraft von Belphegor gereicht hatte. Was sie alles zerstört und wen ins Unglück gestürzt hatte? Sie waren alle der Ansicht, vielleicht auch der puren Hoffnung erlegen, dass es mehrere Menschen gegeben haben musste die einen Weg gefunden hatten aufzustehen, sich zu wehren? Es musste einfach kleinere Siedlungen und vielleicht sogar talentierte Individuen geben die es geschafft hatten am Leben zu bleiben, denn so waren die Menschen einfach. Vielseitig, um es in einem Wort möglichst genau auszudrücken.

Vielseitig und dass machte sie so ungeheuer schwer auszurechnen, selbst für eine Macht über ihrer Sphäre des Verstehens und drauf konnte man doch stolz sein, oder etwa nicht? Jansha glaubte schon und sie war auch froh dass Vadegoon mit Rockard einen so guten Freund für sich gefunden hatte. Außerdem war dieser das Sprachrohr für seine Leute geworden, Lagnaja Labata hatte dieses Desaster überstanden, auch wenn sie an einer Klippe um ihr Leben gekämpft hatte, die Stärke des menschlichen Willens hatte es überstanden.

Ihre Hände waren nun tief vergraben im Sand und spürten den Frieden den er ausstrahlte. Den der ganze Ort ausstrahlte und zwar so sehr das es ihr beinahe Angst machte. Sie war in Kalifornien, wieder. Es war schöner als zu diesem Zeitpunkt letztes Mal als Belphegor ihnen die Hölle heiß gemacht hatte! Zu begrenzten Teilen grünte es bereits wieder und Jansha erinnerte dass alles irgendwie an ihr kleines Häuschen daheim. Das alte Höhlengebilde ihrer Eltern. Das traumhafte Haus mit der Tür und dem kleinen bunten Garten nahe des Yavbe Dorfes. Sie bewohnte es nun, sie hatte zwar darauf bestanden dass Vadegoon es nahm, doch er verband zu viele schlechte Erinnerungen mit den Wohnräumen und den Lügen die darum gesponnen wurden wie in einem kunstvollen Spinnennetz. Außerdem war es zu schwer für Ihn dort zu wohnen, außerhalb des Dorfes. Den Kampf mit Belphegor, die Brandattacke die Ihm sein Bewusstsein geraubt hatte, … er hatte sie überlebt, doch er war nicht mehr derselbe gewesen seitdem. Er hatte manchmal scheinbar grundlos große Schmerzen und seiner eigenen Aussage nach war er auf seinem linken Auge seither so gut wie blind, er sah nur noch helle weiße Flächen die umher waberten. Was sich für Jansha nicht wirklich so anhörte als würde sich daran noch einmal irgendetwas verbessern, leider. Doch sie war eigentlich froh dass er überhaupt noch lebte. Wenn sie sich daran erinnerte wie er dagelegen hatte und sein Leben aushauchte, … dabei wurde Ihr anders. Leider humpelte er auch auf dem linken Bein und seine Ausdauer hatte unter dem Abenteuer gelitten, der neue Medizinmann und auch einige der Forscher der Labata waren sich einig das er wohl schlimmere Verbrennungen aus dieser Begegnung behalten habe, die scheinbar seine Lungenflügel betrafen.

Entschlossen riss sie die Augen auf und erstarrte erfreut.

Ihr Herz schlug wie wild als sie in einen wolkenfreien Himmel blickte, er war tiefblau und spendete so viel Gelassenheit. Ein hölzerner Pier stand tief im Wasser verankert und bevölkerte eine zweistellige Zahl Menschen die laut feierten, … einfach mal Spaß hatten. Neben ihr spielte ein kleiner Hund verzweifelt mit einer Frisbee Scheibe die ihm viel zu schwer war um sie aufzuheben.

Der Sand war weich und glänzte wie ein Schatz beim Kontakt mit der Sonne, doch lauerte noch immer ein trübes Wolkenfeld weiter nördlich und ein leicht orange grüner Schimmer sprach von einer *noch* schlimmeren Zeit in der das einfache Einatmen schon lebensgefährlich gewesen war. Jansha kam bei ihren Überlegungen immer öfter auf die These dass vielleicht auch das zerstörerische Chaos vom Dämon künstlich oder magisch gewesen war? Vielleicht heilte die Welt deswegen auch einigermaßen schnell? … Doch es war auch nicht überall so. Zu dritt und manchmal auch mit mehreren waren sie schon vielerorts gewesen und manche waren wirklich hoffnungslos. Kalifornien war der direkte Ort ihres Sieges gewesen, mehr oder weniger und hatte die ganze Zeit Lagnaja Labata beheimatet, vielleicht hatte es die Atmosphäre hier einfach nicht ganz so schlimm erwischt. Glücklicherweise gedieh Labata und schaffte es Ihnen allen ein Lächeln ins Gesicht zu treiben, nach mehreren Misserfolgen an anderen Orten hatten sie auch mal wieder eine glückliche Anlegestelle gebraucht.

Die Menschen hier waren einfach froh.

Jedoch gab sie die Hoffnung nicht auf. Das tat sie niemals, wenn Ibrahim Spencer es ihr vorspielen konnte, dann würde es auch wirkliche Überlebende geben und sie durften diese einfach nicht aufgeben, dass würde das Wichtigste werden.

Die Sonne prallte angenehm auf ihre nassen Oberschenkel und trocknete das Wasser in einer angenehmen Geschwindigkeit. Während sie aufstand warf sie einen Blick auf das naheliegend geparkte Auto dass sie persönlich aus dem Wald geborgen und für sich beansprucht hatte, … sie hatte es liebgewonnen und natürlich trug es sie schneller von Ort zu Ort als es ihre Füße konnten, also sah sie darin auch keinerlei Raum es als schlechte Idee abzutun. Auch wenn Vadegoon es manchmal tat und sie anmahnte, … dass die Welt heilen musste und das Autofahren nicht wirklich die beste Unterstützung dazu wäre. Doch sie einigten sich immer wieder dass ein fahrendes Auto da wohl kaum einen Unterschied machen würde und hakten dieses Gespräch ab. Das taten sie ungefähr dreimal pro Tag, nicht so oft das es sie wirklich darüber nachdenken ließ, aber gerade oft genug um nervig zu werden. Vadegoon wusste offenbar wie er sie ärgern konnte. Sie setzte sich hinein und fuhr ein Stück den goldbraunen Sandstrand entlang.

Ihr nun offenes Haar flattere durch den Wind und ihre linke Hand klammerte sich fest am oberen Teil der Türe fest während die Rechte sanft das Lenkrad festhielt. Um sich in Ruhe umschauen zu können, brauchte sie nicht viel Konzentration, doch wusste sie nicht wo sie zuerst hingucken sollte, … es ähnelte kaum noch der Kriegszone, doch lagen noch überall zerstörte Zombies, Müll und sterbende Pflanzen. Die Sonne reflektierte diese Dinge so unterschiedlich das Jansha beinahe einen Regenbogen darin erkennen konnte.

Die Reise den Strand entlang ging so schnell das Jansha glaubte viel zu wenig gesehen zu haben, doch der Wagen war genau so schnell wie er es vor seiner Panne im Wald gewesen war und sogar der Motor klang genau gleich. Was wahrscheinlich auch keine große Überraschung war, doch sie freute sich über solche Dinge halt. Wenn die Dinge blieben wie sie waren, solange sie nur nicht in Dämonenhand waren, denn dann musste sich sehr dringend vieles ändern. Meistens noch den Tag bevor es geschah!

Irgendwie wusste sie auch noch nicht so ganz was sie aus diesem ganzen Nedizios Dämonen- Blut- Kram machen sollte, doch zum Glück würde sie ja nicht allein dadurch müssen, sondern hatte sie Vadegoon bei sich, der es ebenso abtat und für Schwachsinn hielt, auch wenn natürlich die Tatsachen für sich sprachen. Nicht zuletzt die Ihnen vermachten Amulette die ihnen ihre Geschichte erzählten. Die Familie in Form der vier Menschen Bildnisse, der Dämon in der Mitte … Jansha konnte es eigentlich nicht guten Gewissens abstreiten wenn sie den Gedanken wirklich ihr Hirn streifen ließ, glaubte auch nicht dass Vadegoon es wirklich konnte. Vor allem da der Umstand etwas wirklich Besonderes zu sein natürlich verlockend war, wer rechnete schon mit so etwas, doch Vadegoon beklagte eigentlich mehr die Bürde die es mit sich brachte. Doch vielleicht war sie noch zu jung um die Sachen so skeptisch zu sehen, … vielleicht brachten dass auch seine schlimmen Verletzungen mit sich? Sie jedoch war ihm dankbar, sehr sogar, denn hätte er dieses Opfer nicht erbracht dann würde nun keiner mehr von Ihnen hier stehen und Belphegors Klaue würde der Welt den letzten Atem mit einem einzigen Ruck stehlen.

Manchmal glaubte Jansha Gannamethek und Rathongeda am Strand unter dem Pier liegen und die Natur in sich einsaugen sehen. Auch wenn sie wusste das der Headmaster tot war und seine Frau im Dorf, sah sie sich den wissenden Blick des Headmasters einfangen, musste immer schmunzeln. War er vielleicht eine Art Erdgeist? Eine Frage die sie sich öfters stellte, oder gab es eine andere logische Erklärung warum er es mit Belphegor hatte aufnehmen können?

Vielleicht wurde sie aber auch einfach nur verrückt, von der Vergangenheit heimgesucht oder es war einfach normal an Dingen festzuhalten die einem wichtig waren oder Dinge zu

Ende zu denken … weil sie niemals ein echtes Ende erfahren hatten?

>> Hey, Sha? Rockard und ich werden mal die Innenstadt checken und uns das Grundwasser ansehen. Wenn wir das geschafft haben können wir uns ja mal unserem nächsten Ziel zuwenden. << sie antwortete ihm mit einem lauten Ja und winkte ihm beim vorbeifahren zu, schnappte noch sein Lächeln auf. Ein unbekümmertes Lächeln welches sie kurioserweise immer an Inahniik erinnerte, dem kleinen Mädchen aus dem Dorf. Sie kannte sie eigentlich sehr gut und sie war eine Frohnatur. Jansha wusste hundertprozentig dass diese sich vom Geschehenden niemals unterkriegen ließe, vermutlich hätte sie sogar selbst Belphegor bekämpft wenn Jansha und Ihr Bruder gescheitert wären!

Ehrlich gesagt ließ sie sich von dem Elan der Kleinen ein wenig anstecken.

Sie glaubte zum Beispiel dass ihre Fähigkeiten ihr aus einem bestimmten Grund vererbt wurden und dass sie etwas damit anstellen musste.

Außerdem würde sie niemals damit aufhören nach verlorenen Dörfern und Städten zu suchen, egal wie klein und unbedeutend ihr Fund auch sein würde.

Sie parkte abrupt.

Die Bremsen die im Sand griffen und den Wagen zum Stillstand brachten knarrten laut, ehe sie geschwind der Kabine entstieg. Doch das klare Wasser rief sie förmlich zu sich, eine erfrischende Ansicht, ein phänomenaler Anblick wenn man jahrelang nur schwarzen Morast als Wasser bezeichnete.

Gar unrealistisch.

Sie nahm große Genugtuung darin nur die flache Hand aufs Wasser zu legen und sie gleiten zu lassen, sie auf der Oberfläche treiben zu lassen und das kühle Erfrischende zu spüren wie es ihren Körper durchfuhr.

Vadegoon war mehr der Arbeiter, nahm keine Freude aus dem Sieg, keine Pause für Freude. Manchmal brach es ihr fast das Herz doch sie glaubte dass er sich wohl von seinen Schmerzen ablenkte, von den Kosten die er dem Sieg beigesteuert hatte?

Jansha war sich lediglich sicher dass sie ihn nach dieser Exkursion im Dorf lassen würde, dort war er glücklicher, nachdem er seinen Ort, sein Daheim, so lange gemieden hatte! Dort gehörte er hin, egal was einst Freund und auch Feind gesagt hatten.

Auch bei ihr setzten schnell Träume ein wenn sie an zu Hause dachte, doch wusste sie auch dass sie kerngesund war und noch eine vermeintlich lange Reise vor Ihr lag, die Welt heilen, vielleicht? Oder einfach nur die Menschen wieder zusammenbringen, doch dazu musste sie die Verschollenen finden!

Manchmal machte sie sich auch größere Sorgen.

Während sie auf das Perlen schimmernde Wasser blickte erkannte sie die düstere Tiefe unter der funkelnden Oberfläche, das rabenschwarze Ungewisse was sich versteckte. Woher sollte sie wissen dass es das bereits gewesen war?

Das Belphegor der einzige Dämon war der auf ihrer Welt Chaos anrichten konnte, oder dass es nicht gerade jetzt weitere versuchen würden, … jetzt da die Menschheit geschwächt war und einem weiteren Angriff vermutlich nicht standhalten konnte?

Dass die Schwäche der Menschen, die es leider auch gab unter den ganzen guten Dingen die man vollbracht hatte, den Dämonen oder gar ganzen anderen Dimensionen nicht längst klar gewesen war und nur auf den richtigen Moment gewartet hatten um loszuschlagen?

… Na ja, sie wusste dass es ein kindischer Gedanke war oder zumindest hoffte sie dass so sehr wie sie es hoffte das Tage wie dieser hier, am blendenden Strand, niemals zu Ende gehen würden.

Die glänzende metallische Lackierung ihres Wagens fest im Blick atmete sie tief ein und aus und griff nach den Schlüsseln. Sie sah genau den Punkt an dem die Sonne auf das Auto prallte und den ganzen Sandstrich erhellte wie ein Indianerdorf bei Nacht im Schein der vielen Fackeln. Wie sie den Weg neuerdings zum Grab von Gannamethek glimmen ließen.

Das Grab des Mannes war schlicht, doch war es bei den Überlebenden des Belphegor Krieges zu einem Symbol der Hoffnung geworden, zu einem Pilgerort, einem Schrein.

Doch Jansha glaubte dass sie den Ort so oft besucht hatte wie niemand sonst. Gannamethek war ihr Vater gewesen, und dabei war es nicht so dass sie ihren eigenen nicht respektierte, doch sie kannte ihn einfach nicht. Alles was sie wusste hatte sie vom Headmaster gelernt und genau aus diesem Grund hatte sie sich die Mühe gemacht die Mammutbäume und die seltene Pflanze, die der Mann mit seinem Leben verteidigt hatte, zu benutzen um seinen letzten Weg zu begleiten. Nun zierten sie edel blühend sein Grab und standen auf ewig für Janshas ewig währenden Respekt, ihre aufrichtige Liebe und ihre Bewunderung für alles was er für sie getan hatte.

Und dass würden sie auch weiterhin, egal was noch passieren würde.

Danksagung:

Unser ehrlicher Dank bei diesem Projekt gilt jedem einzelnen in der ganzen Familie, ohne die wir dieses Buch vermutlich niemals wirklich beendet hätten.